教育部人文社会科学重点研究基地

南京大学中国新文学研究中心
Center for Research of Chinese New Literature of Nanjing University

教育部人文社会科学
重点研究基地
南京大学中国新文学
研究中心学术文库

———————————

主　编　丁　帆
执行主编　王彬彬
　　　　　张光芒

世界华文文学：复合互渗的文学共同体

刘　俊　著

南京大学出版社

目 录

第一辑　世界华文文学/华语语系文学

世界华文文学:复合互渗的文学共同体 ·························· 003

"世界华文文学"/"华语语系文学"视野下的"新华文学"

———以《备忘录——新加坡华文小说读本》为中心 ·········· 016

"南洋"郁达夫:中国属性·海外形塑·他者观照

———兼及中国作家的海外影响与华文文学的复合互渗 ·········· 029

华文文学在新马华人"文化同构"过程中的作用和影响 ·········· 050

"华语语系文学"(概念/理论)的生成、变异、发展及批判

———以史书美、王德威为论述中心 ·························· 055

第二辑　一脉相承的文学

论"五四"精神/文学与台湾现代主义文学 ·················· 075

论中国新文学中讽刺小说的三种类型

———以鲁迅、张天翼和黄春明为例 ·························· 110

从"日语"到"中文"

    ——论吕赫若小说中的认同与背离及语言转变的意义 ·············· 130

论香港文学(生产)的"马赛克"形态

    ——以文学制度/机制为视角 ·············· 149

传统与现代并存　历史与现实共生

    ——论《情纵红尘——秦岭雪诗集》兼及香港文学特质 ·············· 172

从"单纯的怀旧"到"动能的怀旧"

    ——论《台北人》和《纽约客》中的怀旧、都市与身份建构 ·············· 181

文本细读　整体观照

    ——论白先勇的《红楼梦》解读式 ·············· 191

白先勇：一个人的"文艺复兴" ·············· 215

第三辑　华文文学共同体

论杨绛的《洗澡》 ·············· 229

从上海到美国

    ——论叶周小说的时空印记和文化心理 ·············· 240

从"想象"到"现实"：美国梦中的教育梦

    ——论黄宗之、朱雪梅的"教育小说" ·············· 248

从心理探索到心灵观照

    ——论施叔青的《度越》 ·············· 262

论章平的"雪"世界/诗界 ·············· 266

第一辑

世界华文文学/华语语系文学

世界华文文学：复合互渗的文学共同体

"世界华文文学"这一名称的提出和确立,经历过相当长时间的争论和"磨合"。大陆学术界自二十世纪七十年代开始,先有"港台文学"名称出现,后来"港台文学"变为"台港文学"并扩大为"台港澳文学",再从"台港澳文学"延展至"海外华文文学"(外国文学中用华文创作的文学),最终又有了"世界华文文学"(范围包括了"台港澳文学"和"海外华文文学",所以它还有一个名称叫"台港澳暨海外华文文学")的名称。

应当说,到目前为止,"世界华文文学"这一概念还没有获得学界最终确立的"统一认识"。大致而言,大陆学界的这种看法得到了大多数大陆学者的认可,那就是,除了中国大陆文学以外的用中文(汉语、华文)创作的文学,即为"世界华文文学"——虽然坚持把大陆现当代文学也包含在"世界华文文学"概念中的学者,始终不乏其人。

"世界华文文学"在涵盖范围上(究竟包不包括中国大陆现当代文学)至今尚是一个悬而未决的议题,在其内部(假使我们认可它的范围不包括中国大陆现当代文学)也同样存在着边界模糊的问题。从概念和范围上来讲,"台港澳文学"与"海外华文文学"分属两个不同的文学范畴,前者是中国文学的一部分而后者属于外国文学,虽然由这两种不同范畴的文学组成"世界华文文学"是"历史的产物"——当初大陆学者正是通过"台港澳文学"才发现了"海外华文文学",并且这两种文学本身也常有重叠和交叉的现象,但毕竟,"台港澳文学"

和"海外华文文学"应该是两种不同性质的文学。

然而，问题的复杂性正在于，"台港澳文学"和"海外华文文学"虽然分属不同的文学范畴，具有不同的文学性质和归属，但它们之间的历史联系和文学渊源，不像"中国"和"外国"那样界限分明，疆域明确。对于像白先勇、聂华苓、施叔青、陈若曦、杨牧、郑愁予、王鼎钧、东方白、梁锡华、痖弦、洛夫、李黎这样在北美和中国台港间不断"旅行"、居住的作家，他们到底属于"台港澳文学"中的作家呢，还是"北美华文文学"中的作家？而对于像李永平、张贵兴、陈大为、钟怡雯、黄锦树、林幸谦、温瑞安、方娥真、辛金顺这样旅居中国台港的马来西亚作家，他们应该是"马来西亚华文"作家呢，还是"台港"作家？

如果把上个世纪改革开放后走出国门的大陆"新移民"作家也放进来考虑的话，那问题就更加复杂。对于像严歌苓、张翎、陈河、虹影、查建英、卢新华、北岛、木心、阎真、施雨、少君、陈瑞琳这些频繁出入中国甚至已经又"海归"回中国（香港）的作家，他们应该算"中国"作家呢，还是应该被视为"海外华文作家"？

在全球化的今天，用国籍或地域归属来"界定"在世界范围内"旅行"游走、不断迁居的华文作家，显然非常困难——更不用说他们的作品在发表时，那种自由流动、不分畛域的"跨界"和"越位"现象（常常人在"海外"，作品却在台港或大陆发表出版）。面对"世界华文文学"如此复杂的"生存形态"，希冀用国籍或地域概念将"世界华文文学"的组成成分（"台港澳文学"和"海外华文文学"）分别加以约束、限定和固化，看来是件极为困难的事。

与大陆学者用"台港澳暨海外华文文学"、"世界华文文学"等概念来指称大陆以外地区的汉语文学相比，海外学界有"华语语系文学"（王德威）和Sinophone（史书美）的说法。王德威的"华语语系文学"，是指包含了中国大陆文学在内的世界性的汉语语种文学——这与那些主张"世界华文文学"应涵盖中国大陆现当代文学、台港澳文学和海外华文文学的大陆学者，可谓"不约而同"，然而与大陆学界一般对"世界华文文学"的认识，却有所不同——区别就在于在"世界华文文学"中，要不要包括中国大陆现当代文学。虽然王德威在用"华语语系文学"这一概念来统摄世界华文文学的时候，侧重的是文学中的问题而不在涵盖范围上用力。

2007 年，在美国加州大学洛杉矶分校任教的史书美（Shu-mei Shih）在她的英文专著 *Visuality and Identity: Sinophone Articulations across the Pacific* 中，仿造西方学界的 Anglophone、Francophone、Hispanophone 等概念，提出了 Sinophone 的概念。史书美希望能用 Sinophone 这个概念，取代离散这一概念——在史书美提出 Sinophone 这一概念之前，西方学界常将"离散"（Diaspora）理论用于分析流布在世界各地的中国人（以及他们的语言和文化）——具体化为 Chinese Diaspora，而在史书美看来，所谓中国人的离散（Chinese Diaspora）[1]主要是指汉人的离散，对于那些非汉人的中国少数民族而言，就难以用离散的概念来说明他们。[2] 并且，她认为离散（Chinese Diaspora）的概念具有本质主义之嫌，"是把分布在世界各地的华人视为由同一个源地产生的同一种族、同一文化和同一语言的普遍性概念"[3]，而且这种离散"是与那种设定为渴望回到祖国的'海外华人'的民族主义修辞，以及西方对于中国性的那种永远具有外来异质性的种族化建构相共谋"的[4]，现在她提出的 Sinophone 概念，"包括了世界上那些在中国以外使用中文（说和写）的地区"[5]，不同于离散概念的是，"Sinophone 的前景不是人们的种族，而是他或她所使用的语言社群——无论这些语言是天然的还是雕饰的，Sinophone 与生俱

---

① 离散（Diaspora）这一概念原本是用来说明犹太人在世界各地的散布，史书美书中，将离散（Diaspora）具体化为"中国人的离散"（Chinese Diaspora），因此这里所说的离散，如果没有特别说明，都是指"中国人的离散"（Chinese Diaspora）。

② Shu-mei Shih, *Visuality and Identity: Sinophone Articulations across the Pacific*, University of California Press，2007，pp.23-24.

③ Ibid.，p.23.

④ Ibid.，p.25.

⑤ Ibid.，p.28.

来的跨国性和全球性以及包含了各种中文语言，使它不再与国籍永远捆绑在一起"①。

史书美在给出 Sinophone 这一概念时，特别强调它的出现是与特定的时间和地区相关联的。散居在世界各地的华人，他们使用的中文已经不再是标准的汉语，而是一种具有地方特色和混杂性质的"中文"——而在这种具有地方特色和混杂性质的中文背后，则是对"中国中心论"的去除②——这又与离开故土在新的环境下生活的华人的认同有关。③

史书美在书中形成和展开 Sinophone 这一核心概念时，主要依托于对视觉艺术产品(电影、绘画、摄影)的分析。在书中，她也提到了文学，认为 Sinophone 对于用不同中文创作的文学是非常有用的一种概念，因为"过去对于在中国之内和中国之外用中文创作的文学区别较为模糊，这种模糊对于在中国之外用标准汉语或其他中文创作的中文文学产生的影响是：即便不是湮没起码也是忽略，在英文中用'中国文学'(Chinese Literature)和'华文文学'(Literature in Chinese)这样的范畴来区分这种中国之内和中国之外的文学更增添了混乱。在英文中'中国'这个单一的词抹杀了中文(Chinese)和华文(Sinophone)之间的差别，并且容易滑入中国中心论"④。

不过，史书美在运用 Sinophone 这一概念来说明文学的时候，她似乎没有找到太合适的着力点——虽然她将 Sinophone 用拼音 Huawen(华文)来指称，但她对 Sinophone 的分析，显然更注重其中包含的"声音"意味，而对 Sinophone 中更为重要的"文字"层面，她谈论不多，也就是说，在一种语言所包含的字、音、意三者间，史书美注重的是音，而不是字——这也许就是她在书中以视觉

---

① Shu-mei Shih,*Visuality and Identity: Sinophone Articulations across the Pacific*,University of California Press, 2007, p.30.

② 参见 Shu-mei Shih, *Visuality and Identity: Sinophone Articulations across the Pacific*, University of California Press, 2007, pp.34-39.

③ Ibid., pp.183-192.

④ Ibid., pp.32-33.

艺术为分析的主体，而没有把文学当作论述的重点的原因。因此，在我看来，如果要把史书美笔下的 Sinophone 这一概念翻译成中文的话，与其把它翻译成"华文"，不如把它翻译成"汉声"来得更加贴切。

史书美的 Sinophone（汉声）概念，在某种程度上为我们认识和分析世界华文文学，提供了一个新的视角，也不失为一种具有参考意义的方法。然而，由于我们谈论的世界华文文学，是以中文（华文）文字为书写媒质，因此，由中文（华文）衍生出的各种变体（各种方言、中外混杂语、土著语等），不管它们在声音（发音）上有怎样的差异，也不管这些变体吸收了多少外来词汇乃至新创了多少词汇，在语法结构和表达方式上有什么样的调整和改观，在文字上，只要它们是用中文（华文）书写的，它们就都同属一种文字：中文（华文）。用这种文字创作出来的文学，就是中文（华文）文学。

在这样的认识下来论述世界华文文学的时候，我们就会发现，如果说 Diaspora（离散）关涉的是世界华文文学的一种"外延形态"（如何从中国向世界外延——"中国性"容易被诟病为本质主义），Sinophone（汉声）聚焦的是世界华文文学的一种"在地分布"（如何在本土生发出新质——"在地性"自然被赋予抵抗色彩），那么世界华文文学，就是以中文（华文）为书写载体和创作媒介，在承认世界华文文学的历史源头是来自中国文学，同时也充分尊重遍布在世界各地的中文（华文）文学各自在地特殊性的前提下，统合中国（含台港澳地区）之内和中国之外的所有用中文（华文）创作的文学，所形成的一种跨区域跨文化的文学共同体。在这样的定义下，Diaspora（离散）和 Sinophone（汉声）所呈现出的，就只是世界华文文学的某种特性和生存姿态，而不是世界华文文学本身。

既然我在这里把世界华文文学定义为包括了中国大陆文学在内的跨区域跨文化的文学共同体，那么在世界华文文学这一文学共同体中，按照目前文学生态的实际分布情况，大致可以分为中国大陆文学、台湾文学、香港（澳门）文学、东南亚华文文学、北美华文文学、欧洲华文文学、大洋洲华文文学等几大文学区域。这些不同的文学区域，既各有自己的发展历史和独特风貌，同时彼此之间也双边或多边地交集、重叠、渗透和影响。

中国大陆文学，自古至今，是一个有着悠久历史和杰出成就的文学领域，它的历史积淀、古典传统和"五四"所开创的现代形态，成为世界华文文学中其他区域文学无可争辩的源头——世界华文文学中其他区域的文学，无论后来融入了多少新质，产生了多少新变，历史有多独特，形态有多复杂，追根溯源，都是来自中国大陆文学。虽然这些文学区域在后来的历史发展中，逐步形成了自己的地方色彩或国别属性，但它们都是源自中国文学的这一事实，不容置疑。就此而言，中国大陆文学（以及当代台湾文学）在世界华文文学中，某种程度上就是个核心体，其他区域的华文文学，都是从它身上生发、延伸、变异、剥离出来的。需要特别说明的是，中国文学这个核心体在其他区域的生发、延伸、变异和剥离，是伴随着中国人自觉或不自觉地向海外移民实现的，近代以来中国没有像英、法、日、西班牙等国那样在海外殖民的历史，因此中文（华文）在海外的"扩散"，就没有殖民或强迫的意味，它也基本上没有向其他族群"扩张"，而只限于在华人社群中流传和播撒，由是，中国（包括台港澳）以外的华文文学，也只是属于华人族群的华文文学。

台湾文学作为中国文学中的外岛文学，其文学的源头可以追溯到原住民的口头文学，然而自有文字记载以来的台湾文学，则是明代大规模汉人移民后所带来的中国古典文学，这一文学到了二十世纪初在受日本殖民统治的处境下，经由大陆"五四"新文学运动的影响和感召，以及日本大正文学的新风吹拂，产生了具有独特历史轨迹和区域文学特色的台湾现代文学——包括二十世纪二十年代的汉语白话文学，三四十年代短暂的现代日语文学，四十年代后期开始、五十年代以后成熟的新汉语文学——此时的汉语文学已直接移植了大陆现代文学的丰富成果（包括白话语言的圆熟、文学风格的多样、创作技巧的发达等），在表现内容和文学风格上，则有了五十年代的"反共"、思乡文学，六十年代的现代主义文学，七十年代的乡土文学，八十年代以来的多元共生、众声喧哗的文学(包括不成气候的所谓"台语文学")。台湾作为中国的一个外岛,在地理位置上原本就与大陆本土隔海相望,加上近代以来被日本侵占五十年和半个多世纪与大陆分离,从自然地理和政治环境两方面,导致了台湾地区的文学,自 1895 年台湾割让给日本后,一百多年来逐步形成了具有自己特色的外岛文学历史和外岛文学风貌。

香港(澳门)文学作为中国文学中的特区文学,在近代以来也形成了自己不同于祖国内地文学的特殊历史和特有风貌。说香港(澳门)文学是中国文学中的特区文学,是指香港(澳门)文学是中国文学中的"特殊区域"文学,这里的"特区"不是指政治上的"香港特区"和"澳门特区",而是个文学概念——因特殊的地理位置和特殊的受殖民统治的历史所形成的"特殊区域"文学,这一"特区"文学既游离于中国主干地区(大陆地区)文学之外,却又始终包裹在中国文学之中,它既与中国其他地区(大陆地区、台湾地区)文学有着千丝万缕无法割舍的联系,又有着不同于中国其他地区(大陆地区、台湾地区)文学的本土特质。它的具体表现,就香港文学而言,是以"表现香港"与"联系中国"为体现——这两个向度可以说覆盖了香港文学的所有方面;[①]对于澳门文学而言,则以"古今杂糅"和"移民写作"为其基本特色——而不论是"古今杂糅"还是"移民写作",它们都是以一种特殊的方式,体现着它是中国"特区文学"的特性。

东南亚华文文学包括马来西亚华文文学、新加坡华文文学、印尼华文文学、菲律宾华文文学、越南华文文学、文莱华文文学等,在这些国家的华文文学中,马来西亚华文文学和新加坡华文文学成就较为突出。首先必须强调的是,与台湾文学和香港澳门文学不同,无论是东南亚华文文学也好,北美华文文学也好,欧洲华文文学以及大洋洲华文文学也好,这些华文文学都已不是中国文学,而是属于各自国家的非主导文学(新加坡或许是个例外)。以在东南亚华

---

① 对于香港文学是中国文学中的特区文学的论述,请参阅刘俊《香港小说:中国"特区"文学中的小说形态——以〈香港当代作家作品合集选·小说卷〉为论述对象》一文,《香港文学》2012 年第 5 期。

文文学中成就较为突出的马来西亚华文文学和新加坡华文文学为例，华文文学在马来西亚和新加坡，都属于"边缘文学"——马来西亚华文文学是个在受压制的环境下坚韧而又奋力生长的"非国家文学"①，新加坡华文文学虽然没有受到政府的制度性压迫，而且华文使用人口似乎不在少数，可是推崇英文的社会风气也对新加坡华文文学的发展造成了一定的负面影响——华文文学可以说是在人口占多数的华人圈中自娱自乐的文学，它在整个新加坡文学中，可能会形成数量上的优势（在当今有萎缩的趋势），却似乎并不具有地位上的优势。即便是在如此不利于华文生存和发展的政治环境与社会环境下，马来西亚华文文学和新加坡华文文学，还是以自己的实绩，为世界华文文学贡献了一种独特的风貌和不凡的成就。

尽管东南亚华文文学已经从中国现代文学中剥离出来，成为所在国文学中的华文文学，具有了自己的本土特性，但它在形成和发展过程中，深受中国文学特别是中国现代文学的影响是不争的事实，不但它们的诞生，是直接受到了中国现代文学的影响，就是在后来的发展过程中，它们也与中国现代文学（以及二十世纪五十年代以后的台湾文学）乃至中国古典文学，发生着密切的联系。从某种意义上讲，东南亚华文文学可以被看作中国文学特别是中国现代文学的"外国变体"——这种"变体"的基本特征是：主要运用作为"五四"成果的现代白话文，杂糅进当地的词汇、语法和语言表述方式，表现本土的社会现实和思想情感，形成自己特有的文学风格。

北美华文文学包括美国华文文学和加拿大华文文学，在世界华文文学中，北美华文文学是成就较为突出的一个文学区域，很多在华文文学中产生了世界性影响的重要作家，如白先勇、严歌苓等，都归属这个文学范畴。北美华文文学与东南亚华文文学一样，虽然也不是中国文学，可它同样是中国文学特别是中国现代文学的"外国变体"。不过它的"变体"特征与东南亚华文文学不

---

① 在马来西亚，只有马来语文学才是"国家文学"。

同——如果说东南亚华文文学作为外国华文文学，它的生成历史和生存方式，是以"移植—本土化—落地生根—代有延续"的形态展开的话，那么北美华文文学，却是以重复"移植"的方式累积形成和并置发展的。所谓的重复"移植"，指北美华文文学中无论是早期的木屋诗、白马社，还是后来的留学生文学和当今的新移民文学，在北美用华文写作的作家，都是第一代移民，他们虽然在北美长期居留甚至入籍，但他们所承载的华文文学，没能以代际传递的方式向下延伸，而是以后续的另外第一代移民加入北美华文作家行列的方式，进行着文学中的"代"的更替，也就是说，在北美华文文学中，"对于每一个特定的'代'，华文文学的薪火却很少能传入自身的下一代，北美华文作家的'代'的意义似乎从来都是指的'旁系'而不是'直系'，北美华文文学中的作家几乎都是第一代移民而极少波及第二代移民——这应该正是导致北美华文文学始终处于'移植'状态的根本原因"[①]。

北美华文文学除了以"移植"的方式存在之外，作为中国文学的"外国变体"，它的另外一个重要特征，在于它的语言形态很少有自己特有的词汇、语法和语言表述方式，而基本上是沿袭和搬用"五四"以来现代白话文在中国大陆、台湾和香港（少量的）这三个文学区域所形成的独特形貌，几乎是将中国大陆文学语言和中国台湾、香港（少量的）文学语言以"寄生"的方式，"复制"到北美华文文学之中。从白先勇的文学语言中，我们看到了台湾文学语言在北美华文文学中的遗留，而严歌苓的文学语言，则保留了中国大陆文学语言的特有气质。

与东南亚华文文学植根本土，长期经营，代代相传，生生不息地在地深耕相比，北美华文文学似乎与本土的关系相对松散，它跨越国度远程发表的方式和作家作品频繁的"流动性"，造就了自身的某种"漂浮"性。[②] 这使

---

①　刘俊：《从台港到海外——跨区域华文文学的多元审视》，花城出版社2004年版，第118页。

②　参阅刘俊：《从台港到海外——跨区域华文文学的多元审视》，花城出版社2004年版，第117—120页。

得北美华文文学在属性归属上是外国文学，可是在存在方式上，常常"介入"台湾文学和中国大陆文学之中，与中国文学形成一种互有"交错"和彼此"互渗"之势——这是北美华文文学作为中国文学"外国变体"的一个重要特点。

欧洲华文文学和大洋洲华文文学，其基本特征与北美华文文学有相似之处——本地对于华文文学的生存和发展，没有提供较为丰厚的土壤和广阔的发展空间，因此它们的生存，也时常依托在与中国大陆文学、台湾文学和香港文学的"交错"和"互渗"之中——作品会以欧洲华文文学或大洋洲华文文学的身份，在中国大陆、台湾或香港发表和出版。

世界华文文学作为一个跨区域存在的汉语语种文学，它所包含的几大文学区域，自它们的共同源头——中国文学特别是中国现代文学中或延伸或流变或剥离或再生出来之后，就各自具有了发展历史和区域特色，也各自具有了文学诉求和文学风格。然而，在这些不同区域的华文文学之间，它们的边界时有不尽明确之处——在中国大陆文学与台湾文学、港澳文学之间，在中国大陆文学与北美华文文学之间，在中国大陆文学与欧洲华文文学之间，在中国大陆文学与大洋洲华文文学之间，在台湾文学与港澳文学之间，在台湾文学、港澳文学与北美华文文学之间，在台湾文学、港澳文学与欧洲华文文学之间，在台湾文学、港澳文学与东南亚华文文学之间，都有着各种形式、不同程度的你中有我，我中有你的"彼此交错"和"复合互渗"现象。这种在世界华文文学中不同文学区域间既彼此有着质的规定性差别从而各自具有相异性，又因为双边或多边"你中有我，我中有你"的"彼此交错"和"复合互渗"的生存形态所导致的互渗性，使得世界华文文学的跨区域性质，就不仅单指它涵盖若干个不同的文学区域，而且也意味着世界华文文学不同文学区域之间的关系，也是一种"彼此交错"和"复合互渗"的跨区域存在。

世界华文文学的跨区域性质和跨区域存在方式，自然会导致跨文化现象成为世界华文文学中的突出特点。虽然"文化"是个相当宽泛的概念，学界对于"文化"至今尚无一个定于一尊的标准答案，而从哲学、社会学、人类学、历史学和语言学等各种角度给"文化"下的定义据统计不下两百种，但我们这里所说的文化，是指与文学生产、文学接受和文学传播相关联的社会意识形态、思维方式、社会结构、历史传统与心理范式等要素综合而成的一种社会机制，而跨文化，则主要是指两种或两种以上的文化（社会机制）影响着文学的生产、接受和传播。

事实上，在当今社会，很难有一种文化是极其单纯、极其纯粹的单一文化，在某种意义上讲，今天的文化都是以某种文化为主，融合了各种其他文化因素的复合文化——就此而言，可以说当今所有的文化都带有跨文化性，然而，各种文化的融合虽然是客观现实，但并不意味着各种文化基本形态的消散和流失，相反，在各种文化交流日益频繁、日益密切的今天，一些核心文化的特性在各种文化的比较中更显突出。如中国的儒家文化，虽然在当今时代会融入一些现代中西文化的元素，但它的基本特性，在和西方基督教文化的比较中，更能体现出它东方文化的特有内涵与认知形态——不同的核心文化乃至于区域文化之间，还是有它相对稳定的质的规定性的，这种质的规定性不会因为当今各种文化之间交流的频繁和密切而消失。因此，我们在这里所说的跨文化，就不是指一般意义上的不同文化之间的相互交流、相互影响，而是指不同的核心文化、不同的区域文化，以某种"文学的"方式彼此吸纳、互渗、交织、再生的一种文化形态。

当台湾文学作为中国文学中的外岛文学形成自己独特的文学历史和文学传统的时候，它的独特性，在很大程度上就体现为它的跨文化特征——中国文化（以中原文化、闽南文化、客家文化、原住民文化为主）与日本文化、美国文化、东南亚南洋文化的"杂糅"，就构成了台湾文学中特有的跨文化形态。而香港澳门文学作为中国文学中的"特区"文学，它的独特性，则与中国文化（以中原文化、岭南文化为主）与英国文化、葡萄牙文化的长期"嫁接"密切相关。东南亚华文文学的与众不同之处，则显然与中国文化（以中原文化、闽南文化、客家文化、潮汕文化为主)、东南亚本地的南洋文化以及曾经的殖民宗主国英国文化、美国文化和荷兰文化的"混杂"密切相关。至于北美华文文学、欧洲华文文学与大洋洲华文文学,中国文化与西方文化的全面互渗毫无疑问是形成它们独特的区域特性特质的关键因素。

跨文化现象在世界华文文学范畴内不同文学区域内的广泛存在,实际昭示出跨文化现象与跨区域现象一样,构成了世界华文文学基本形态和总体风貌的又一重要方面,当我们要对世界华文文学进行全面认识和总体把握的时候,跨区域和跨文化这两翼,就应当成为我们剖析世界华文文学的核心内容。

既然跨区域和跨文化是世界华文文学基本形态和总体风貌的核心两翼,因跨区域而导致的冲决文学区域边界的越界,和因跨文化而形成的各种不同文化之间的交融,就成为世界华文文学这一文学共同体的核心样态。[①]

需要特别指出的是,在世界华文文学研究中,中国中心、中国性、民族主义、殖民主义、身份认同、第三文化空间等是常被涉及的理论话题。这些理论话题,在我看来,有些可以用来对世界华文文学——作为一种跨区域跨文化存在的文学共同体——的研究产生深化和推动作用(如民族主义、殖民主义、身份认同、第三文化空间等),有些却与更为复杂的历史问题相缠绕(如中国中心、中国性等)。虽然世界华文文学使用的是中文汉字(华文),中国文学是世界华文文学的历史源头——这是不争的事实,但这并不意味着"外国"的华文文学(如马来西亚华文文学)在使用中文汉字(华文)的时候,就自动地会连带产生中国中心问题和中国性问题。从发生学的角度来看,中文汉字(华文)在世界各地的流布,是伴随着华人移民在世界各地的散居而形成的。像马来西

---

① 随着网络文学的兴起,世界华文文学有了一个新的呈现跨区域跨文化特质和越界与交融样态的新型平台。在网络世界,不同区域的华文文学可以共处在一个网站,展现跨文化的姿态,完成跨文化的诉求,在世界范围内实现华文文学的无边界交流和全方位交融。北美著名华文文学网站文心社,就是一个典型的例证。

亚这样的国家，当初华文文学的出现与中国有着密切的联系（甚至可以说是对中国文学的"克隆"），在历史上，曾经有过对中国的向心力和钦慕感，在文学中遗留过中国中心现象和中国性追求（侨民文学）的印迹。不过，随着时代的变迁、历史的发展、外国华文文学的在地化，这样的情况已发生了较大的改观。事实上在今天，那些"外国"华文文学，都不存在中国中心和中国性的问题，因为，在中文汉字（华文）中固然附吸着、内蕴着、承载着中国文化的信息，但这种文化信息在传递给接受者时，并不具有强迫性和强制性——这与英语、法语、西班牙语、日语作为曾经的殖民宗主国语言在殖民地的强行推广和移植，有着本质的区别。由于在世界各地，使用中文汉字（华文）的基本上是华人，它的传播方式，完全是因为接受者（华人）内在的需要而自觉主动地去选择，而不是像殖民宗主国语言凭借殖民者的强权对被殖民者进行逼迫接受和强制性灌输。因此，对于"外国"使用者（主要是华人）而言，运用富含中国文化信息的中文汉字（华文），并不会必然地导致中国中心，也不会必然地在"外国"的华文文学中形成中国性——隶属外国文学的华文文学，当它从中国文学中剥离出来，成为一种独立的在地华文文学之后，当它在使用中文汉字（华文）进行创作的时候，中文汉字（华文）就只与文化中国发生联系，而不与现实的作为民族国家存在的中国发生联系——现实的作为民族国家存在的中国，在"外国"的华文文学中，是不存在的。由是，所谓的中国中心和中国性，也就自然不存在了。

世界华文文学作为一个跨区域跨文化存在的文学共同体，其复杂的多面性使得对它的研究也是一个复杂的系统工程。学界目前对世界华文文学概念的不同理解和各自定义，以及海内外学者从不同的角度切入对世界华文文学（华语语系文学、Sinophone）的研究，从某种意义上讲正体现了世界华文文学无论是作为本体还是作为研究对象的复杂性，而正是这种复杂性，为从各种角度和以各种方式展开对世界华文文学研究，提供了多种可能性。

"世界华文文学"/"华语语系文学"
视野下的"新华文学"
——以《备忘录——新加坡华文小说读本》为中心

一、"世界华文文学"和"华语语系文学"

"世界华文文学"这一概念的产生与 1986 年 7 月在德国君斯堡（Guenzburg）举办的一个国际会议"International Conference on the Commonwealth of Chinese Literature"密切相关。最初的构想则来自更早的 1985 年，那年春天，来自大西洋两岸的两位学者马汉茂和刘绍铭在美国进行过一次讨论：能否把中国大陆文学，中国台湾文学，中国香港文学，马来西亚、新加坡、菲律宾等国的华文文学放在一起进行学术研讨——这个由德国汉学家马汉茂（Helmut Martin，德国鲁尔大学教授）和美国学者刘绍铭（时为美国威斯康辛大学教授）合作主办的会议，其中文名称被新加坡学者王润华汉译为"现代华文文学的大同世界国际学术研讨会"。经由这次会议的启发和作为会议的后续成果，1987 年，《世界中文小说选》（上、下）由时报出版公司（中国台湾）出版。该小说选由李陀（中国大陆）、王德威（中国台湾/美国）、黄维樑（中国香港）、王润华（新加坡）、姚拓（马来西亚）、施颖洲（泰国）联合编选。

1988 年 8 月，王润华又在新加坡主持召开了"第二届华文文学大同世界国际会议:东南亚华文文学"(Chinese Literature in Southeast Asia)。对于为何用"大同世界"这个译法,王润华有个解释:"我这里所用'大同世界'一词,是借用刘绍铭的翻译。他把'大英共和联邦'(British Commonwealth)中的共和联邦加以汉化,因此成为'大同世界'。目前在许多曾为殖民地的国家之中,一种用英文创作的英文文学已成长起来。这种文学目前称为'共和联邦文学'。因此同样的,世界各地共同使用华文创作的文学作品,譬如在新加坡、马来西亚、中国香港、菲律宾、印尼、泰国以及欧美各地的,也可称为'华人共和联邦文学'或'世界华文文学的大同世界'"①,虽然王润华这篇文章收到书中正式发表时已是 1994 年,但他 1988 年在新加坡举办"第二届华文文学大同世界国际会议:东南亚华文文学"时,已沿用"华文文学大同世界"这一说法,说明不迟于1988 年他就有了"世界华文文学"的想法。

"世界华文文学"这一提法目前所能找到的最早记录,是 1991 年在香港由香港作联、《香港文学》、香港联会出版集团(《香港商报》)、岭南学院联合召开的"世界华文文学研讨会"上提出来的。在这次会议上,当时的《香港文学》总编辑刘以鬯在发言中提出"世界华文文学发展到今天,已到了一个新的阶段,很应该加强这一世界'内部'的凝聚力。我们要把世界华文文学作为一个整体来推动","因为华文文学活动已成为一种世界性的文学现象,华文文学同英语文学、法语文学、西班牙语文学、阿拉伯语文学一样,在世界上已形成一个体系,各个国家的华文文学应该加强联系,彼此互动"。就是在这次会上,经曾敏之先生提议,成立了"世界华文文学联会"筹委会——尽管"世界华文文学联会"直到 2006 年 12 月才在香港正式成立。②

1992 年 11 月,台北召开了首届"世界华文作家大会"(同时成立了"世界华文作家协会",而"亚洲华文作家协会"早在 1984 年即已成立)。世界华文作家

---

① 王润华:《从亚洲华文文学到世界华文文学的大同世界》,《从新华文学到世界华文文学》,新加坡潮州八邑会馆文教委员会出版组编印,1994 年 10 月出版。

② 饶芃子:《"世界华文文学联会"成立感言》,《华文文学》2007 年第 3 期。

协会在成立时发表宣言，"认为唯有华文作家以包容的、宽阔的胸怀，在世界各地互信互爱，团结一致，努力创作，才能让华文文学展现出中华文化的真善美，才能开创华文文学的新纪元"。

1993 年 8 月，"世界华文文学国际研讨会"（第六届）在江西庐山召开；1994 年 10 月，王润华出版《从新华文学到世界华文文学》；1994 年 11 月，"中国世界华文文学学会"筹委会在云南玉溪成立（第七届）；1995 年 12 月，新加坡召开了第二届"世界华文作家大会"；2002 年 5 月，"中国世界华文文学学会"在广州成立；2005 年、2007 年和 2009 年，"中国世界华文文学学会"分别在广东增城、河南焦作和江苏徐州召开了三届"世界华文文学（高峰）论坛"；2007 年，马来西亚华文作家协会开办了"世界华文作家网"；2013 年 12 月，"世界华文作家联合会"在香港成立。

通过对"世界华文文学"这一名称形成过程的回顾，我们发现"世界华文文学"由海外（华人和非华人）学者最先提出，经过中国香港、台湾学界（创作界）的推动，最终在中国大陆学界蔚为大观——"世界华文文学"这一名称，是一个凝聚了海内外学者的集体智慧和一定共识，在历史中形成的概念。

当然，由于所处位置和各自的出发点以及诉求并不完全一致，因此"世界华文文学"的"能指"（signifier）出现之后，对其"所指"（signified）的理解出现了分歧，概括起来，主要有以下几种不同的看法。

（一）就"世界华文文学"的内容和范围而言

王润华、张炯、胡经之、许翼心等学者认为，世界华文文学应包括中国大陆文学，即世界华文文学＝中国大陆文学＋台港澳暨海外华文文学。

陈公仲认为，世界华文文学包括中国大陆文学，即世界华文文学＝中国大陆文学＋台港澳暨海外华文文学，但研究重心不在中国大陆文学，而在台港澳暨海外华文文学。

刘登翰、陈映真则提出世界华文文学不包括中国大陆文学，即世界华文文学＝台港澳暨海外华文文学。

陆士清则认为,世界华文文学不包括中国大陆文学和台港澳文学,即世界华文文学＝海外(国外/外国)华文文学

海外学者李有成认为,其实并无世界华文文学这回事,它是想象的、建构的结果。[①]

(二) 就"世界华文文学"的语言、位置和文化关系而言

陈贤茂认为,凡是用华文作为表达工具而创作的作品,都可称为华文文学;华文文学和华人文学是两个不同的概念。(1988《香港文学》)

刘以鬯认为,华文文学应是广义的华文文学,除了用华文作为表达工具的华裔作家与非华裔作家外,还包括用外文作为表达工具的华人作家与汉学家。(1991《香港文学》)

饶芃子、费勇、陈公仲等学者则指出,世界华文文学是一种语种文学。

刘登翰、许翼心强调,中国大陆文学与世界华文文学的关系表现为:中国大陆文学为"核心与主体",是"母体与源头"。

海外学者周策纵、王润华则提出,"双重传统"(Double Tradition)与"多元文化的文学中心"(Multiple Literary Centers)。

笔者则将"世界华文文学"定义为,是以中文/华文为书写载体和创作媒介,在承认世界华文文学的历史源头是来自中国文学,同时也充分尊重遍布在世界各地的中文/华文文学各自在地特殊性的前提下,统合中国(含台港澳地区)之内和中国之外的所有用中文/华文创作的文学,所形成的一种跨区域、跨文化且复合互渗的文学共同体。

也就是说,在我看来,"世界华文文学",其范围包含中国(大陆＋台港澳)文学和海外华文文学(除中国以外的所有国家的华文文学)。其书写文字为华

---

① 李有成:《世界华文文学:一个想象的社群》,《文讯》(台北)1993年1月号。

文，其源头是中国文学，其立场是尊重、肯定所有不同国家、地区和区域华文文学的在地性并以此作为衡量不同国家、地区和区域华文文学价值的重要标准，其基本特点是跨区域和跨文化且复合互渗，其作为一个整体是个华文文学的共同体/大同世界。

几乎与"世界华文文学"这一名称同时出现的，在海外学界还有一个sinophone（汉译为"华语语系文学"）概念。sinophone 这个词最早由西方学者基恩（Ruth Keen）在 1988 年使用，他用 Sinophone communities 来定义包含"中国大陆、中国台湾、中国香港、新加坡、印度尼西亚和美国"在内的中文文学，后来 sinophone 经由史书美的系统阐释、理论提升和王德威的"汉化"，逐步向汉语学界"蔓延"并有所"发展"，进而成为汉语学界中研究华语/华文写作的核心概念之一。然而，这个"华语语系文学"与"世界华文文学"在出现之初并非没有交集，后来在汉语学界力倡"华语语系文学"的主要学者王德威，也是1987 年时报版《世界中文小说选》的编选者之一；而陈鹏翔在 1993 年 5 月发表的一篇文章《世界华文文学：实体还是迷思》中，也曾经提到"sinophone"（华语风）一词——这使得在一篇文章中，"世界华文文学"和"sinophone"（华语风）两个概念曾同时出现。在这篇文章中，陈鹏翔认为"我想象中的'世界华文文学'应只是一个松弛的概念，像英语风、德语风和法语风一样，在这概念之下，各地区的华文文学与母体的台湾（地区）文学、中国文学应该是大中心与小中心的辩证、互动关系，而不应是中心与边陲、主流与支流这种含有霸权的、主宰的关系"，在文章中他甚至认为"如果世界华文文学是华语风，则我想它应是一个松动的结合体，一个跟其他文学世界构成众声喧哗的标签"（《文讯》），也就是说，在陈鹏翔的心目中，"世界华文文学"与华语风（sinophone）"能指"虽然不同，但它们其实可以是同一个"所指"。

虽然"世界华文文学"和"华语语系文学"（华语风）曾经有过交集甚至"合二为一"，但最终它们"花开两朵，各表一枝"。从总体上看，目前海外学者比较热衷于用"华语语系文学"概念，而大陆学者则倾向于用"世界华文文学"的说法。导致这种现象的原因非常复杂,既有海外学者在西方主流学界寻求"创新"和"突破"的企图和冲动,也有争夺理论话语权和意识形态博弈的学术政治,但我在这里想特别指出的是,无论是"Sinophone Literature"的理论建构者史书美,还是"华语语系文学"的推动者王德威,虽然他们俩的"华语语系文学"立场有所不同,内涵也有差异,但他们都是以"解中心"为诉求,力图消除/解除"(大中国)中心/四海归心/万流归宗"。史书美的"华语语系文学"概念将中国文学排除在外,建立在以"分解"/解构为核心的后殖民主义理论基础之上,其潜在的解构对象,是针对所谓的"中国中心主义"和大中华的"中国性";王德威(正是他将 Sinophone Literature 汉译为"华语语系文学")的"华语语系文学",一方面将"中国大陆"文学纳入"华语语系文学"的范畴,另一方面,他也认为"毋需浪漫化中华文化博大精深、万流归宗式的说法。在同文同种的范畴内,主与从、内与外的分野从来存在,不安的力量往往一触即发,更何况在国族主义的大纛下,同声一气的愿景每每遮蔽了历史经验中断裂游移、众声喧哗的事实。以往的海外文学、华侨文学往往被视为祖国文学的延伸或附庸。时至今日,有心人代之以世界华文文学的名称,以示尊重各别地区的创作自主性,但在罗列各地样板人物作品之际,收编的意图似乎大于其他"。史书美和王德威各自的"华语语系文学"虽然立场有所不同,内涵也有差异,但他们都是以"解中心"为诉求,力图消除/解除"(大中国)中心/四海归心/万流归宗"。

　　较之"华语语系文学"的"分解"特性,"世界华文文学"则是以构建世界性的"华文文学共同体"/"华文文学的大同世界"为追求,以描绘跨区域跨文化并且彼此之间复合互渗的华文文学作为一个文学共同体的整体样貌、区域特色、彼此互动互渗的形态为目的。如果说前者注重"分"(本土),后者则关切"合"(大同);前者强调区域特性,后者则聚焦总体观照;前者是一种"挣脱"和"外散";后者则是一种"凝聚"和"内敛"。

二、新加坡华文文学：《备忘录——新加坡华文小说读本》

《备忘录——新加坡华文小说读本》(下文简称"《备忘录》")由新加坡南洋理工大学的两位教授柯思仁、许维贤主编，共收录了新加坡不同历史时期的华文小说22篇，时代跨度从二十世纪四十年代至二十一世纪。新加坡华文文学(简称"新华文学")如果放在"华语语系文学"的"系列"中看，它似乎是"华语语系文学"这个文学"家族"中具有"独立"性的一支或一"系"，从"国别"属性上来看这当然没有问题，可是放在"文学"属性中看，新华文学与中国文学、新华文学与马华文学的纠葛却自始至今。新华文学的诞生，是中国"五四"新文学的海外延伸，当年的侨民文学(移民文学/华侨文学)，自可视为中国文学的海外形态，随着"南洋色彩"("南洋文艺")和"马华文艺独特性"的提倡、"本土意识"的增强，马(新)华文学逐步从中国文学中剥离出来，成为有别于中国文学的在地文学(马华文学/新华文学)。此后的马华文学/新华文学虽然已不再是中国文学中的海外"侨民文学"，可是它(们)与中国文学的联系却割舍不断：首先，它(们)使用的文字(华文)与中国文学一样，都是汉字(华)，因此，附着/编码在汉字上的中华文化信息/符号，自然会通过汉字(华文)留存在马华/新华文学中，对马华/新华文学产生"与生俱来"/"天然"的影响；其次，中国文学(从古代到现代)中的重要作家和作品、思潮和流派，是马华/新华文学模仿、学习、借鉴的主要对象，也就是说，中国文学对马华/新华文学的影响，从观念到主题、从语言到结构、从修辞到人物形象，可谓无处不在；再次，马华/新华文学在将近一个世纪的发展过程中，无疑已发展出有别于中国文学的"独特性"(属性)和自己的风貌(风格)，但它对中国文学的"致敬"从未停止——这种"致敬"，既可以是对华文的念兹在兹和精致化运用，也可以是对从古至今中国文学中重要作家/作品的互文和拟写、改写和重/再写。就在这本《备忘录》中，我们看到了新华作家梁文福、杜南发对鲁迅的致敬；姚紫、张挥对鲁迅、郁达夫、胡适、老舍、徐志摩的致敬;迈克、孙爱玲对张爱玲的致敬;英培安对白桦的致敬;希尼尔对西西的致敬。而在赵戎、威北华、苗秀、潘正镭等人的作品中,他们以"新华文学"的方式,对中国现代文学中的左翼传统和写实主义文学表达了自己的敬意。

梁文福的《猿,有此事》以鲁迅的《狂人日记》为"互文"底本,"仿照"《狂人日记》中的"狂人"视角,从少年"猿"的角度,以亦兽亦人的语气(仿佛"狂人"亦正亦狂的语气),写出了它(他)的"吃人"冲动和"被吃"恐惧(正与《狂人日记》中的"狂人"相似)。梁文福的这篇小说,不但在总体立意("吃人"与"被吃")和艺术手法(写实与象征的结合)上,受到了鲁迅《狂人日记》的深刻影响,就是在一些经典文句上,也直接采自/仿自《狂人日记》,如"今天晚上,很好的月光"、"没有被吃的母亲,或者还有"、"救救母亲"(《狂人日记》中的原话为"没有被吃的孩子,或者还有"、"救救孩子")等。

如果说梁文福的《猿,有此事》以"互文"的方式表达了对鲁迅的敬意,那么杜南发的《玻璃世界》则以一种"化用"的方式对鲁迅著名的"铁屋子"意象进行了"改写",并以此表明了自己对鲁迅的继承。《玻璃世界》中的"他"觉得"整个世界就像四面玻璃,巨大透明而且立体",而在这个"紧迫得叫人难受得几乎发狂"的"窄小空间"里,"在这四重玻璃的包围下",他"竟然是自由的"——然而这种"自由"又是十分"受限"的,因为"那层玻璃总是跟着他行动,如影随形的,总是在那儿,在离他眼前不到一寸的地方,只要他呼一口热气就马上可以感觉到",在这层玻璃的包裹下,"他"成了"玻璃人",并且"他"发现,原来这个世界上的其他人其实也都是"玻璃人"——作为一个在"玻璃世界"中"清醒"的"玻璃人",他"切肤地感觉到这世界铁青而且冰冷的面孔"。虽然在《玻璃世界》中的"玻璃人"比起鲁迅的"铁屋子人"多了一些"存在主义"的色彩("他"对"存在"的状态、意义和价值的追问和思考,是《呐喊·自序》中的"我"所没有的),但"他"的本源,无疑源自鲁迅《呐喊·自序》中流淌着的那种思考世界和看取世界特有方式的"血脉"。在姚紫的《夜茫茫》和张挥的《白笑与阿祥》中,我们可以发现在中国现代作家（鲁迅、郁达夫、胡适、老舍、徐志摩、沈尹默、刘半农、陈绵、汪敬熙等）笔下出现的"人力车夫"形象，在"新华文学"中有了新的延伸和变异。如果说鲁迅的《一件小事》表达的是知识者在劳动者面前被"榨出皮袍下面藏着的'小'来"的自省，胡适的《人力车夫》和徐志摩的《谁知道》呈现的是知识者对劳动者既同情又无助的复杂情愫，郁达夫的《薄奠》昭示的是知识者对劳动者艰苦生活和悲剧命运的深切同情，老舍的《骆驼祥子》揭示的是劳动者（人力车夫）祥子挣扎奋斗却终究归于失败的人生悲剧；那么姚紫和张挥则将中国现代文学中的"人力车夫"情结和"人力车夫"形象在"新华文学"中进行了新的组合和重装。姚紫的《夜茫茫》带有明显的郁达夫小说《茫茫夜》的命名痕迹，而且也隐含着《薄奠》中的"人力车夫＋女性"模式，但姚紫毕竟在人物关系上进行了调整和改进，去掉了《薄奠》中的知识者"我"，而直接表现同为劳动者的人力车夫和女性间的温情关系；张挥的《白笑与阿祥》在表现人力车夫和女性间温情关系的同时，还代入了人力车夫和女性同为"南洋大学"募集基金的社会意涵——相对于姚紫的《夜茫茫》单纯表现男女之间的微妙情感和受压迫阶级的悲苦，《白笑与阿祥》在表现（单方面的）男女之间微妙感情之外，呈现的"南洋"色彩更为浓烈（为"南洋大学义踏"只会出现在新加坡），具有的社会性（为社会出力）更加强烈。

这种既受惠、继承和延续了中国现代文学的成果和传统，同时又有所变异、改进并融入本地（"南洋"、新加坡）色彩和立场的文学创作，从某种程度上讲是"新华文学"以一种特殊的方式，对中国现代文学进行着时空差异后的回响和观照——是中国现代文学的"血脉"，已成了"新华文学"的"胎衣"和DNA。虽然"新华文学"是个新生儿，与中国现代文学已然两分，但在它的形貌特征上，依然可以看出两者的形似或神似！

同样的情形还发生在迈克和孙爱玲对张爱玲的沿袭、英培安对白桦的化用、希尼尔对西西的承续上。迈克的《黯然记》很容易令人联想到张爱玲的《惘然记》，张爱玲擅长的也是她作品中的一大基调"苍凉的手势"，这在迈克的《黯然记》中赫然可见。在这篇表现异性恋女子芙蓉和同性恋男子何锦明暧昧情感的故事中,人生的无奈用张爱玲《惘然记·序》中的一句话来解释可能最恰当不过:"爱就是不问值得不值得。这也就是'此情可待成追忆,只是当时已惘然'了"。从张爱玲的"惘然"到迈克的"黯然",其中既有遗传也有变异,两者之间的"血脉"联系,清晰明了。

如果说迈克对张爱玲的"遗传",是一种命名学和内在精神实质的沿袭,那么在孙爱玲的《碧螺十里香》中,孙爱玲对张爱玲的承袭,则是一种文字风格上的眉眼神似。张爱玲小说的动人之处,除了人物鲜明生动和故事平凡中寓奇崛之外,她的文字风格和修辞手段,是形成"张爱玲风"的一大要素,"新旧文字的糅合"①是论者对张爱玲小说文字风格的评断,而在我看来,文字的精巧、锐利和贴切,才是张爱玲小说语言自成风格的根本所在。在孙爱玲的《碧螺十里香》里,我们看到了张爱玲语言风格的遗留,在这段文字中,熟悉张爱玲的人都能从中感受到张爱玲文字的神韵——虽然在文字的功力上似乎还难以与张爱玲比肩:

> 她们几个都已亭亭玉立,虽然穿的是赶着缝出来的直腰郁蓝色麻布旗袍,却是无比端庄,脸上虽没有施脂粉,但气质沁人,在灵侧一点头,一鞠躬,绝不马虎……

张爱玲在新华文学中的影响力,当然不只体现在迈克和孙爱玲身上,其实在梁文福的小说世界里,张爱玲的"影子"也时有闪烁。事实上"新华文学"作家对中国文学的营养汲取和DNA继承,是跨越不同时段和不同区域的,除了对1949年以前的中国现代文学多有承袭之外,对1949年以后的中国(大陆)当代文学以及中国台湾地区、香港地区文学的继承,也所在多有。在英培安的

---

① 　余斌:《张爱玲传》,广西师范大学出版社2001年版,第169页。

小说《不存在的情人》中，"我"的"情人"培培一句"你爱你的国家，但国家爱你吗"，针对的是新加坡的华人现实，援引的却是中国当代作家白桦的电影剧本《苦恋》。这一引用以及作品中"我"对培培的反问"你也读过白桦的东西？"清楚地表明了中国当代文学对"新华文学"的影响——这种影响不仅体现在英培安的《不存在的情人》与白桦的《苦恋》这两个文本之间的互文关系上，更体现在这种"化用"是如此得浑然却又与新加坡的当下社会如此贴切；而希尼尔的《浮城六记》，也显然受到了中国香港作家西西《浮城志异》的启发，在某种意义上讲，《浮城六记》是希尼尔针对新加坡的社会现实，套用《浮城志异》的观察方式和书写形态，将新加坡比照香港（作为"浮城"），沿用西西的"浮城"命名，对《浮城志异》进行新加坡式的摹写、改写和重写。至于赵戎的《古老石山》、威北华的《手》、苗秀的《太阳上升之前》、潘正镭的《沉船记》，则无论是故事题材、作品主题、人物塑造、创作手法，都可以在中国现代文学中的沙汀、丁玲、张天翼、叶紫等左翼作家的作品中，发现某种"前世"痕迹的遗留——新华文学中的众多作家，无论他们的文学观是注重人性挖掘、形式探索，还是强调社会动能、现实意义，他们都曾得到过中国（包括台港澳）现当代文学的滋养和哺育，虽然他们后来都脱胎换骨，成为外在于中国文学的"新华文学"作家，但他们文学"血液"中的中国现当代文学 DNA 基因，伴随着他们的文学创作，在历史的长河中流淌，在成长的过程中形塑，在文学的世界中成像！当他们在进行姿态各异、深具本土色彩的"新华文学"创作的时候，或在不经意间（集体无意识），或是有意识地自觉，他们都会对中国现当代文学（白话写作、方言表现、人性挖掘、形式创新、左翼传统、写实方法）流露出、表达出自己的异时空回响和新加坡式敬意。

就这部《备忘录》而言，编者认为"新加坡的华文文学，除了作为官方建构的国家文学（以四种官方语文为分类方式）的环节之一，也可以被视为以华语语系书写的小文学，是写给新加坡人的备忘录（memorandum）"，这种文学体现的是"一种为了遗忘而产生的文学，或者一种一直跟遗忘进行抗争的文学"，从书名确立和编选者的这段编辑动因自白中,不难看出,这本《备忘录》其实带有一种强烈的活化石感和悲凉感。

"新华文学"所具有的这种活化石感和悲凉感("马华文学"或许将来也会有),是同"新华文学"("马华文学"亦然)的生存处境密切相关的,虽然"新华文学"在新加坡文学生态/环境中,数量巨大,成就不低,但从某种意义上讲,"新华文学"/"马华文学"是一种在当地(新加坡、马来西亚)无根/漂浮的文学,"新华文学"("马华文学")在所处的社会文化环境中,有一种上不入天(不是中国文学)、下不着地(在所在国的文学地位十分尴尬、可疑)的悬浮特性——如果说新加坡是"浮城",那么"新华文学"就是"漂/悬浮的文学"。这样的文学,如果把它视为"华语语系文学"中的一"系",那么从时间上看,它可以说"前无古人"(源自中国文学),将来是否"后有来者"也颇不乐观、明朗;从空间上看,它有国别属性,却无(缺乏足够的)地位;从时间轴上看,"新华文学"/"马华文学"是样本化的(活化石);从空间轴上看,"新华文学"/"马华文学"是漂/悬浮性的。"新华文学"/"马华文学"的样本化和漂浮性,决定了它们的悲凉感!

就此而言,如果在这个时候还去强调"新华文学"("马华文学")的"华语语系"特征,无疑是强化、突显了它(们)的"样本化"和"漂浮性"特性,因为在突出它们的本土特性的同时,它们的这种样本化和漂浮性特征得以放大,悲凉感也更为深重。然而,如果把"新华文学"("马华文学")放在"世界华文文学"的总体框架下来认识,那么它们就落到了实地,找到了归宿,因为在"世界华文文学"的视域中,"新华文学"本来就是"边界模糊"的,历史上它与"马华文学"的彼此重叠和难以分割,现如今它与"马华文学"与"新移民"作家的复合互渗,都使"新华文学"难以真正做到边界明晰。作为一个华文(语言)文学社群,"新华文学"其实具有一种弥漫性、游移性、包容性和与他者("马华文学")的重叠互渗性。在这样的情况下,在"世界华文文学"的总体观下来看取"新华文学",就会发现,此时如果把"新华文学"的"样本化"理解成独特性或许依然存在,但"新华文学"的"漂浮性"就此消失,因为它们是"世界华文文学"这个文学共同体中不可或缺的重要构成。只有放在"世界华文文学"这个文学共同体下面，"新华文学"（包括"马华文学"）的本土性和独特性，不但非常"实在"，而且还成为它们介入"世界华文文学"这个文学共同体时赖以存在的价值和得以参与的基础——此时它们面对的，是"世界华文文学"这个文学共同体，而不是它们所在国家的文学生态和文学政策。这时的新华文学（马华文学），具有的就不是"备忘录"特性，而是"世界华文文学"中的一方天地，而"世界华文文学"也因有了新华文学（马华文学）的介入和参与而丰富多彩，更具价值！

"南洋"郁达夫：中国属性·海外形塑·他者观照

——兼及中国作家的海外影响与华文文学的复合互渗

一、"南洋"郁达夫的中国属性

"南洋"一词是中国人的发明，最早见于宋代，晚清之际大盛，其定义可谓众说纷纭。[①] 目前学界普遍接受"南洋"有广义、狭义之分，广义之疆界，诸说不一；狭义之区域，则各家略同，基本上以马来半岛及马来群岛为大致范围，主要包括了今天东南亚诸国中的马来西亚、新加坡、印度尼西亚、菲律宾、文莱等。[②] 近代以来中国人特别关注"南洋"，因为那里中国移民最多——许云樵在《南洋史》中，就以"华侨集中"作为定义"南洋"的重要标准："南洋者，中国南方之海洋也，在地理学上，本为一暧昧名词，范围无严格之规定。现以华侨集中之东南亚各地为南洋。"[③]

19世纪以来由大规模华人移民所形成的"南洋"社会，不仅与中国有着密切的政治、经济联系，而且也有着相当一致的文化形态。最初的"南洋"华侨社

---

① 参见李金生：《一个南洋，各自界说："南洋"概念的历史演变》，《亚洲文化》2006年第30期。

② 参见赵正平：《南洋之定义》，《中国与南洋》1918年第1期；李长傅编著：《南洋史纲要》，商务印书馆1938年版；郁树锟主编：《南洋年鉴》，南洋报社有限公司1951年版；王赓武：《南洋华人简史》，水牛出版社1969年版。本文所言及的"南洋"，即指狭义的"南洋"。

③ 许云樵：《南洋史》（上卷），星洲世界书局有限公司1961年版，第3页。

会,甚至可以视为中国在"南洋"的"飞地",因为无论是语言文字、民族情感、国家认同、教育模式乃至生活习俗,那些早期远赴"南洋"的华人先民,都完全复制了他们的"中国特性"——虽然这一切后来慢慢地有所改变,"南洋色彩"增浓,本土文化加深,并发展出一种新的当地文化,但不可否认,这些"南洋"(东南亚)华人当地文化的内核,至今仍然含蕴着中国(中华)文化的精髓和神韵!

近代以来到过"南洋"的著名中国文化名人包括左秉隆、黄遵宪、邱菽园、章太炎、梁启超、老舍、郁达夫、胡愈之、王任叔、杨骚等,其中,郁达夫是一个与"南洋"有着"终极"关联的现代作家。郁达夫 1938 年 12 月抵达新加坡,1945年 8 月在苏门答腊失踪,他人生最后将近七年的时光是在"南洋"度过的(其中1938 年 12 月至 1942 年 2 月在新加坡,后转赴现在的印度尼西亚直至失踪)。这段"南洋"时期的郁达夫,我称之为"南洋"郁达夫。

"南洋"郁达夫的人生兼具文学性与政治性:在新加坡时他主编报纸副刊,宣传抗日,实际参与新加坡的抗日活动,扶植当地青年作者,卷入文学论争,为中国文坛和"南洋"文坛的交流做了大量工作;在印尼时他化名赵廉开办酒厂,表面上与日本人周旋(给日本人做翻译),暗地里却掩护左翼人士,帮助地下抗日活动。抗战胜利,他却从此失踪——二十世纪五十年代,中国政府追认郁达夫为烈士。[①]

郁达夫在"南洋"时,发表了许多政论、散文(杂文/杂论)以及旧体诗,作为一个新文学作家,郁达夫的创造力此时似乎已经衰竭;然而作为一个中国作家的意义,却在"南洋"得到彰显。在那样一个特殊的时代,"南洋"郁达夫的中国(作家)属性,主要表现为鲜明的民族立场、坚定的抗战意志和强烈的侨民心态。

"南洋"郁达夫身处海外却心系中国,这一时期他的民族立场和抗战意志,

---

① 曾华鹏、范伯群:《郁达夫评传》,百花文艺出版社 1983 年版,第 283 页。

集中体现为对祖国的"深沉乡思"、"故国情怀"，以及对中国抗战进程的时刻关心和中国本位/视角。在"南洋"看见"杭州饭店"的店名，郁达夫就留下了"故园归去已无家，传舍名留炎海涯。一夜乡愁消未得，隔窗听唱后庭花"的诗句；在马六甲"南洋的山野里旅行"，联想到的却是"故国江南的旷野"；目睹"三宝公"的遗迹，引发的则是"大陆国民不善经营海外殖民事业的缺憾"；在马六甲"歪斜得如中国街巷一样的一条娘惹街头经过"时，郁达夫"在昏黄的电灯底下谈着走着，简直使人感觉到不象是在异邦漂泊的样子"（《马六甲记游》）……从这些诗、文中不难看出，无论是"南洋"的自然山水还是人文景观，触动的都是郁达夫的中国记忆和故国情怀。

　　郁达夫写于"南洋"时期的大量政论/杂论（近百篇），仅从文章篇名就可以看出一个中国作家的政治立场和民族感情：《纪念"九一八"》(1939)、《"八一三"抗战两周年纪念》(1939)、《第二期抗战的成果》(1939)、《抗战两周年敌我的文化演变》(1939)、《抗战现阶段的诸问题》(1940)、《滇缅路重开与我抗建的步骤》(1940)、《粤桂的胜利》(1940)、《今年的"三二九"纪念日》(1940)、《华北捷讯与敌阀之孤注》(1940)等。同样的"一片蒹葭故国心"，在郁达夫"南洋"时期的旧体诗创作中，也比比皆是。1940年，郁达夫获悉"广西大捷"，兴奋不能自已，作诗一首，以志庆贺。诗云：

> 烽火南宁郡，频传捷报来。中原欣北望，大地庆春回。
> 羽檄连翩至，愁怀次第开。敢辞旨酒赐，痛饮尽余杯。

　　其他类似的表达还有"抗战今年将胜利，加强团结全民意。……六十年间教训多，从头收拾旧山河。预期直捣黄龙日，再诵南山祝寿歌"，"一死何难仇未复，百身可赎我奚辞。会当立马扶桑顶，扫穴犁庭再誓师"等。这些政论和诗作，满目是"九一八"、"八一三"、"抗战"、"中原"、"直捣黄龙"、"扫穴犁庭"的字眼，体现了"南洋"郁达夫强烈的中国情怀和鲜明的中国属性。

郁达夫"下南洋"的一个重要动因,是受陈仪之托去"南洋"进行抗日宣传,①长住并落户"南洋"原本不在郁达夫的考虑范围内(与邱菽园不同),他只是以一个"侨居者"或"过客"的身份来"南洋"从事文学/文化/抗日活动,因此,他在看取"南洋"或面对"南洋"发声的时候,都是以一个侨居在"南洋"的中国人身份在思考、说话、写作。从他这一时期的诗作中不难看出,无论是"归去西湖梦里家,衣冠憔悴滞天涯","十年孤屿罗浮梦,每到春来辄忆家";还是"满地月明思故国,穷途裘敝感黄金","细雨蒲帆游子泪,春风杨柳故园情",乃至"托翅南荒人万里,伤心故国梦千回","酒入愁肠都乏味,花雕未及故乡浓",诉说的都是对故国、故园的情深意长和对"家"(中国)的魂牵梦绕。

郁达夫以一个中国作家的身份来到"南洋",他的中国立场并未因空间环境的转换而改变,而是以他的中国属性,介入"南洋"的文学/文化建设之中。这种形态,从某种意义上讲正体现了"南洋"(新马)华文文学从发生到成长过程中的一个重要特点,那就是:中国作家的参与,不但造就了"南洋"华文文学,而且还对这一文学的后续发展一直产生着深刻影响。

二、"南洋"郁达夫的海外形塑

1945年郁达夫在印尼失踪,但他在"南洋"的存在,并没有与他的"失踪"一起消失;相反,他倒是以一种"文学形象"的方式,在马来西亚华文文学(简称马华文学)中绵延至今。其中,温梓川的传记、林幸谦的诗歌和黄锦树的小说,是形塑"南洋"郁达夫最具代表性的文学成果。1964年9月,温梓川的《郁达夫别传》开始在《蕉风》月刊连载,这本"海外第一部较为完整的郁达夫传记"②一经

---

① 参见徐重庆:《郁达夫远走南洋的原因》,《香港文学》1987年第7期;郁达夫:《毁家诗纪》十六,收入《郁达夫诗词笺注》,詹亚园笺注,上海世纪出版股份有限公司、上海古籍出版社2013年版,第467页。

② 陈子善:《马华新文学的拓荒者——温梓川先生周年祭》,《明报月刊》1987年第264期。

问世，即在海内外引起广泛关注。① 温梓川早在二十世纪二十年代于中国留学时就结识了郁达夫，和他的"交情是介乎师友之间"②，因此他对郁达夫的了解相当深入，也使得这本传记成为一部带有亲历者"体温"的传记。温梓川笔下的"南洋"郁达夫帮助当地青年作者、影响当地文学创作、参与当地文艺论争和文化活动、用笔为(中)国效命、用实际行动抗日——这样的中国作家郁达夫，无疑是一个相当正面的形象。

温梓川对"南洋"郁达夫的形塑，二十多年后在马来西亚旅台作家黄锦树那里有了"回声"。1990 年《幼狮文艺》(11 月)和《星洲日报》(12 月)几乎同时发表了黄锦树的小说《M 的失踪》。在这篇小说中，黄锦树设计了一个事件：一位神秘作者可能获得诺贝尔文学奖的消息在马来西亚文坛(马巫文坛和马华文坛)引起轩然大波，小说围绕记者"他"(自称姓"黄")寻找以 M 为笔名(在小说中 M 也可视为"大师"的英文单词 Master 的缩写)的神秘作者展开叙事，在寻找 M 的过程中，"他"对 M 是谁进行了推想和探访，在种种可能性中，M 与"南洋"郁达夫产生了某种"串联"(在"他"的梦中 M 则"坐实"为郁达夫)——当年失踪的郁达夫似乎并没有真正死去，仿佛一直在人间神秘出没。③ 小说中的 M 最终"是一个复合函数"，连"他"(小黄)也成为"当中微不足道"的一个。在这篇小说中，郁达夫已由一位中国著名作家，变成了马华作家进行拟写和文化想象的对象——"南洋"郁达夫似乎已经化作千百亿身($M = M_1 + M_2 + M_3 \cdots + M_n$，"据说马华作家每一个名字都被他'盗用'过……")存活在马华

---

① 台湾《自立晚报》随后在 1967 至 1968 年间用一百天的时间全文转载了这部作品。2006 年 5 月，经钦鸿整理编辑，该作的单行本由新加坡青年书局出版，同年 12 月大陆的宁夏人民出版社也出版了此书。

② 温梓川：《郁达夫别传》，新加坡青年书局 2006 年版，第 1 页。

③ 在这篇小说中，有两点足以证明"南洋"郁达夫是 M 的可能人选：(1)他的名句"生怕情多累美人"出现在小说的"资料"中；(2)他的"大作家"论("只要出现一个大作家，马华文学的命运就会改变")被引用。郁达夫的原话为"根本问题，我以为只在于人，只在于作家的出现。南洋若能产生出一位大作家出来，以南洋为中心的作品，一时能好好的写它十部百部，则南洋文艺，有南洋地方性的文艺，自然会得成立。我们只须向这一方向去努力，修练我们自己的表现力、观察力、消化力，将来当然是有希望的"。参见郁达夫：《几个问题》，郁风编《郁达夫海外文集》，生活·读书·新知三联书店 1990 年版，第 482 页。

文学中,对当代马华文学造成了巨大影响,并在马华作家心中形成了无所不在的"影响焦虑"。

如果说在《M 的失踪》中,郁达夫还只是扑朔迷离的 M 的可能人选,那么在黄锦树两年后发表的小说《死在南方》(1992)中,郁达夫已是唯一的主角。这篇小说通过对郁达夫失踪事件的怀疑、推测、想象和"繁殖",对"南洋"郁达夫进行了失踪"新解"、生死"怀疑"和"神话"解构。小说延续了《M 的失踪》已经采用的后设方式,彻底破除了以往历史记忆和文学书写所塑造的"南洋"郁达夫(正面)形象,消解了累积在历史书写中的"南洋"郁达夫的"神圣性",并在某种程度上终结了"郁达夫"的"失踪"悬念,让他"以不断地归来做最决绝的离去",以示他"死"在了"南方"(南洋),然而,他的"死"却导致他的"幽灵""竟然'回来了"——原来"死"在"南方"的郁达夫,在"南洋"/新马华文文学中一直"阴魂不散"。

《死在南方》并不是黄锦树对"南洋"郁达夫形塑的完结篇,事实上,"南洋"郁达夫已成了黄锦树在小说中一再塑造的"文学形象"。在《沉沦/补遗》(1998)中,小说以一个摄制组到印尼拍摄有关郁达夫的纪录片(为已有的纪录片《零余者的叹息》补遗)为线索,让"南洋"郁达夫再次"复活"——原来当年他并没有"死",而是被两个日军士兵挟持着流放到了一个小岛,结果他既"为这座荒凉的小岛带来了文明"(难忘中国文化并为当地带来先进文明),也行了"割礼"(入了回教),有了回教名(伊布拉欣,因学问渊博而被岛民尊称为先知/Rasul 来苏里),并娶了四位妻子(入教随俗)。然而这个"郁达夫"不但"想念富阳家乡的那位妻子",最终还在"归真"后化为了"望妇·石"。摄制组在小岛的采访结束后,又被一帮海盗劫持到另一个岛上,因为有位"老人家"(海盗头目秦寡妇的相好)"想和大家见个面聊聊",这位"老人家"吟诵的诗作和书斋命名,①以及他对"启明兄"(周作人)"寿则多辱"的感慨,都令人不禁联想到这个"老人

---

① 小说中"老人家"吟诵的是黄景仁(字仲则)的诗作《绮怀》,书斋命名为"两当轩",这显然源自黄仲则的《两当轩集》。众所周知,郁达夫非常喜欢黄仲则的为人和诗作,曾以黄仲则为主角创作历史小说《采石矶》。由此可以看出"老人家"与郁达夫的关联性。

家"就是劫后余生的"南洋"郁达夫，然而当有人问他究竟是不是郁达夫时，他却回答"我不姓郁，姓都"①。

在黄锦树笔下神出鬼没的"郁达夫"到了《导言：叙事/大河的水声》(1999)中，又成了一具"骸骨"——看到"曾因宝剑鞭名马，生怕情多累美人"这副对联，读者自然会联想到作品中这架骸骨的真身应该就是"郁达夫"。② 在这篇小说中，深受中国文学影响的马华作家茅芭（"因仰慕中国作家茅盾、巴金而取此笔名"）备受嘲讽，"生前如行尸，死后成标本"③，而中国作家"郁达夫"在小说中则已然成了一具"骸骨"——"死"后"史迹"化的标志。到了《凿痕/刻背》(2001)，郁达夫则成了"最受不了欢场美女的架子"，"总是要最丑的女人陪酒陪宿"的变态怪物。

温梓川的传记和黄锦树的小说，为我们形塑出两个完全不同的"南洋"郁达夫。而在马来西亚（旅港）作家林幸谦的诗作中，我们又看到了"南洋"郁达夫的另一种形象。2007年，林幸谦出版了他的诗集《叛徒的亡灵——我的五四诗刻》，其中他以七首诗呈现了郁达夫这位"颓唐派领袖的代表者"。在林幸谦的笔下，"南洋"郁达夫是放逐者："你放逐你的时代/自己却被时代给遗弃了"；是漂泊者："沉沦是一页拒绝沦陷的再生纸/然后就是终身的漂游"；是忧郁的沉沦者："一朵忧郁的主题/沉沦天涯/落在文明与蛮荒接界之区"；是永远的孤独者：在"永远死去的雨林/没有一个神位/可以容我安身立命"，"天涯之后我依然独坐"。

如果说温梓川形塑的"南洋"郁达夫是一个可亲可敬的中国作家，那么黄锦树形塑的"南洋"郁达夫则是一个神秘莫测、行为怪异乃至变身"骸骨"的失

---

① 这篇小说中"郁达夫"被劫持到一个小岛的情节，与黄锦树的另一篇小说《不信道的人们/阿拉的旨意》有着某种"互文"性。《不信道的人们/阿拉的旨意》中的"我"与这篇小说中的主人公有着类似的经历，也是被迫流放到一个岛上。

② 郁达夫的原句为"曾因酒醉鞭名马，生怕情多累美人"，为《钓台题壁》之颔联。

③ 王德威：《坏孩子黄锦树——黄锦树的马华论述与叙述》，收入黄锦树《由岛至岛/刻背》，麦田出版2001年版，第15页。

踪者/生还者/死者,而林幸谦形塑的"南洋"郁达夫,则是一个时代的漂泊者和孤独的放逐者。这三种形象,以不同的形式(传记、小说、诗歌),从不同的侧面,塑造出一个多维的"南洋"郁达夫形象。

三、"南洋"郁达夫的他者观照

温梓川、黄锦树和林幸谦都是马华作家,他们在形塑"南洋"郁达夫的同时,客观上形成了一种对中国作家郁达夫的他者观照。三位马华作家因其所处时代、秉持立场、文学观念和书写诉求的差异,在对"南洋"郁达夫的他者观照中,也呈现出不同的姿态和样貌。温梓川笔下的郁达夫,是一个爱国有才的著名作家,其爱憎分明的(中国)民族主义立场、最终结局的悲剧性,使得温梓川的观照充满了对"南洋"郁达夫的敬佩和感叹。作为一个外国后学同行,温梓川对郁达夫的文学成就十分欣赏和推崇,认为其"除戏剧之外,小说、散文、游记、文艺批评、诗歌,甚至翻译,样样都有一手,简直可以说得上是个多才多艺的天才作家"①,这份敬仰之情,显现出温梓川在观照郁达夫时有一种师友间的"代入感"。

温梓川的"代入感",到了年轻一代的林幸谦那里则变成了"距离感"。林幸谦在他的诗作中,以"南洋"立场和"南洋"视野,侧重表现郁达夫的天涯羁旅、放逐亡命——经过林幸谦"诗化"后的"南洋"郁达夫是个悲情的亡命人:"走不完的亡命路";是个怀乡的流浪者:"流浪在年复一年的雨季中/吞下虚无缥缈的思乡暴雨";是消失在南洋的忧患中年:"南洋的背影消失在我的肖像中/一页早已失传的爱恋/伤的脚印/转身离我而去/到一处没有神明的深渊/……在巨岛的内陆/赫然瞥见年轻不再的自己/一个忧郁病时代的青年/遗下满堆旧体的诗稿:/'生死中年两不堪/生非容易死非甘'";是中国作家海外

---

① 温梓川:《郁达夫别传》,新加坡青年书局 2006 年版,第 1 页。

流离的一则传奇："狮城之岛沦陷以后/你的行旅远赴更南的孤岛/成为传奇/成为中国文人的起殇梦语。"①

虽然林幸谦在诗中把"南洋"郁达夫塑造成一个漂泊孤独的游魂形象，但诗人对郁达夫的观照仍然充满同情，不过，相对于温梓川更具温情的"代入感"，林幸谦的观照姿态映现出的是一种冷静客观的距离感——这种距离感，既与时间相关（分属不同时代），也与空间有关（郁达夫从中国到"南洋"，林幸谦从马来西亚到中国香港）；既源自林幸谦的立场（马来西亚立场），也反映了他的文学归属（旅港马华作家）。存在于温梓川和郁达夫之间的那种无论是时间（同时代）、空间（在中国和"南洋"均有交集）、立场（都热爱中国文学）皆同步无间的整一感/同体感，在林幸谦这里，已经不复存在——有的只是一种"我的"（马华立场的）历史审视和文学回望。

温梓川和林幸谦在观照"南洋"郁达夫时，无论是"代入感"还是"距离感"，笔端皆含温情。相对而言，黄锦树对"南洋"郁达夫的观照，不但以"荒诞感"出之，而且笔墨尖刻。在《M的失踪》里，那个"怪里怪气"的M从形象到举止，都令当地人怀疑他是"白粉仔"，私下呼之为"竹竿"、"螳螂"、"四眼猴"，这种带有动物性特征的形象塑造，加以他穿越时空和莫名失踪的神秘，无不映透出黄锦树观照的"南洋"郁达夫，是个颇为猥琐、着实怪异的形象——在后续的《死在南方》、《沉沦/补遗》、《导言：叙事/大河的水声》、《凿痕/刻背》等作品中，黄锦树沿着这一"形象设计"的方向，让"南洋"郁达夫跨越种族（从华人变为回教徒）、穿越时空（从过去来到现在）、兼容生死（从活人转为骸骨），这种人鬼难辨、华回混杂、骸骨时现的南洋"郁达夫"形象，其"荒诞感"十分突出，而黄锦树以"后设"的方式来文学化这种"荒诞感"，无疑更强化/"合法化"了他在观照"南洋"郁达夫时所投射出的"荒诞感"。

温梓川、林幸谦和黄锦树以马华作家的他者身份"观照"中国作家郁达夫

---

① 林幸谦：《叛徒的亡灵——我的五四诗刻》，尔雅出版社2007年版，第52—67页。

时分别呈现出的"代入感"、"距离感"和"荒诞感"，反映的是当代马华作家对"南洋"郁达夫所持的三种态度："代入"观照表现的是一种充满感情的亲近和拥抱；"距离"观照表露的是一种深有感喟的审视和展现；"荒诞"观照表达的则是一种不无感愤的戏谑和嘲弄——而这三种"观照"姿态，体现了马华作家在观照"南洋"郁达夫时，有敬佩的仰视，有冷静的平视，也有嘲谑的俯视，而这三种"视"角，从某种意义上讲也折射出中国文学（郁达夫为其代表）在不同的马华作家那里所产生的影响和引发的感受是相当不同的。

从总体上看，进入马华文学的"南洋"郁达夫身为中国作家，他在温梓川笔下的形象是正面的、积极的甚至颇具崇高意味——这表明中国作家在"参与"马华文学的过程中，最初是作为一个尊崇的对象获得了文学生命；在林幸谦的诗中，中国作家的崇高意味和尊崇地位已然消解，受到关注并得以突显的是郁达夫的漂泊感、零余味和孤独性，这自然与林幸谦的马华立场、漂移情结以及对放逐美学的一贯追求有关，也意味着中国作家在他那里只是一个激发诗意的对象/触媒——这意味着中国作家在马华文学的发展过程中，已经演变成只是一个文学书写的题材；而到了黄锦树的小说中，"南洋"郁达夫不但已毫无尊贵可言，而且还成了恶搞和作弄的对象——一个曾在"南洋"华文文学发展过程中发挥过重要作用的中国"大作家"，竟被马华作家"观照"出他的"荒诞"特性，这样的观照背后，无疑有着更深的观念投射和更为复杂的文学（史）企图。

温梓川虽然是马华作家，但在面对郁达夫的时候，他并没有明显的"他"（中国）"我"（南洋）意识，从《郁达夫别传》的叙述语气看，他基本上是以一种"自己人"的口吻在进行叙事，这种认知上颇为自然的高度"一体感"，决定了温梓川对"南洋"郁达夫的观照相当单纯和平面化；相对而言，当林幸谦在二十一世纪回望"南洋"郁达夫的时候，他的马华作家（"我的"）意识十分明确，这使他在借助"五四"作家郁达夫亡命"南洋"的羁旅中创立诗意发挥的空间时极为冷静——这样的观照姿态和认知立场，已然带有一种"他"、"我"分立的"他者"意味。比较起来，黄锦树在面对"南洋"郁达夫时，其观照动机和认知诉求与前两者明显不同,也最为复杂。从黄锦树对郁达夫的文学书写中不难看出,破除、颠覆中国来的"大作家"神话,是其在小说中一再塑造负面郁达夫形象的基本动因。应当说,黄锦树以这种方式形塑"南洋"郁达夫,其目的显然不只是要在小说中塑造一个人物形象,而是要在这个文学形象身上,赋予更多的意义。当结合黄锦树关于马华文学的理论阐释时,我们发现,黄锦树对"南洋"郁达夫的文学形塑,观照出的是他对马华文学历史定位和未来走向的基本态度和总体思考——而这又与他的理论思考/论述相同构,认识到这一点,我们就不难理解黄锦树为何在小说中总是对郁达夫毫不留情地加以戏谑和嘲弄,因为在黄锦树看来,马华文学要形成自己的主体性,必须摆脱中国文学的影响,而郁达夫的存在以及他针对"南洋"文坛所倡议的"大作家"论,就是马华文学中绵延至今的"影响焦虑"的源头。[①] 要想建立不同于以往认知/论述的"新"马华文学,[②]就要从"源头"上破除郁达夫这个神话,瓦解对他的迷信,从而实现走出"影响焦虑"、建立马华文学主体性的目的。

四、"南洋"郁达夫·黄锦树·建构"新"马华文学

黄锦树是个对马华文学有着自觉的历史意识和前瞻思考的作家/学者,对于"马华文学史"及"马华文学与中国性"等议题,黄锦树发表过许多精辟的论述——这是他希冀重新认识/建构马华文学总体战略的重要组成。在黄锦树的马华文学论述中,他既对以方修、杨松年为代表的马华文学史叙事不满,也对马华文学与中国性的传统认知不以为然。对于通行的马华文学与中华传统文化之间血脉相连这一"共识",黄锦树提出"除了'运用中文'这一点之外,马

---

① 黄锦树在谈到为何要创作《M 的失踪》这篇小说时,曾明确提及这篇小说与"大马的华巫文化冲突和马华文学史上的'经典焦虑'"有关,见黄锦树在《梦与猪与黎明·再生产的恐怖主义(代序)》中对郑明娳评论的回应,收入《梦与猪与黎明》,九歌出版社有限公司 1994 年版,第 5 页。

② 这里所说的"新"马华文学,是相对于在此之前以"中国"为内在尊崇对象、以"中国文学"(含中国台港)为学习榜样的马华文学。

华文学其实和'传统中华文化'是不相容的"①，因为在黄锦树看来，"文字是文化中最顽固的一环"②，而马华文学"如果在语言文字的实践上过度强调传统中国美学的意趣，或甚至耽溺于文化流放的自哀自怜里，一个直接的后果是以当地地域生活与历史的存在具体性为参照的文学（或文化）写作的'对象性'会被层层遮蔽，而使得'马华文艺的独特性'之成立一再的被迟延"③——马华文学如果要突显"地域性"（其昧不同），那它就会和"中国性"产生冲突；而对"中国性"的过度依赖，则会妨碍、迟滞甚至干扰"地域性"（马华文艺独特性）的产生和发展。

黄锦树在马华文学的论述中对马华文学主体性的强调，突出马华文学与中华传统文化/中国文学/中国性之间的差异性/区隔性，可以说与他在小说中对"南洋"郁达夫的形象塑造/观照立场相互映衬，彼此"互文"。从某种意义上讲，"南洋"郁达夫可以视为黄锦树对于"马华文学与中国性"问题思考的一个载体和"装置"——所有黄锦树在小说中对"南洋"郁达夫的想象、重铸、改写和新造，都可以在他的马华文学观中，找到叠合与共振之处。

"影响焦虑"是黄锦树在《M的失踪》中着重表现的主题，由于"南洋"郁达夫的（"大作家"论）存在对"南洋"（马华）作家形成了一种"历史遗产"和"现实追求"的全覆盖，导致"南洋"（马华）作家在"巨大的"郁达夫和他的"大作家"论面前，产生了深重的经典缺席"焦虑"。小说依凭如真似幻的"南洋"郁达夫这一"节点"，"串联"起马华文学（文坛）的历史渊源和现实处境，而"南洋"郁达夫则成了当代马华文学中的一个神秘飘忽、无处不在的"阴魂/阴影"，他的"失踪"如同一个没有结尾的死亡，高悬/萦绕在马华文学的上空，对当今的马华文学，产生着无远弗届的影响力（焦虑）。牵动着当今马华文学神经的关键问

---

① 黄锦树：《中国性与表演性——论马华文学与文化的限度》，收入《马华文学与中国性》，元尊文化企业股份有限公司1998年版，第122—123页。
② 同上书，第122页。
③ 同上书，第134页。

题——"大作家"在哪里？这个二十世纪三十年代的"郁达夫之问"，可以说在某种程度上构成了黄锦树创作这篇小说的最深刻动因，而"M"是不是象征着那个失踪的（"南洋"郁达夫）、也是当今马华文学一直在寻找的（众多作家都有可能然而都不是）"大作家"，也就成了"《M的失踪》之问"。耐人寻味的是，黄锦树在小说中书写的"南洋"郁达夫，不但成了当今马华文学（作家们）"大作家"（影响/经典缺席焦虑）问题的来源和聚焦点/延长线，同时他也成了马华文学与中国文学彼此互渗的一个经典符号。

如果说《M的失踪》表现的是M（可能的郁达夫）为马华文学带来了"影响/经典缺席焦虑"，那么《死在南方》则是"我"力图摆脱"他"（"南洋"郁达夫）的影响以创立主体意识的写照——小说中"我"与郁达夫之间那种神秘的感应（恍惚遭遇过）深深地吸引并影响了"我"，"我"不仅"搜罗了他生前死后出版的各种著作——他的，及关于他的"，而且"疯狂的拟仿他的字迹，无意识的让自己成为亡灵最后的化身"，这使"我"与"赵老板"（"南洋"郁达夫）已经"物我合一"；然而另一方面，"对我们而言永远是遥不可及的""五四浪漫文人郁达夫"的巨大存在，也使"我"竭力要通过书写活动（"补充性质的后现代叙事"），力图摆脱郁达夫的"亡灵"，找回"自己"（自我）——最终"近乎迷失"的"我""在涔涔的汗水中，猛然寻回失落的自己"。如果我们从象征的意义上（小说中也确实写到"郁达夫是一个沉重的象征"）把"郁达夫"放大成"中国文学"，把"我"放大成"马华文学"，就会发现，在"我"与"南洋"郁达夫的关系中，既寄寓着同构的"中国文学"与"马华文学"的关系（"我"是"郁达夫"的"化身"，正象征了"马华文学"脱胎于"中国文学"），也隐含着"马华文学"要挣脱"中国文学"以便寻回"自己"（建立主体性）的努力。

在黄锦树后来创作的与郁达夫有关的小说中，他要么表现"南洋"郁达夫的回教化（《沉沦/补遗》），要么干脆将"南洋"郁达夫"骸骨化"（《导言：叙事/大河的水声》），而在所有写到"南洋"郁达夫的小说中，黄锦树对郁达夫的叙述语言都是尖刻的、戏谑的、嘲弄的甚至是轻薄的——在这种叙述语言的展开中，中国(大)作家郁达夫在"南洋"的"神圣"/"神话"性已经荡然无存,而小说中郁达夫形象的"回教化"和"骸骨化",则在某种程度上意味着/象征着在黄锦树的心目中,中国文学在"南洋"(以郁达夫为代表/象征)既必须适应/融入当地(本土化),同时其曾有的影响力也已成为历史(骸骨化)[1]。

黄锦树通过小说创作与理论阐释的齐头并进和相互"补充",大致完成了他对马华文学/史的"新"建构。这一过程包括:(1) 颠覆"南洋"郁达夫在马华文学中崇高、权威等固有的"传统"(大师)形象,以破除中国文学在马华文学中的神圣联结和神话地位,并通过骸骨化"南洋"郁达夫,表明中国文学在"南洋"影响的终结(死亡)和已然成为"过去了"的历史(骸骨);(2) 在小说中让具有指标意义的"郁达夫"在本地落地生根,成为本土化/回教化的伊布拉欣或先知Rasul/来苏里,以此寓示马华文学本土化的必然趋势;(3) "南洋"郁达夫当年对"大作家"的呼唤,已成为马华文学中"影响焦虑"的魔咒,而对首倡者的戏谑和嘲弄,则可达至祛魅"神话"、纾解"焦虑"、消除"魔咒"的目的;(4) 以郁达夫的失踪/死亡为起点的"新"马华文学,由此启动[2]——一个走出中国影响覆盖、摆脱中国影响焦虑、主体意识高扬、努力实现本土化的马华文学,正在向世界走来——而这,正是黄锦树希望通过自己的创作和论述,努力建造(通过创作)/建构(通过论述)的"新"马华文学。

五、郁达夫的"南洋"(马华)文学意义:影响与互渗

"南洋"郁达夫在海外(曾经的南洋,现在的东南亚)的生前身后遭遇,既反映了中国文学/作家如何介入、影响了东南亚/马华文学的历史,同时也体现了

---

① "骸骨"的说法来自郁达夫,他在《骸骨迷恋者的独语》一文中自称有"骸骨迷恋",意谓对旧诗词无法忘情。黄锦树在这里借力打力,用郁达夫自己使用的"骸骨"来形容/塑造郁达夫。

② 黄锦树在《境外中文,另类租借,现代性——论马华文学史之前的马华文学》一文中,认为"死在南方的郁达夫在星、马、印华文学的始源处凿出一个极大的欲望之生产性空洞"。见黄锦树《文与魂与体:论现代中国性》,麦田出版2006年版,第103页。

当今马华文学在追求主体意识/本土化过程中对中国文学/作家的再认识和新态度。当温梓川、林幸谦和黄锦树从马华文学/作家的立场/角度形成对郁达夫的"他者"观照时，"南洋"郁达夫反过来也成为观照当下马华文学处境/状态的"他者"镜像，而他对"南洋"（马华）文学的影响，以及马华文学对他的各种反应/再生产，无不体现着中国文学与"南洋"（马华）文学之间复合互渗的复杂关系。

在今天，马华文学不是中国文学这一观点既是事实也是常识，不过，两者之间的关系却有许多牵扯和纠葛——在"南洋"郁达夫身上，这种牵扯和纠葛表现得格外明显。郁达夫既以中国作家的属性/身份介入"南洋"/马华文学之中，扩大了中国"五四"新文学在"南洋"的影响力，担负起中国与"南洋"文学（文化）交流的桥梁，①提出了"大作家"论；又在当代马华文学中成为众多作家/学者书写的对象——除了温梓川的传记、黄锦树的小说和林幸谦的诗歌之外，方修、原甸、王润华、高嘉谦的论述文字，温梓川和王润华的郁达夫文集编选，也从不同角度和层面，显示出郁达夫在"南洋"巨大而又持久的影响力。

这种影响力主要表现为：郁达夫既主动介入"南洋"华文文学，又被动成为马华文学中的书写对象，随着文学/历史/文化的话语权力发生位移，他由当初的书写主体变成了如今的被书写客体，由当年的文学指导者变成了当下的被塑造对象，由自觉的中国属性坚持者变成了任人评说/塑造的文学形象——当年置身在"南洋"文学里的中国"大作家"郁达夫，最终成了当代马华作家/学者"文学再生产"的书写资源，以文学形象的方式再次置身马华文学。而不论现实中的郁达夫还是文学中的郁达夫，他/"他"都在马华文学中令人瞩目，影响

---

① 当年中国各地作家如香港的楼适夷和戴望舒，新疆的茅盾，延安的成仿吾，重庆的郭沫若，上海的戴平万、柯灵、许广平等，郁达夫都曾向他们约稿，希望他们向南洋供稿，为南洋文艺的繁荣做贡献。见郁达夫《致戴平万》、《关于沟通文化的信件》、《致戴望舒》，收入郁风编《郁达夫海外文集》，生活·读书·新知三联书店1990年版，第512、533、543页。

巨大。

由于黄锦树在"文学再生产"郁达夫上最为用心且影响巨大,因此在他的文学世界(小说/论述)里,郁达夫对马华文学的影响也体现得最为明显充分——这种影响主要表现为:(1) 当黄锦树在小说中塑造的"南洋"郁达夫在马华文学中产生重大影响的时候,他对郁达夫熟悉程度之深也显露无遗——这正从反面证明了郁达夫对马华文学(马华作家/黄锦树)的深刻影响;(2) 黄锦树的"新"马华文学观,即肇始于对郁达夫南洋岁月和失踪之谜的重新认识,[①]与此同时,"南洋"郁达夫经由黄锦树的形塑、观照和论述,又成为马华文学中深具文学性(小说)和理论性(论述)的重要内容。

黄锦树曾将母语(华文)、文化(内在中国)比喻为"幼儿"(华人)的"母亲",而"幼儿(华人)在'社会化'的过程中无可避免的会破坏'镜像阶段'的母子和谐(一体感)"[②],某种意义上讲,"南洋"郁达夫就是黄锦树在"社会化"(成人化)过程中,作为他成长证明的精神/文化/文学"弑母"(也即摆脱"中国性")的"标靶"。作为具有强烈本土意识的马华作家,黄锦树对郁达夫进行文学形象的颠覆/解构和理论阐释的重构,就是要让马华文学摆脱中国文学的影响,走出"影响焦虑"的阴影,建立属于"自己的"华文文学主体性。应当说,黄锦树所极力倡导的马华文学主体性/本土性有其合理性和必然性,而在马华文学中,主张如此的也并非只有黄锦树一人。事实上早在郁达夫到达"南洋"之前,当地关于"南洋色彩"和"马来亚地方文学"的讨论就已颇为热烈,"二战"后则有"马华文艺独特性"的讨论,到了二十世纪九十年代,以张光达、林建国、张锦忠、林春美包括黄锦树在内的一批年轻的马华作家/学者,不约而同地发出了要为马华

---

① 黄锦树在《境外中文,另类租借,现代性——论马华文学史之前的马华文学》一文中,认为"死在南方的郁达夫在星、马、印华文学的始源处凿出一个极大的欲望之生产性空洞"。见黄锦树《文与魂与体:论现代中国性》,麦田出版 2006 年版,第 103 页。黄锦树在同一篇文章中还有"郁达夫的命运是个丰饶的个案,一个关于起源的新的象征点","经由他的献祭,或许我们也可以重新命名马华文学/史的起源"等类似说法。见该书第 104 页。

② 黄锦树:《神州:文化乡愁与内在中国》,《马华文学:内在中国、语言与文学史》,华社资料研究中心 1996 年版,第 129 页。

文学"正名"、对"经典缺席"不满、提倡文学"断奶"、高喊"再见，中国"等呼声，并在马华文学中形成了一股"辣味"十足、颇具冲击力的文学思潮。①

然而，"正名"、"缺席"也好，"断奶"、"再见"也罢，在所有这些"九十年代马华文学争论性课题"中，都或隐或显地刻印着二十世纪三十年代郁达夫提出的"大作家"论的影响痕迹；说到底，这股以黄锦树、林建国等为代表的群体性追求——追求马华文学的主体性/本土性，抗拒中华文化/中国文学/中国性，反映的其实还是一种"影响焦虑"。

黄锦树（们）把中国和"中国性"视为造成马华文学主体性/本土性不够突出的根本原因，认为是中华文化/中国文学/中国性妨碍了马华文学的自主性成长。然而问题在于，中国和"中国性"②对马华文学的主体意识生成、在地化走势和文学独特性扩展，并不必然是一种妨碍，从某种意义上讲，它反而是马华文学得以成立并独自发展的最深厚、最广泛的基础。事实上，历史地看，没有中国作家和文化人（从左秉隆到郁达夫）的"嵌入"，没有"中国性"的参与和奠基，马华文学就无从产生；发展地看，在马华文学的历史进程中，无论以方北方为典型的现实主义奉行者，还是以《蕉风》、天狼星诗社为代表的现代主义追求群，都深受中国（含台湾）文学的影响，都有着中国（含台湾）文学的投影和映照；而"马华旅台作家群"，则更可以视为中国台湾文学的生产机制孵化出来的"产品"，至于有着"内在中国"灵魂的神州诗社就更不必再言。从根本上讲，只要马华文学是用汉字（华文、中文、汉语）进行写作/创作，那么负载于汉字（华文、中文、汉语）符码（能指）内的中华文化信息（所指），就会自然地留存在马华文学之中——黄锦树自己就曾明确说过"在两千多年的古文经学传统中，汉字确实业已被一步步建构成文化系谱的基本环节，每一个汉字的字形、字音史及

---

① 张永修、张光达、林春美主编：《辣味马华文学——90年代马华文学争论性课题文选》，雪兰莪中华大会堂、马来西亚留台校友会联合总会2002年出版，第309—402页。

② 对于什么是"中国性"，黄锦树用"国粹"、"国性"或"中国特性"予以说明。见黄锦树：《马华文学与中国性》，元尊文化企业股份有限公司1998年版，第41页。

层累词义沉积,都是一部微型的中国文化史"①。如此一来,附着在汉字(华文、中文、汉语)里的"中国性",也就在马华文学中与生俱来、挥之不去。尽管随着马华文学的发展,寄身在汉字里的"中国性"会随着马华文学在地化/本土化程度的加深而发生一定的变化,华文(中文、汉语)文字中的"所指",会出现某种程度和某些意义上的增减,但马华文学在华文(中文、汉语)写作时使用的汉字"能指"——长江、黄河、长城、甲骨文、孔子、孟子、老子、庄子、灯笼、狮子舞、寺庙、中秋等,其中的"中国性""所指",大概与中国文学中的汉语书写使用这些汉字,不会有什么本质上的差别,类似这样的"中国性"不但马华文学割弃不了,摆脱不掉,而且它的存在本身,恰恰是马华文学得以成立并有所成就的基石和根本——就此而言,"中国性"就寄存在马华文学的内里,就寄寓在马华文学的形态构成——汉字书写——之中。马华文学要想完全摆脱、消除与生俱来的"中国性",是不可能的也是不现实的。②

因此,马华新一代作家/学者们的"断奶"、"再见"努力,不过是证明了马华文学其实忘不了/断不掉/告别(再见)不了中国文学("南洋"郁达夫为其象征和代表)的存在和影响——因为从某种意义上讲,黄锦树(们)这种一再的、反复的颠覆和解构/阐述与重构,客观上其实是对中国文学在马华文学中具有不可撼动、无可消解的巨大影响力的强化,同时也是"影响焦虑"的一种凸显。事实上无论是黄锦树对马华旅台作家社团神州诗社的解说,还是他对方北方、王润华、潘雨桐、李永平、张贵兴等马华作家的评论,③其中都涉及中华文化/中国文学对这些作家的影响,尽管黄锦树对这种"内在中国"式的影响并不认同且

---

① 黄锦树:《华文/中文:"失语的南方"与语言再造》,《马华文学:内在中国、语言与文学史》,华社资料研究中心 1996 年版,第 70 页。在该文中,黄锦树将"华文"与"中文"加以区分,但其区分的理由在笔者看来颇为勉强。
② 需要特别指出的是,这里的"中国性",是指文化/历史"中国性",而不是政治/现实"中国性"。像郁达夫那样在"南洋"政治介入(宣传抗日)的情形,在当今的东南亚/马来西亚是不可想象的也是不可能的。
③ 相关文章均收入《马华文学:内在中国、语言与文学史》和《马华文学与中国性》两书。

提出了批评，但反过来看，黄锦树一再撰文批评这种现象本身，是不是也正说明了中国文学对马华文学的影响具有广泛性乃至普遍性？回到"南洋"郁达夫，他对自己中国属性的坚持，以及他对"南洋"出现"大作家"的期待/呼吁，既有当时的历史合理性（前者），也有当下的现实迫切性（后者）。黄锦树希望借助自己的小说创作让郁达夫"死"在"南方"，可是他的文学书写却一次又一次地（逆向）呈现着/强化着"南洋"郁达夫的"活着"/存在。就此而言，"南洋"郁达夫事实上成了马华文学/马华作家如黄锦树省察自身（马华"大作家"在哪里？这是主动的、自觉的）和观照自身（欲破除郁达夫的影响，却反而强化了这种影响。这是被动的、不自觉的）的一个聚焦载体。

需要特别强调的是，说马华文学因了使用汉字（华文、汉语）书写而与生俱来地内隐着一定的"中国性"，并不意味着马华文学就是中国文学的一部分/支流，而是表明：当具有十分明确的主体意识/本土色彩的马华文学已经独立存在、与中国文学互不隶属的时候，它与中华文化/中国文学/中国性的联系，依然是十分密切的。即便是主张马华文学主体性/本土性最激烈的黄锦树，也一方面认为，马华文学的语言文字实践对传统中国美学的意趣过度强调，会延迟马华文艺独特性的产生，可是另一方面，他又觉得"经典语言的建立，不能离于乡土，也不能自外于中国文化"[1]，"中国性可以是一种负担，但也可以不——它也可以是一项重要的资源"[2]。黄锦树这种看似不无矛盾的说法，其实正是马华文学与"中国性"之间难以"断奶"、无法"再见"的明证。

无论从历史的角度审视，还是以当下的视野衡量，"南洋"郁达夫都已经成为"南洋"/马华文学重要的有机组成，他对当时"南洋"华文文学（主动）和后来马华文学（被动）的深度介入、产生影响和引发"繁殖"（再生产），都使他已经多

① 黄锦树：《马华文学的酝酿期？——从经典形成、言/文分离的角度重探马华文学史的形成》，收入《马华文学：内在中国、语言与文学史》，华社资料研究中心1996年版，第50页。
② 黄锦树：《中国性与表演性——论马华文学与文化的限度》，收入《马华文学与中国性》，元尊文化企业股份有限公司1998年版，第122—123页。

元渗入"南洋"/马华文学之中,并对后者产生"铭刻"式的影响效果。而温梓川、黄锦树和林幸谦,尤其是黄锦树对"南洋"郁达夫的想象、形塑、再造和理论阐述,则是对"南洋"郁达夫渗入马华文学(史)的文学化"反应"和理论性沉思,这种"反应"和沉思,一方面坐实、强化了"南洋"郁达夫对马华文学的渗入,另一方面,它也昭示了马华文学对"南洋"郁达夫的逆向渗入——它丰富了、充实了、提供了另一种认识"南洋"郁达夫的可能,而这些"南洋"郁达夫的形象塑造和理论阐释,又以一种文学/理论"再生产"的方式,成为马华文学重要的组成部分。正如高嘉谦所说:"在南来架构下的马华文学视域,郁达夫个案有了一种生产意义,指向了马华文学'离散叙事'(Diaspora Narrative)发生的历史和文学现场。这样的现象指出了一个马华文学内部隐然存在的流亡诗学面向和可能的形态。"①很显然,无论在"南洋"遭受到的是理解、误解还是曲解,也无论温梓川、林幸谦和黄锦树在他身上观照出的是"代入感"、"距离感"还是"荒诞感","南洋"郁达夫已融入马华文学的肌理,并在相当程度上成为马华文学的一种形态/面向、一个"图腾"/"情结"和一个绕不过去的"坎"/存在。正是在这个意义上,"南洋"郁达夫以他的中国属性,介入从"南洋"到东南亚/新马/马华文学的发展历史和形成谱系中,不但对"南洋"/东南亚/新马/马华文学产生了重大影响,而且它自身也在这一文学的发展进程中,成为其中的一部分,在此过程中,他不断被形塑、被观照、被言说、被挪用,并成为理解、判断马华文学历史和规划、设计马华文学未来的重要支点/节点。可以说,在"南洋"郁达夫的身上,不但体现了中国作家海外影响的历史形态,而且还负载/集聚了华文文学不同区域(中国文学与"南洋"/东南亚/新马/马华文学)之间彼此复合互渗的复杂关系。②

----

① 高嘉谦:《骸骨与铭刻——论黄锦树、郁达夫与流亡诗学》,《台大文史哲学报》2011年第74期。

② 除了林幸谦在诗歌中对"五四"作家进行互文式的改写、挪用,黄锦树也常在作品中借用中国作家鲁迅、郁达夫、龙瑛宗等的作品篇目,作为自己小说的篇名,如《伤逝》、《沉沦》、《死在南方》等。这种借用/套用/挪用中国作家的名篇将之"引入"自己的创作,使之以"互文"/"再生"的方式进入马华文学,也是华文文学——中国文学与马华文学——彼此叠加复合互渗的一种体现。

也即是说，郁达夫不仅以中国作家的身份，参与了"南洋"/东南亚/新马/马华文学的建构，并且还以他在马华文学中的重大影响、象征意义和双向的复合互渗（他对马华文学的介入和马华文学对他的再造/再生产），不断"进入"到/出现在马华文学的后续发展之中，并成为认识/映照马华文学的重要载体和多棱镜像。

华文文学在新马华人"文化同构"过程中的作用和影响

新加坡和马来西亚在 1965 年新加坡独立之前,都属于马来西亚联邦。古代的新加坡马来语为 Negeri Selat,意为海峡之国。十四世纪末,梵文名字 Singapora(意为"狮城")被用来指称新加坡。1819 年 1 月,英国人莱佛士(Thomas Stamford Raffles)在新加坡登陆,新加坡成为英国殖民地。1826 年,新加坡、马六甲和槟城成为海峡殖民地。1942 年 2 月至 1945 年 8 月为日据时期,日本占领者将新加坡改名"昭南岛"。1945 年英军回到新加坡,1946 年 3 月海峡殖民地解散,1948 年新加坡成为马来亚联邦的一部分。1963 年 9 月,马来西亚联邦成立,领土包括新加坡、马来亚、沙捞越和沙巴。1965 年 8 月,马来西亚国会经过投票,同意将新加坡驱逐出联邦,新加坡共和国成立。

从以上对新加坡历史的简单回顾中,可以发现新加坡和马来西亚之间有着千丝万缕难以分割的联系。新加坡和马来西亚都曾受英国的殖民统治,"二战"时都曾被日军占领,国民中有马来人、华人、印度人等,华人在新加坡是最大族群,占总人口的 74% 左右(280 万),华人在马来西亚是第二大族群,占总人口的 25% 左右(700 万),两国合起来总计有近 1000 万华人。华人族群在新马两国无疑是个巨大的存在。

面对共同的历史、共同的社会处境和现实环境,加上都是华人族群,来自共同的母国,具有共同的文化背景,因此华人文化在新马两地处于一种"文化同构"的状态——这里所说的"文化同构",是指新马两国的华人文化在源头上同源、在历史上同在、在形态上同类、在精神上同质。它们都以中华传统文化为核心,在吸纳现代(中、西方)文化和当地本土文化的过程中,不断扩展、丰富、延伸,并逐步形成一种新的新马华人文化。这种新的新马华人文化,融合了中华传统文化、中华地域文化、中华现代文化、西方宗教文化和西方现代文化、本土宗教文化和本土民俗文化等不同的文化内容和文化精神,是一种既有质的规定性(中华文化为其根本)又极富包容性(具有丰富复杂、多元互渗特性)的文化存在。

新马两国从原来的马来西亚"一"分为"二"而来,虽然在后来的文学、文化发展中逐步形成了自己的文化环境、文化特点和文化诉求,但从总体上看,两国华人的文化观念、文化心理、文化知识和文化认知,具有极大的相似性——这种相似性主要体现为:(1)文化内容相似。如前所述,新马两国的华人文化都以中华传统文化(地域文化)为基础,在融合了中华现代文化(包括左、右两种文化)、西方文化、马来文化等多种文化之后新生了一种文化。(2)文化处境相似。华人文化在新马两国都是一种边缘文化,这种边缘文化都遭受着主流文化(英文文化、马来文化)的"压迫",并面临着日趋衰微的严酷现实。(3)文化气质相似。新马两国的华人文化,由于在当地都处于边缘和受压的状态,因此这种文化在气质上具有一种"凝聚性"、"反抗性"和"斗争性"。

导致新马华人"文化同构"形态的原因当然很多,但不可否认,新马两国的华文文学在新马华人"文化同构"的过程中,起到了相当重要的作用。华文文学在新马两国华人文化的"文化同构"过程中所起的作用和影响源于两个方面:一方面,新马两国原本就是一国,它们有着共同的文化渊源和历史记忆;另一方面,中华文化是新马两国华人共同的文化源头,而华文文学则是中华文化在海外最具代表性的表现载体。与此同时,新马华人"文化同构"的具体形态,也在新马两国的华文文学中得到了充分的体现。

华文文学对新马华人"文化同构"的作用和影响,从源头上看来自华文教育,而华文教育的一个核心内容,就是自古至今的经典华文文学作家及其作品。在新马两国的华文教育中,中国文学中的唐诗、宋词、明清小说占据了重要地位,而"五四"以来的白话新文学,也在其中扮演着重要的角色。从发展历史上看,新马两国的华文文学如同新马两国一样,在历史上也是从"一"分为"二"的,因此华文文学在 1965 年新加坡独立之前,事实上由新马两国共享,1965 年新加坡独立以后,新马两国的华文文学虽然分属两国,但仍然处于一种"剪不断,理还乱"的"你中有我、我中有你"的纠葛之中,这种纠葛在某种程度上讲既是历史的,也是现实的。很多新加坡作家,跨越了新加坡建国前和建国后两个时期,如槐华、杜红等,也有许多作家在马来西亚出生,后来却成为新加坡作家,如王润华、淡莹等。这样的文学共生、互渗和交织,就成为新马华文学的一种特质,而这种特质,在很大程度上对新马华人形成一种共同的"文化场"和"文化同构",起到了"磁波"共振的作用。

华文文学在新马华人"文化同构"过程中的作用和影响,在不同的作家笔下有不同的体现,现在以几位作家为例,对上面提到的几个方面进行具体论述。

(1) 追忆、回溯因而也强化、固化了中华文化的灿烂、博大,并对中华文化表现出一种礼赞和孺慕之情

出身马来西亚,却落籍新加坡的诗人王润华、淡莹夫妇,在他们的作品中都曾对中华文化的灿烂、博大表示过礼赞,王润华的诗集《山水诗》从命名中就可以看出对中华文化的膜拜,而他在《内外集》中的"象外象"集中,则以中国古文字为他诗作的灵感来源,"恨不能把每个汉字所包涵的诗情画意都写成一首诗",这种将对中华文化的强烈感情化为自己文学创作的冲动,也体现在他的妻子淡莹身上。淡莹在她的《太极诗谱》中,创造性地将太极拳的每一个招式动作,都化为一首现代诗,中国传统文化的奇妙深邃与现代诗形式的新马化呈现,在淡莹的笔下得到了完美的体现。类似的例子还有很多,在陈大为的《再鸿门》《尽是魅影的城国》等诗集中,我们再次看到汉字和古中国如何在新马

作家的笔下得到"再生"和"新生";而温瑞安等人组织的"神州诗社",则期待"身体和精神双重/彻底回归,使神州成为中国中的中国";在林幸谦的《五四诗刻》中,则又可以看到马华作家对中国现代文化的礼赞。这些作品所凝聚起来的文化磁场,对新马华人的文化原乡形塑,起到了十分重要的作用。

(2)表现新马华人的历史并在这种历史中追溯/呈现自己的文化之根

在李天葆的《州府人物连环志》、黎紫书的《州府纪略》和尤今的《燃烧的狮子》、孙爱玲的《碧螺十里香》等作品里,可以看到新马两地华文小说家,从不同角度、不同侧面,对华人历史予以表现并在这种表现中寄托独特的历史文化思考。

(3)在表现华人现实处境的过程中呈现出族群共同体意识

新马华人在马来西亚联邦或新马分家后的国家结构中,都(曾经)是(文化)弱势(边缘)族群,这样的现实处境在新马华文作家笔下都有着深刻的表现,新加坡作家佟暖的《无非她与他之九九归异》、希尼尔的《浮城六记》,与马来西亚作家商晚筠的《南隆·老树·一辈子的事》、黄锦树的《鱼骸》、小黑的《细雨纷纷》等都表现了华人在新马社会的现实处境,以及在华人社群中才会有的对新马社会的独特思考和批评。

(4)对华人的不公平处境发出不平之音

新马华人在自己国家中的地位比较特殊,两国特有的政治和语言政策,导致了华人在现实生存处境中的某种屈辱感,这种由种族差异、政治导向和语言政策偏差所引发的"受压迫感",反过来也凝聚了华人的文化认同感。对于新马华人的这种不公平处境,新马华文作家在作品中予以有力的表现。新加坡作家张曦娜的《任牧之》、英培安的《不存在的情人》,以及马来西亚作家小黑的《十月二十七的文学纪实及其他》、黄锦树的《非法移民》等,都表现了这样的主题,并以此体现出新马华人社会的共同文化心绪和文化心理。

(5)思考和表现华人文化"中国性"与"本土性"的关系

新马两国历史、社会的复杂形态,某种程度上讲导致了新马华人身份的两难——他们在种族、国别和文化之间的特有处境，使得他们在文化身份上具有一种既受压迫又敏感自尊的特质，这种特质也成为新马华文文学中特有的张力，并反映了新马华人文化的趋同性。为了探究和确立自己的身份，许多新马华文作家在他们的作品中以艺术的方式对"中国性"和"本土性"关系进行了思考和表现。新加坡作家潘正镭的小说《沉船记》，马来西亚作家黄锦树的《M 的失踪》《死在南方》等作品，就反映了新马华文作家既有对"中国性/心"的沉迷，也有对"中国性/心"的解构、颠覆并赋予全新的解释——而如此表现"中国性/心"，正是为了从中突显"本土性"。

从总体上看，新马华文文学既是新马华人"文化同构"的产物，同时，反过来，它也对新马华人"文化同构"起到了夯实、呈现、记载、强化的功能。华文文学在新马华人"文化同构"的过程中，既是这一"文化同构"的产物，也是这一"文化同构"产物的推动者、凝固剂和催化剂。从新马华人的"文化同构"中，可以看到中华文化在"南洋"（东南亚）华人中持久而又广泛的影响力，而在这个过程中，华文文学起到了重要的作用。

"华语语系文学"（概念/理论）的生成、变异、发展及批判

——以史书美、王德威为论述中心

一、"华语语系文学"（概念/理论）的生成

最早在英文论文中使用 Sinophone Literature（华语语系文学）这一概念并产生重大影响的华人学者是史书美(Shu-mei Shih)①。在发表于 2004 年的英文论文《全球文学与认同的技术》("Global Literature and the Technologies of Recognition")中，史书美提出了"Sinophone Literature"这一概念——她以注释的方式对"Sinophone Literature"进行了界定：

---

① 目前所知最早在文中提及"Sinophone"的华人学者是陈鹏翔(陈慧桦)。1993 年 5 月，他在《文讯》杂志革新第 52 期(总号 91)上发表了一篇文章《世界华文文学：实体还是迷思》，文中提及"华语风"(Sinophone)，并称"Sinophone"为其"本人杜撰"——其实早在 1988 年，英语学术界就有学者使用这个词(见第 172 页注释 2)。不过，虽然陈鹏翔(陈慧桦)提及"Sinophone"一词比史书美要早了将近十年，但"Sinophone Literature"是史书美的"创造"。而"Sinophone"和"Sinophone Literature"虽然关系密切，但两者毕竟有所不同。史书美不但是"Sinophone Literature"这一概念的创造者，而且相对于陈鹏翔(陈慧桦)对"Sinophone"只是简单提及，她对"Sinophone"一词有她自己独特的界定和指向(不妨将之称为"史氏 Sinophone")，因此本文仍将史书美视为华人学者中率先使用"Sinophone"和"Sinophone Literature"并产生了重大影响的开创者。

我用"sinophone literature"一词指称中国之外各个地区说汉语的作家用汉语写作的文学作品，以区别于"中国文学"——出自中国的文学。Sinophone Literature 的最大产地是（中国）台湾和"易手"前的香港，但是放眼整个东南亚地区，二十世纪以来 sinophone literature 的传统与实践都蔚然可观。美国、加拿大以及欧洲也有为数众多的作家用汉语写作，其中最耀眼的当属 2000 年诺贝尔奖的获得者高行健。创造 sinophone 一词有纠偏的考量，过去对中国之外出版的汉语文学（literatures in Chinese）的态度，若非熟视无睹或将其边缘化，便是选择性的，出于意识形态目的甚或随意地吸纳一些作品到中国文学史中。在汉语被视为殖民语言的地方（如在台湾），sinophone 在某种程度上近似于 anglophone 和 francophone。[①]

英语中原本没有"sinophone"（华语语系）这个词，它是被西方学者"创造"出来的。[②]当然，"创造"在这里并不意味着"无中生有"，而是根据英文"anglophone"（英语语系）和"francophone"（法语语系）的构词法"仿造"而来。因此，要想了解"华语语系"的来龙去脉，必须首先对什么是"英语语系"和"法语语系"有所知晓。根据德国杜伊斯堡-埃森大学对其"英语语系"研究系的介绍，我们大致可以从中知道"英语语系"究竟为何。这个系"设立的所有项目，都是为了增进学生对英语世界语言、文学、文化、社会和政治发展潮流的知识……文学和文化领域的教学和研究，包括了英美以及绝大多数其他英语国家所有时代的文学与文化；语言研究则专注于世界各地不同的英语以及英语这种语言的历史……我们的

---

① Shu-mei Shih, "Global Literature and the Technologies of Recognition," PMLA: *Publications of the Modern Language Association of America* Vol. 119(2004), pp.16-30. 转引自汤拥华《文学如何"在地"？——试论史书美"华语语系文学"的理念与实践》，《扬子江评论》2014 年第 2 期。

② 英文"Sinophone"一词目前所知最早由西方学者基恩（Ruth Keen）在 1988 年首次使用，他用"Sinophone communities"来定义包含"中国大陆、中国台湾、中国香港、新加坡、印度尼西亚和美国"在内的中文文学，见 Ruth Keen, "Information Is All That Counts: An Introduction to Chinese Women's Writing in German Translation," *Modern Chinese Literature* 4.2(1988), pp.225-234。

研究将有助于深刻理解'Anglophone'社会和文化在全球范围内所产生的影响"。而根据《麦维辞典》(*Merriam-Webster Dictionary*)的定义，"法语语系"是与以法语为第一语言或第二语言的人口有关的事物。①

那么"Sinophone Literature"该如何翻译成中文呢？王德威在 2006 年的一篇文章中认为该词可以译为"华文文学"，不过由于这样的译法"对识者无足可观"，因此他参照"anglophone"和"francophone"被译成"英语语系"和"法语语系"的成例，将这个短语译成"华语语系文学"②。这样的译法，目前已得到汉语学界的认可。③

从"英语语系"和"法语语系"两个词产生的背景来看，它们要处理的是不同国家和地区在共同使用英语、法语时，在语言、文学、文化、社会以及政治等方面出现的各种问题。在世界范围内，许多国家之所以使用英语和法语，是因为英、法两国曾经实施过的殖民统治。西方学者"创造"出这个"词系"（包括"anglophone"、"francophone"、"hispanophone"、"lusophone"等），早期是为了呈现一个事实，即英语、法语、西班牙语和葡萄牙语伴随着西方帝国的殖民扩展，成为在殖民地强行推广的殖民语言。后来该词系则被学者置于后殖民理论中，强调殖民地土著居民在使用殖民宗主国语言时，虽然其语言常常被视为"亚流"（相对于殖民宗主国而言），但其重要性其实并不亚于殖民宗主国所使用的"正宗"语言。因此，殖民宗主国和（历史上的）殖民地都使用的同一种语

---

① 关于"法语语系"和"英语语系"的介绍，转引自黄维樑的文章《学科正名论："华语语系文学"与"汉语新文学"》注释②，《福建论坛（人文社会科学版）》2013 年第 1 期，第 111 页。

② 王德威：《华语语系文学：边界想象与越界建构》，《中山大学学报》2006 年第 5 期。

③ 将"Sinophone Literature"翻译成"华语语系文学"是王德威的"发明"（参见李凤亮《"华语语系文学"的概念及其操作——王德威教授访谈录》，《花城》2008 年第 5 期）。即便是史书美，也接受了王德威的这一汉译。不过在《华夷风起：马来西亚与华语语系文学》一文（《中山人文学报》2015 年 1 月号）中，王德威又接受了张锦忠的"提示"，认为也可以将"Sinophone"译为"华夷风"。我本人则主张将"Sinophone"译成"汉声"（参见《世界华文文学：跨区域跨文化存在的文学共同体》，《香港文学》2013 年第 5 期）。这说明仅仅是"Sinophone"如何汉译，就有着"华语风"（陈鹏翔）、"华语语系"（王德威）、"汉声"（刘俊）和"华夷风"（王德威）等不同译法，可见对于"Sinophone"和"Sinophone Literature"/华语语系（文学）的认识，仍处于不断变化、发展和"生长"之中。

言，就"平等地"构成了一种"语系"关系。而一旦该"词系"被赋予这样的涵义，它就颠覆了殖民宗主国的"中心"地位，实现了对殖民宗主国语言"中心"地位的解构。以这样的背景来看，史书美借鉴"英语语系"和"法语语系""创造"出的"华语语系"及"华语语系文学"是否合适，其实大成问题。①

史氏"华语语系"的出现除了是对"英语语系"和"法语语系"的"仿造"之外，"diaspora"（离散）是史书美"创造"这一概念的另一个"动力"。在"华语语系"概念出现以前，英语学界通常用"离散"以及由此衍生出的"Chinese diaspora"（离散中国人）、"diaspora literature"（离散文学）来指称除中国之外的世界各地华人以及他们用汉语写就的文学作品。按照维基百科的解释，"离散"原意是指在一个较小的地理区域内具有共同源头的散居人群，也可以指从故乡外出移居的人群。"离散"后来逐步变成专指历史上大规模的非自愿移居，如犹太人被迫从约旦迁出、跨非洲—大西洋的奴隶贸易以及二十世纪被放逐的巴勒斯坦人等。

史书美对英语学界长期用"离散"、"离散中国人"和"离散文学"来指称中国境外的华人以及他们用汉语创作的文学作品表示不满，故而要"创造"出"华语语系（文学）"以对抗/摆脱"离散"、"离散中国人"和"离散文学"。由此可见，"华语语系（文学）"的生成动因有二：一是对"英语语系"和"法语语系"的仿造；二是对"离散"、"离散中国人"和"离散文学"的对抗。

用"华语语系"对抗"离散"在某种程度上是一破一立的一体两面，而联结这一体两面的"核心"则是史书美对"中国（人）"和"中国性"的认知和判断。"中国（人）"在史书美那里，专指中国大陆地区，台湾（人）被非常明确地排除在

---

① 由于中国（含台湾、香港、澳门）与其他具有使用汉语（中文、华语、华文）社群的国家和地区不存在殖民与被殖民的关系，因此中国的汉语"输出"，也不存在英、法等国那样依靠殖民统治向殖民地强行推广自己语言的现象，由是，史书美在这里"仿造""英语语系"和"法语语系""创造"出来的带有强烈史书美个人色彩的"Sinophone"（"史氏 Sinophone"），其实是对"英语语系"和"法语语系"的一种不合适的"误用"（参见刘俊《世界华文文学：跨区域跨文化存在的文学共同体》，《香港文学》2013年第5期）。该文后作为绪论，收入《越界与交融：跨区域跨文化的世界华文文学》一书（人民文学出版社2014年版）。

外,香港(人)则是一种特殊的存在,而"中国性"则是"指向一种以民族为主的分类方式"①。在史书美看来,"所谓'中国人'与'中国性'这一类概括式名词的问题,乃在于这类名词皆是由于中国与境外国家接触、以及与境内他者的对抗而产生……这类名词所指的是主流的特定族群伪装成全体大众,与西方对中国、中国人与中国性的简化概括同谋……因此,所谓的'中国人'与'中国性'这类名词,无论是被他者指派还是自封的称号,都是对于词汇的操纵"②,也就是说,史书美认为以往用"离散"来研究中国人存在缺陷,因为这种研究把"离散中国人""理解为'中华民族'(ethnic Chinese)在全球分散的概念"③,并"隐含了汉族中心主义"④。对此,史书美特别强调:

　　　　大一统的离散中国人概念令人不免心生怀疑,因为它一方面与中国民族主义的"海外华侨"修辞相互关联,认为所有侨民都想落叶归根,重返中国原乡;另一方面,它又声援西方国家利用种族化的中国性来作为永恒异国人的说辞。事实上,在横跨东南亚、非洲和南美洲的后殖民民族国家中,当地讲各种华语的人(the Sinophone people)早就已经在地化,并成为当地本土的一部分了。⑤

有鉴于此,史书美认为再用英语学界惯用的"离散"以及"离散中国人"来研究散居在世界各地的华人就不太合适了,因为在史书美看来,在这两个概念背后存在着"大有问题"的"大一统"的"汉族中心主义"。

　　基于这样的认识,史书美用"华语语系(文学)"来取代"离散"、"离散中国

① 史书美:《视觉与认同——跨太平洋华语语系表述·呈现》,杨华庆译,蔡建鑫校,(台北)联经出版事业股份有限公司2013年版,第48页。
② 同上。
③ 同上书,第46页。
④ 同上书,第46—47页。
⑤ 同上书,第49页。

人"和"离散文学"，用以研究中国之外的华人社群以及用汉语创作的文学作品。按照史书美对"华语语系"是"包含了在中国之外使用各种不同汉语语言(Sinophone languages)的各个区域。华语语系族群就像其他非大都会中心(nonmetropolitan)地区必须使用大都会中心(metropolitan)语言一样，也有着一部殖民史"①。在类比了法语区、西语区、英语区和葡语区，并指出"这些帝国的文化统治却在殖民地留下了相同的后果，亦即相似的语言后果"之后，史书美得出的结论是："当中国文化是文化帝国的时候，书面的、古典的汉字是东亚许多地区的共通语言……例如古典汉字经过在地化之后还留在标准日语与韩语中，亦即日文汉字与韩文汉字。"②

虽然史书美也注意到了"当代身在海外的华语语系族群，除了少数例子之外，很难说与中国有殖民或后殖民的关系"③，但她强调"尽管如此，他们仍有其他的共同点"④。史书美以新加坡、中国台湾、"回归前"的香港以及东南亚各国家为例，说明这种"共同点"主要表现为：1.新加坡是一个以移民为主的汉语国家；2.中国台湾像移民时期的美国，"是一个典型的'定居殖民地'(Settle colony)"；3.台湾还与加拿大的魁北克相似；4.东南亚各地的华人"鲜少使用中国官方定义的标准语言(国语、普通话)，相反地，他们会使用他们移居之前就早已熟悉的各地方言"；5.在"九七"前的香港，"华语语系""更具有反殖民、反霸权的意义"⑤。

由此，史书美得出的结论是：1."华语语系的概念所强调的并不是个人的民族或种族，而是在兴盛或衰退的语言社群中所使用的那些语言。华语语系并不与国族血脉相连，其本质上是跨国的与全球的，包括了所有使用中的汉语

---

① 史书美：《视觉与认同——跨太平洋华语语系表述·呈现》，杨华庆译，蔡建鑫校，(台北)联经出版事业股份有限公司2013年版，第53—54页。

② 同上书，第54页。

③ 同上。

④ 同上。

⑤ 同上书，第54—56页。

语言。由于这种残存的特性，华语语系以移民社群为主，横跨各洲大陆以及汉人为多数的社会中，包括中国台湾、新加坡与回归前的香港地区"；2."华语语系与中国的关系充满紧张，而且问题重重，其情况与法语语系之与法国、西语语系之于西班牙及英语语系之于英国之间的关系一样，既暧昧又复杂……华语语系更多时候是一个强而有力的反中国中心论的场域"；3."华语语系研究的目的毋宁是检视华语语系族群与中国的关系是如何愈来愈多样化、愈来愈问题重重"；4."华语语系这个概念对不同的汉语语言的文学创作来说亦是一个非常有用的分类方法。在此之前，中国境内与境外使用汉语语言书写的文学作品之间并没有明显的区隔，而这种现象造成了在中国以外的地方用汉语语言（无论是否为标准汉语）书写的文学作品经常被忽视、甚至完全被无视。而英文的学术界常用的分类标准如'中国文学'（Chinese literature，来自中国的文学）以及'中文文学'（literature in Chinese，来自中国境外的文学）则平添混乱。英文中的'Chinese'一词抹除了'中文'（Chinese）与'华语语系'（Sinophone）之间的界限，而且很容易陷入中国中心论而不自知"；5."部分在中国境内的少数民族文学也可以视为华语语系文学之一……他们也许用汉语写作，但是他们的感觉结构与'政治文化的中国'（Politics-cultural China）相对，也与汉族中心、汉族主流的大一统的中国性建构相对……因此，华语语系作为语言与文化的多元异质实践，应当取代目前所谓的'中文'概念"；6."华语语系的定义必须以地方为基础……对二十世纪后期的台湾来说，华语语系已成为一个自觉的概念……对九七后并入中国政体的香港来说，华语语系随着香港回归而可能日渐消失，成为中国政体的一部分"；7."华语语系坚守中国境外不同的定居地、坚守中国境内的少数地位以及以具体时空作为表述的方式，都是其历史特质所在之处。不像日本与韩国这些前现代的华语语系世界，当代的华语语系并不是古典中华帝国的存在证据，也不像崛起中的中华帝国般，宣称自己是唯一正统地拥有中国性。除了在中国境内的少数民族以外，当代华语语系表述能够自己决定如何回应或完全忽视这类主张"①。

在史书美的论述中，"华语语系"这个概念具有如下特点：1."华语语系"既是地方的也是跨国的，它强调的是语言社群而不是国族；2."华语语系"反中国中心；3."华语语系"族群反映了与中国关系的多样化；4."华语语系"适用于文学划分，并可依此将中国境外的汉语写作与中国境内的少数民族汉语写作纳入其中；5."华语语系"帮助台湾推翻了国民党的中国大陆殖民主义；6.当香港回归中国之后，它就属于"中国"而不再属于华语语系；7.当代"华语语系"可以忽视中国性。

显然，史书美反抗"离散中国人"是因为后者"是把分布在世界各地的华人视为由同一个源地产生的同一种族、同一文化和同一语言的普遍性概念"②，而且这种离散"与那种设定为渴望回到祖国的'海外华人'的民族主义修辞，以及西方对于中国性的那种永远具有外来异质性的种族化建构相共谋"③。这样的"离散中国人"会导致"将中国视为中心与起源"并"暗示了中国的全球影响力"，④它的趋势是"整"与"合"，是本质主义的"普遍性概念"。而史书美的"华语语系（文学）"则是在所谓"反殖民"的基础上，与"正统"（主流/多数）中国对立、强调主体性和独立性的地方性存在，因此它的趋势是"分"与"离"，追求相对性、地方性和特殊性。

史书美的政治立场和文化态度，在她的学术论述中留下了非常明显的意识形态痕迹，使得她经由对"华语语系"的定义，完成了对"离散中国人"的拆解，实现了对"本质主义"的"中国中心"的反抗与解构，并建构起排除"中国大陆主流文学"的"华语语系文学"。从引入/建立新观念、强调本土性/地方性的

① 史书美：《视觉与认同——跨太平洋华语语系表述·呈现》，杨华庆译，蔡建鑫校，（台北）联经出版事业股份有限公司2013年版，第56—63页。

② Shu-mei Shih, *Visuality and Identity: Sinophone Articulations across the Pacific*, Berkeley: University of California Press, 2007, p.23.此为我的自译。

③ Ibid., p.25.

④ 史书美：《视觉与认同——跨太平洋华语语系表述·呈现》，杨华庆译，蔡建鑫校，（台北）联经出版事业股份有限公司2013年版，第62页。

角度看,史书美的学术建树自有其价值,但她错误地"套用"后殖民理论,对所谓"中国中心"的"反抗"则使她的论述陷入了"似是而非"的矛盾当中——"是"是指她的一些具体观点颇有新意,"非"则是指她总体的批判/反抗矛头指错了对象。

二、"华语语系文学"(概念/理论)的变异与发展

在海外华人学者中,使用并推广"华语语系(文学)"概念最为有力者,非王德威莫属。史书美虽然在英语学界"创造"了这两个术语,但她对在汉语学术界(特别是在中国大陆)推广它们并不热心。大概她也意识到这个概念/理论背后附着的意识形态色彩,很难被中国大陆学界接受。[①] 王德威接过了"华语语系(文学)"的汉语传播大旗,成为在汉语学术界传播这一理论最有力的推动者和最权威的阐释者。身为哈佛大学教授,王德威所具有的文化资本和影响力在华人学术界自然不言而喻。因此,经过他的大力传扬,"华语语系文学"这个概念/理论在中国大陆、台湾香港地区和新(加坡)马(来西亚)等国迅速传播开来。

王德威虽然在汉语学术界大力弘扬和推广"华语语系文学",但他的"华语语系文学"与史书美的同名概念能指相同而所指不同。二者最大的区别在于是否包括中国大陆的汉语文学(也就是通常所说的中国现当代文学)。王德威对"华语语系文学"的定义,就是"中国内地及海外不同华族地区,以汉语写作的文学所形成的繁复脉络"[②]。也就是说,当王德威在使用"华语语系文学"时,他实际上已经对史书美"创造"的同名概念进行了改造,将阐释权转到了自己

---

① 2014 年 6 月 8 日,史书美在新加坡接受访谈时,对她的"去中国中心"论进行了辩解,强调她提出的"华语语系研究不只是对中国中心主义的挑战,它也是对在地的不同的中心论的挑战"。这次访谈应当说是史书美用中文来阐述她的华语语系研究的一个重要成果。在她的这次中文表述中,可以发现相对于她以往的英语表述已有所调整——这可能是她的论点有所变化和发展,也可能是她面对中文世界时采取的策略性举措。参见许维贤、杨明惠:《华语语系研究不只是对中国中心主义的批判——史书美访录录》,《中外文学》2015 年 3 月第 44 卷第 1 期。

② 李凤亮:《"华语语系文学"的概念及其操作——王德威教授访谈录》,《花城》2008 年第 5 期。

手中。王德威对"华语语系文学"的阐释,一方面是进行概念的理论辨析,另一方面是运用这一概念/理论对文学现象和作家、作品进行分析。在概念的理论辨析方面,首先,王德威既反对简单套用带有后殖民理论意味的"英语语系"和"法语语系"来类比"华语语系",也反对"大中国延伸"。在他看来,"华语语系文学"与"'后殖民主义'定义下的Anglophone是很不一样的,甚至说是反向的"①,不过在"反向意义之外,我们又希望不要把华语语系文学的情况变成了中华文明、无远弗届的老牌的传说或者是迷思,好像中国什么样的文化历史政治因素影响都被移民带着走,到了哪个地方就落地生根,那样就变成了大中国的延伸"②。其次,王德威认为在"华语语系"中,语言"是最后的'公分母'",而"'华语语系文学'应该是一个开放性的定义"。③ 第三,对于中国大陆学界讨论海外华文文学的方式,以及史书美的"华语语系文学"将中国大陆文学排除在外的做法,王德威均表示难以认同。他认为"中国内地各种讨论海外华文文学的组织、会议、出版,其实存在着一个不可摒除的最后界限,即要归纳在一个大中国的传承之下,成为四海归心的一个象征。很多海外学者会觉得这种做法是过去的、老派的、传统的帝国主义的延伸,于是提出华语语系文学,使之成为对立面的说法。我个人的想法倒没有那么决绝。在我看来,将海外与中国内地相对立,是另一种划地自限的做法……如果只强调海外的声音这一面,就跟大陆海外华文文学各种各样的做法没有什么两样,只不过站在反面而已"④。有鉴于此,王德威认为"华语语系文学这个概念的研究范围应该扩展至中国内地的现代文学",因为从"华语语系文学"的视角研究中国文学正是"一个扩张我们对中国文学认识的极好角度"。在王德威看来,"如果你坚持'大中国立场'的话,这个大中国一定是'有容乃大',要大到可以包容这些不同区域的华

---

① 李凤亮:《"华语语系文学"的概念及其操作——王德威教授访谈录》,《花城》2008年第5期。
② 同上。
③ 同上。
④ 同上。

文文学"，而"对于分离主义者来说，我觉得华语语系文学这个概念也适用……如果你不知道中国是什么样子的话，你有什么样的能量和自信来声明你自己的一个独立自主的自为的状态（不论是政治或是文学的状态）呢？"因此，王德威主张"我们应该更积极地用这个概念介入到中国内地文学的研究，也就是强调大陆文学也是华语语系文学的一种，而不是全部"①。

因此，王德威一方面将"中国大陆"文学纳入"华语语系文学"的范畴，并反对史书美在"华语语系（文学）"的学术论述背后嵌入对抗中国的意识形态；另一方面，他也对中国大陆学界喜欢以国别视野来界定文学边际表达了自己的不满。显然，王德威在既反史书美，也反中国大陆学界的基础上，把"华语语系文学"视为破除国别疆界、整合世界范围内华文文学论述的一个话语/理论平台。这个平台以语言为基座，在开放和动态的形态下，为学术格局的改造和理论创新的升级，提供新的学术视界和论述方式，让世界性的华语（华文、汉语、中文）文学得以"众生喧哗"。

除了概念/理论的辨析之外，王德威还通过对文学现象和作家、作品的分析，将"华语语系文学"的概念/理论具体实践于对世界性的华语（华文）文学研究—— 这是他推广、传扬"华语语系文学"并以研究实绩展示其价值的独特方式。在综合分析了杜维明"文化中国"、王赓武"在地中国性"、李欧梵"游走中国性"、王灵智"双重统合结构"、唐君毅"花果飘零、灵根自植"、周蕾"协商中国"、洪美恩（Ien Ang）"多元中国"、葛剑雄"宅兹中国"、石静远（Jing Tsu）"华语文化资本"论以及黄锦树"华文离散、解放"论，并针对史书美的"华语语系文学"提出了与之相异的同名概念之后，王德威提出了他的"三民（移民、夷民、遗民）主义"论以及"后遗民"理论视野。

王德威所说的"三民主义"是指"移民离乡背井，另觅安身立命的天地；夷民受制于异国统治，失去文化自主的权力；遗民则逆天命，弃新朝，在非常的情

---

① 李凤亮：《"华语语系文学"的概念及其操作——王德威教授访谈录》，《花城》2008 年第 5 期。

况下坚持故国黍离之思。但三者互为定义的例子，所在多有"①。在将"华语语系文学"中的种种现象归纳为"三民主义"之后，王德威又以"后遗民"的理论视野对之进行统摄："我所谓的'后'，不仅可暗示一个时代的完了，也可暗示一个时代的完而不了。而'遗'，可以指的是遗'失'，是'残'遗，也可以指的是遗'留'……后遗民心态弥漫在华语语系的世界里，成为海外华人面对（已经失去的，从未存在的）'正统'的中国最大动力。'后遗民'不是'遗民'的延伸，而有了创造性转化的意涵。"②为了具体说明他的观点，王德威选取了中国大陆文学中的代表作家鲁迅和张爱玲，对"台湾的鲁迅"（赖和、陈映真）和"南洋的张爱玲"（李天葆）进行了"华语语系"化的阐释，在中国大陆文学与台湾文学、南洋（马来西亚）文学之间的对话、错置、递嬗中，以"后遗民"的理论视野对"华语语系文学"进行了"整合"③。如果说史书美借助"后殖民"理论的思路和背景，以"华语语系（文学）"来对"中国（人）"和"中国性"进行"后殖民"式的"对抗/摆脱"，那么王德威则以他自创的"后遗民"理论，通过对全球性的"华语语系"（汉语/中文写作）文学现象和作家、作品的解读，对包括中国大陆文学在内的"华语语系文学"进行了"解""（大中国）中心"式的整合。

王德威的"华语语系文学"在理论的包容度和专业性上，比史书美更加开阔和理性；在将这一概念/理论运用于文学现象和作家、作品的研究方面，也比史书美更加深入和具体。如果说史书美对"华语语系文学"的贡献，其价值主要体现为"开创性"、"批判性思维"和"反抗精神"，那么王德威的贡献则更多的体现为"建设性"、"理性思维"和"专业精神"。尽管王德威所提出的"三民（移民、夷民、遗民）主义"论、"后遗民"理论视野以及"'势'的诗学"，在定义和论述上仍有语焉不详之处，但他的努力方向可能是"华语语系文学"未来发展的"主流"。

---

① 王德威：《华语语系的人文视野与新加坡经验：十个关键词》，《华文文学》2014年第3期。
② 同上。
③ 王德威：《文学地理与国族想象：台湾的鲁迅，南洋的张爱玲》，《扬子江评论》2013年第3期。

三、对"华语语系文学"（概念/理论）的批判

英语世界的"华语语系文学"传播到汉语学术界后，这一概念/理论在引起人们关注、重视的同时，也引发了一些争论和批判。虽然王德威的君子之风使他不会在学术争论中锋芒毕露，但他还是以"柔中带刚"的风格，明确表达了自己与史书美在学术观点和政治立场上的不同。这大概是有关"华语语系文学"理论最早的"争辩"。虽然这场"争辩"碍于史书美和王德威的私人友情而只是"各说各话"，并没有演变成公开的"论争"，但其他学者对他们的批评就没有这么客气了。2010 年，大陆学者朱崇科发表了一篇题为《华语语系的话语建构及其问题》的文章，对"华语语系"这一概念提出的"洞见"（去中心化、本土性凸显）予以肯定，对其中的"迷思"（跨殖民的过度泛化、语言的泛政治化）进行了批评。① 2014 年，朱崇科又发表了《再论华语语系（文学）话语》，在对"华语语系（文学）"这一概念本身的"冲击力"和"跨学科性"表示认同的同时，对史书美的"反离散"论进行了驳斥，认为这是一种"对抗性贫血"（一方面史书美的"反离散"缺乏对如马华文学的真正了解，另一方面，将中国大陆文学剔除在外，史书美的"华语语系"就成了"关起门来自己过家家的短命操作"）②。2015 年，赵稀方发表了《从后殖民理论到华语语系文学》一文，从理论上对华语语系文学的后殖民"误用"进行历史追溯和深度剖析。赵稀方通过对"后殖民文学"（postcolonial literature）、"少数文学"（minor literature）及后殖民理论中"混杂"（hybridity）概念的辨析，指出史书美把不同区域海外华文文学与中国大陆文学进行对抗，是"误用"了后殖民理论及少数文学理论。这种对史书美的相关论点进行釜底抽薪式的批判，可谓击中了后者"理论缺陷"的要害。③

---

① 朱崇科：《华语语系的话语建构及其问题》，《学术研究》2010 年第 7 期。
② 朱崇科：《再论华语语系（文学）话语》，《扬子江评论》2014 年第 1 期。
③ 赵稀方：《从后殖民理论到华语语系文学》，《北方论丛》2015 年第 2 期。

　　对史书美"华语语系文学"理论中"反离散"、"在地性"观点批判最为有力者，为汤拥华的论文《文学如何"在地"？——试论史书美"华语语系文学"的理念与实践》。在这篇文章中，汤拥华认为史书美"反离散就是在不承认边缘地位的前提下立足边缘谈问题……'语系研究'这一表述给出的是'整体研究'的期许，而如果摒弃源与流、根与叶这类想象，很多时候便不得不在反整体的逻辑下谈整体"。虽然作者对史书美理论诉求的（政治）动机不甚明了，但他提出的三个问题极具杀伤力：1. "史书美虽然强调历史，强调过程，但她对历史与权力的关系的考察却难称辩证——她反复强调历史中有权力，却不肯承认历史本身的权力，也就是说，她尽可以揭示中国这一概念是在历史中形成的，但能否据此说'没有中国'？" 2. 史书美相信视角或者思维方式的转换是决定性的，但"真有这么大的影响吗？ 它或许只是'元叙事'逻辑的延续，是另一类型的'启蒙谬误'"。3. "志在解构中国中心主义的华语语系研究，岂不是在维护西方中心主义？ 作为一种理论方案，华语语系研究岂不是以'反本质主义'为取向的当代西方理论——尤其是后结构主义和后殖民主义理论——向新的研究领域的推进？ 而那些受到完整西学训练的华裔知识分子，在寻求更能针对东方以及中国问题的理论框架时，岂不是代表西方来自应对中国的挑战？"①如果说朱崇科对史书美的批判更多从"问题"入手，赵稀方对史书美的批判更多从"理论"入手，那么汤拥华对史书美的批判则更多从"论述机制"入手。相对于王德威从"范围"和"立场"入手，对史书美的理论进行变异和"王德威化"，三位大陆学者对史书美的批判，更加尖锐也更加致命。

　　在汉语学术界，除了中国大陆学者对"华语语系（文学）"概念/理论的"迷思"进行批判之外，香港（台湾/澳门）学者黄维樑也对"华语语系（文学）"提出了自己的看法。2013 年 1 月，他发表了《学科正名论："华语语系文学"与"汉语新文学"》一文，针对王德威有关"华语语系文学"的论述展开批判。黄维樑认

---

　　① 汤拥华：《文学如何"在地"？——试论史书美"华语语系文学"的理念与实践》，《扬子江评论》2014 年第 2 期，第 63 页。

为，首先，"华语语系文学"中的"语系"一词就不妥，因为"在语言学上，语系一词相当于英文的 family of languages。全球的语系，有汉藏语系、印欧语系、高加索语系等十多个……汉语（粗糙地说，则为中文、华文、华语）属汉藏语系（Sino-Tibetan Family），仅是汉藏语系的一部分……'华语语系文学'一词弊在名不正，弊在不精确，容易引起误会：误会汉语（粗糙地说，则为中文、华文、华语）是个巴别塔（Tower of Babel）般的语言大家庭，其中有多种语言。'华语语系文学'其实就是'华语文学'就是'华文文学'……'华语语系文学'的'语系'一词是多余的，只会引起不懂汉语（粗糙地说，则为中文、华文、华语）的人的误会"；其次，"王氏的'华语语系文学'指涉的范围，具有相当的弹性"——也就是不够明确和稳定；第三，"王氏提倡的'华语语系文学'，其针对性不言而喻"——针对大陆的"文化或政治霸权"；第四，已经有"华文文学的大同世界"的说法，因此没有必要巧设名目，来"对抗大陆文学"；第五，赞同"汉语新文学"的说法。[①]

面对黄维樑的批评，王德威以《"根"的政治，"势"的诗学——华语论述与中国文学》一文予以辩驳，并对自己以往的相关论述进行了拓展和深化。王德威在文章中首先表明黄维樑对"语系"一词的指责，针对的对象应该是史书美，自己"对 Sinophone/华语语系的用法自有理论的脉络"。不过王德威也承认，黄维樑的批判"促使我思考，此前我刻意在 Sinophone 和其他语种离散传播现象上作出对等翻译，反而模糊了问题的焦点"。其次，对于黄维樑在文章中认为可以把"Sinophone"译为"汉语文学"，王德威明确表示了异议——因为"与汉语相比，华语有相对较大的地域、文化、族群、语言/语音的驳杂性和包容性"。第三，他不认同黄维樑"将来自'中国'的汉语文学视为万流归宗的隐喻"，认为黄维樑赞同的"汉语新文学"，"在努力推动汉语文学大团圆之余，有意无意忽略了同文同种的范畴内，主与从、内与外的分野"[②]，并在国家主义的

[①] 黄维樑：《学科正名论："华语语系文学"与"汉语新文学"》，《福建论坛》2013 年第 1 期。该文的香港版发表在香港的《文学评论》2013 年 8 月号。

[②] 王德威：《"根"的政治，"势"的诗学——华语论述与中国文学》，《扬子江评论》2014 年第 1 期。

名义下，忽视了在不同历史经验和社会背景下形成的华文文学的独特性和差异性。

因此，王德威在以"后遗民"理论视野统摄他的"华语语系文学"、"三民主义"（移民、夷民、遗民）之后，又进一步提出了"根"的政治和"势"的诗学。在王德威看来，"中国（论述）"为"根"，"更具辩证潜能而且具有审美意义的诗学"为"势"，"如果'根'指涉一个位置的极限，一种边界的生成，'势'则指涉空间以外，间距的消长与推移。前者总是提醒我们一个立场或方位（position），后者则提醒我们一种倾向或气性（disposition/propensity），一种动能（momentum）。这一倾向和动能又是与立场的设定或方向的布置息息相关，因此不乏空间政治的意图。更重要的，'势'总已暗示一种情怀与姿态，或进或退，或张或弛，无不通向实效发生之前或之间的力道，乃至不断涌现的变化"，而且，"'势'也是发动主客不断易位的批评策略。内与外的'差异'有待打开，彼与此的'间距'必须持续厘清"，它"来自对无中生有，抟虚作实的文学现象或想象的注视"。王德威最后得出的结论是："华语语系文学研究不是差异的轻易确立或泯除，而是识别间距，发现机遇，观察消长。"①也就是说，"华语语系文学"（研究）在此时的王德威那里，已经成为一个具有启发性的、在变动不居中不断发展的"势"②。

---

① 王德威：《"根"的政治，"势"的诗学——华语论述与中国文学》，《扬子江评论》2014年第1期。

② 在2015年1月号的《中山人文学报》上，王德威发表了一篇题为《华夷风起：马来西亚与华语语系文学》的文章，这篇文章值得注意的是，王德威一方面认可将"Sinophone"译成"华夷风"，另一方面他又保留了自己对"Sinophone"的译法——"华语语系（文学）"。这说明对于"Sinophone（Literature）/华语语系（文学）"的认识，王德威仍然在不断摸索、发展、变化、深化之中。这篇文章是王德威实践他要拿出华语语系文学研究"实绩"（而不是总在理论思辨上兜圈子）的又一重要成果。或许在王德威看来，马来西亚社会（历史、政治、种族、文学制度与政策）与马华文学的关系，为他阐释"华语语系文学"提供了一个最好的论述"样本"，因此在这篇文章中，王德威继续运用他的"三民主义"（移民、夷民、遗民）论和"后遗民"理论视野（又追加了"后夷民"和"后移民"论述），超越殖民和后殖民语境，深入剖析华语语系文学中的马华文学，力图对马来西亚华人在"后夷民"语境下"后移民"行动如何在文学中留下痕迹并与其他华语语言社区互动进行论证。此外，王德威还在这篇文章中认为，华语语系的"代入"，也给马华文学走出中国性/马国性的纠缠提供了可能，而将马华文学引向与世界文学的对话。王德威的这篇关于华语语系文学的最新研究成果，虽然其中有些说法（如将马六甲"洋夷"编的《中文文法》、《圣经》翻译和报道以及与传教相结合的华文报纸作为马华"文学"的源头）尚可再讨论，但总的来说，这篇文章体现了王德威的华语语系文学研究的新思考和新动向，值得关注。

纵观"华语语系文学"的概念/理论，最初从英文学界发端，逐渐蔓延至汉语学界，经过史书美、王德威的不断阐发，历经变异与发展，其中的开拓性和启发性不言而喻，个中的洞见与偏见所在多有，随之而来的批评及挑战正未有穷期。事实上，在"华语语系文学"这个概念下面，史书美对后殖民理论的"误用"——以"英语语系"和"法语语系"为借鉴"仿造""华语语系"完全学错了对象。这说到底是意识形态立场在学术论述上的投影。王德威对"三民主义"（移民、夷民、遗民）的概括，提出"后遗民"理论和"'势'的诗学"，则是从他的立场实施的对文学国家主义、中国文学中心论的解构。从某种意义上讲，"华语语系文学"与其说是"势"的诗学，不如说是个文学和意识形态交锋的话语"场"。史书美的"华语语系文学"希望通过学术建构来表达她的意识形态诉求，其分离主义的意识形态立场非常明显；而王德威的"华语语系文学"论述在更侧重学术阐释的同时，同样有着意识形态的表达。只不过相对于史书美，王德威的意识形态色彩要相对"隐性"。应当说王德威是个有着大中华情怀的华人学者，然而他对大陆学界文学"国家主义"、"（大）中国中心"和"四海归心"、"万流归宗"的判断，其实与事实并不相符。[①] 在我看来，出现这种误判并不是王德威缺乏专业上的认识能力，而是他的意识形态立场导致他有意做这样的概括。王德威既对史书美的"华语语系文学"加以"王德威化"，又以"解（中国文学）中心"的姿态拒绝采用大陆学界提出的"世界华文文学"这一概念。从根本上讲，这也是其意识形态立场使然。

从史书美的英语"华语语系文学"，到王德威的中文"华语语系文学"，在了解了这一概念/理论的生成、变异和发展过程，以及其背后隐含的意识形态立场之后，我们在使用这一概念/理论（论域/话语"场"）的时候，应该会有所进退、有所取舍了吧。

---

① 在大陆从事台港暨海外华文文学/世界华文文学研究的学者，早就不再是王德威所说的这种状况，这一事实想必王德威有所了解。虽然现在有一些从事中国大陆现当代文学研究的学者，当他们开始将学术视野投向大陆以外国家或地区的华文文学的时候，他们的论述往往会因为固有思维、学术惯例、研究套路、知识结构等种种因素的共同作用，带有王德威所说的这些特点，但这些学者显然不具有代表性，不应该成为王德威论述所要针对的对象。

第二辑
一脉相承的文学

论"五四"精神/文学与台湾现代主义文学

一、问题的提出

二十世纪五六十年代在台湾兴起的现代主义文学,声势浩大,影响深远,然而,参与这场现代主义文学运动的作家们却很少提及他们与"五四"精神/文学的关系,一般研究者也很少注意这两者间的关联。虽然中国的现代主义文学主要是横向地受西方文学的影响,台湾的现代主义文学并不必然地要与"五四"精神/文学发生纵向的联系,但台湾的现代主义文学作为"五四"白话文学的一个发展"成果"和历史延续,它与"五四"精神/文学之间,就真的无所关联吗?

作为台湾现代主义文学的核心人物之一,白先勇曾经不止一次地强调台湾的现代主义文学与"五四"精神之间有着某种内在的联系。那么,白先勇对台湾现代主义文学与"五四"精神之间关系的重视是否有道理呢? 如果有道理的话,"五四"精神与台湾现代主义文学之间又有一种什么样的联系呢?

白先勇关于自己以及台湾现代主义文学与"五四"精神/文学之间有所联系的论点,主要体现在这样几篇文章中:

在《蓦然回首》(1976)一文中,白先勇谈到了他与"五四"文学的接触方式:

像许多留学生，一出国外，受到外来文化的冲击，产生了所谓认同危机。对本身的价值观与信仰都得重新估计。虽然在课堂里念的是西洋文学，可是从图书馆借的，却是一大叠一大叠有关中国历史、政治、哲学、艺术的书，还有许多五四时代的小说。我患了文化饥饿症，捧起这些中国历史文学，便狼吞虎咽起来。①

在《〈现代文学〉的回顾与前瞻》（1977）一文中，他对台湾现代主义文学产生的背景以及这种文学的主要特征，有一个基本判断，其中涉及与"五四"的关系：

三十三位作家的文字技巧，也各有特殊风格。有的运用寓言象征，有的运用意识流心理分析，有的简朴写实，有的富丽堂皇，将传统溶于现代，借西洋糅入中国，其结果是古今中外集成一体的一种文学，这就是中国台湾六十年代的现实，纵的既继承了中国五千年沉重的文化遗产，横的又受到欧风美雨猛烈的冲击。我们现在所处的，正是中国几千年来文化传统空前剧变的狂飙时代，而这批在台湾成长的作家正是这个狂飙时代的见证人。目击如此新旧交替多变之秋，这批作家们，内心是沉重的、焦虑的。求诸内，他们要探讨人生基本的存在意义。我们的传统价值，已无法作为他们对人生信仰不二法门的参考，他们得在传统的废墟上，每一个人，孤独的重新建立自己的文化价值堡垒，因此，这批作家一般的文风，是内省的、探索的、分析的；然而形诸外，他们的态度则是严肃的、关切的，他们对于社会以及社会中的个人有一种严肃的关切，这种关切，不一定是五四时代作家那种社会改革的狂热，而是对人一种民胞物与的同情与怜悯——这，我想是这个选集中那些作品最可贵的特质，也是所有伟大文学不可或

① 白先勇：《蓦然回首》，《蓦然回首》，尔雅出版社1978年版，第77—78页。

缺的要素。①

　　在《〈现代文学〉创立的时代背景及其精神风貌》(1988)一文中,白先勇更加全面地阐述了台湾现代主义文学产生的原因,其中涉及与中国传统、与"五四"精神以及与外国文学的关系。这篇文章,可以说代表了白先勇对台湾现代主义文学深刻而又全面的认识:

　　　《现代文学》创刊以及六十年代现代主义在台湾文艺思潮中崛起,并非一个偶然现象,亦非一时标新立异的风尚,而是当时台湾历史客观发展以及一群在成长中的青年作家主观反应相结合的必然结果。

　　　那时我们都是台湾大学外文系的学生,虽然傅斯年校长已经不在了,可是傅校长却把从前北京大学的自由风气带到了台大。我们都知道傅校长是"五四"运动的学生领袖,他办过当时鼎鼎有名的《新潮》杂志。我们也知道文学院里我们的几位老师台静农先生、黎烈文先生跟"五四"时代的一些名作家关系密切。当胡适之先生在台湾公开演讲时,人山人海的盛况,我深深记在脑里。"五四"运动对我们来说,仍旧有其莫大的吸引力。"五四"打破传统禁忌的怀疑精神,创新求变的改革锐气,对我们一直是一种鼓励,而我们的逻辑教授殷海光先生本人就是这种"五四"精神的具体表现。台大外文系当年无为而治,我们乃有足够的时间去从事文学活动。我们有幸,遇到夏济安先生这样一位学养精深的文学导师,他给我们文学创作上的引导,奠定了我们日后写作的基本路线。他主编的《文学杂志》其实是《现代文学》的先驱。

　　　《现代文学》创刊的成员背景相当复杂多元,而由这些成员的背景也可以了解到《现代文学》创刊的动机与风格的一斑。我们里面,有的是随

①　白先勇:《〈现代文学〉的回顾与前瞻》,《蓦然回首》,尔雅出版社1978年版,第98—99页。

着政府迁台后成长的外省子弟，像王文兴、李欧梵及我自己，有的是光复后接受国民政府教育长大的本省子弟如欧阳子、陈若曦、林耀福，也有海外归国求学的侨生像戴天、叶维廉、刘绍铭。我们虽然背景各异，但却有一个重要的共同点，我们都是战后成长的一代，面临着一个大乱之后曙光未明充满了变数的新世界。事实上我们父兄辈在大陆建立的那个旧世界早已瓦解崩溃了，我们跟那个早已消失只存在记忆与传说中的旧世界已经无法认同，我们一方面在父兄的庇荫下得以成长，但另一方面我们又必得挣脱父兄加在我们身上的那一套旧世界带过来的价值观以求人格与思想的独立。艾力克生（Erik Erikson）所谓的"认同危机"（identity crisis）我们那时是相当严重的。而本省同学亦有相同的问题，他们父兄那个日据时代也早已一去不返，他们所受的中文教育与他们父兄所受的日式教育截然不同，他们也在挣扎着建立一个政治与文化的新认同。当时我们不甚明了，现在看来，其实我们正站在台湾历史发展的转折点上，面临着文化转型的十字路口。经过十年惨淡经营，台湾正开始从农业社会转向工商社会，而战后的新文化也在台湾初度成形，我们在这股激变的洪流中，探索前进，而我们这一代，无论士农工商，其实都正在参与建造一个战后的新台湾。"五四"运动给予我们创新求变的激励，而台湾历史的特殊发展也迫使我们着手建立一套合乎台湾现实的新价值观。这一切都是在不自觉的情况下进行着，我们成长的心路历程也有其崎岖颠簸的一面。

一国的新文学运动，往往受了外来文化的刺激应运而生，历史上古今中外不乏前例。……"五四"的新文学基本上也是受了西方文化的刺激而诞生的。鲁迅、巴金、曹禺、老舍、徐志摩等人没有一个不受过外国文学的影响。六十年代初，我们在外文系念书，接触西方文学，受其启发，也就是很自然的了。但在西方文学的诸多流派中，现代主义的作品的确对我们的冲击最大。十九世纪末以来近半个世纪现代主义波澜壮阔，蔚为主流，影响到西方各种艺术形式。要言之，现代主义是对西方十九世纪的工业文明以及兴起的中产阶级庸俗价值观的一个大反动,因此其叛逆性特强,又因欧洲经过两次大战,战争瓦解了西方社会的传统价值,动摇了西方对人类、人生的信仰及信心,因此西方现代主义的作品中对人类文明总持着悲观及怀疑的态度。事实上二十世纪的中国人所经历的战争,比起西方人有过之而无不及,我们的传统社会及传统价值更遭到了空前的毁灭。西方现代主义作品中叛逆的声音、哀伤的调子,是十分能够打动我们那一群成长于战后而正在求新望变彷徨摸索的青年学生的。卡夫卡的《审判》、乔埃思的《都柏林人》、艾略特的《荒原》、汤马斯曼的《威尼斯之死》、劳伦斯的《儿子与情人》,以及当时人人都在争读的卡谬的《异乡人》,这些现代主义的经典之作,我们能够感受、了解、认同,并且受到相当大的启示。……

我们在外文系研读西洋文学的同时,也常常到中文系去听课。记得那时我们常去听郑骞老师讲词,叶嘉莹老师讲诗,王叔岷老师讲《庄子》。其实不自觉的我们也同时开始在寻找中国的传统。这点使得我们跟"五四"那一代有截然不同之处,我们没有"五四"打倒传统的狂热,因为中国传统文化的阻力到了我们那个时代早已荡然。我们之间有不少人都走过同一条崎岖的道路,初经欧风美雨的洗礼,再受"现代主义"的冲击,最后绕了一大圈终于回归传统。……我们对待中国传统文化毕竟要比"五四"时代冷静理性得多,将传统溶入现代,以现代检视传统……

我们战后成长的这一代,正处于台湾历史的转折时期,由于各种社会及文化因素的刺激,有感于内,自然欲形诸外,于是大家不约而同便开始从事文学创作起来。……六十年代台湾新文学运动并不是一个孤立偶发的现象,而实在是当时大家有志一同,都认为台湾文学,需要一个新的开始。①

————————

① 白先勇:《〈现代文学〉创立的时代背景及其精神风貌》,《第六只手指》,香港华汉文化事业公司1988年版,第105—109页。

从以上引用的白先勇有关台湾现代主义文学与"五四"精神的关联中，不难看出他对"五四"精神是基本肯定的，然而，对于"五四"文学，白先勇却并不看好，在一些文章和访谈中，他对"五四"文学基本上是持否定的态度。在《社会意识与小说艺术——"五四"以来中国小说的几个问题》(1979)一文中，他对"五四"以来的小说创作提出了这样的批评：

> "五四"以来中国现代小说的主流一直表现着一种强烈的社会意识，这个主流也就是以鲁迅、巴金、茅盾、老舍、丁玲为首，以及后来许多左翼作家创作的一种写实主义的小说，无论是一九四九年以前对旧社会的批判攻击，或是一九四九年以后对新社会的歌颂拥护，评论家往往以小说中的社会意识是否合于某种社会政治的教条主张作为小说批评的标准，而小说中的艺术性反而成为次要。……（文学革命与革命文学）两大运动虽然以文学为名，其实是以社会政治改革为目的，不是以文学本身的艺术价值或功能为标准，而是把文学定为社会改革或政治变更的工具。
>
> ……
>
> 中国现代小说，社会意识逐渐压凌小说艺术的现象，是"五四"以来中国小说发展的一大特色。
>
> ……
>
> "五四"以来中国小说中的社会意识，是一种充满革命激情的社会意识，狂热的反传统，揭发旧社会的黑暗，宣布旧社会的死亡。譬如鲁迅的《狂人日记》控诉中国传统礼教吃人。巴金的《家》鼓励"家庭革命"，在当时都产生了巨大的回响。"五四"反传统的狂潮，波澜壮阔……我们的旧传统社会确实有其不可弥补的缺点，应当改革。但是对一个小说家来说，跟自己国家民族的传统过去，一刀两断，对他的艺术创作，害处甚大。
>
> ……
>
> 一篇小说中的社会意识与其艺术价值并不必要互相冲突，彼此不容。

而且如果作品中的社会意识与小说艺术取得平衡,内容与技巧互相协调,因为作品的社会意义,便更能反映时代精神。

······

"五四"以来以社会写实主义为主流的中国现代小说,凡是成功的作品,都是社会意识,与艺术表现之间,得到一种协调平衡后的产品。换言之,也就是小说内容主题与小说技巧形式合而为一的作品。

我觉得中国现代小说没有得到健康的发展,归纳起来有几个重大的因素。

一、"五四"及"三十年代"的文艺思潮是一种以文学为社会改革工具的功利主义文学观。文学的艺术性不得独立。

二、"五四"运动,狂热反传统,使得中国现代小说与我们的传统文化脱节,缺少了中国传统文学中一向具有的深厚的历史感,情感及思想往往流于浅薄。

三、中国现代文学的发展受政治干扰太厉害,中国现代小说不能超越政治意识形态的框框,以超然的立场批判社会,反而沦为政治服务的工具。[①]

在另一篇文章《世纪末的文化观察》(1999)中,白先勇还对"五四"以来的文学(小说)创作,进行了这样的评判:

我刚学写小说的时候,夏济安先生给我一个很大的启示,他说"五四"以来的白话文,充满了陈腔滥调,是很不好的小说语言。那时候我听了很入耳,记在心里头。现在想起来,从白话文运动以来,难以拿出几本小说,

---

① 白先勇:《社会意识与小说艺术——"五四"以来中国小说的几个问题》,《明星咖啡馆》,皇冠出版社1984年版,第13—23页。

它的文字艺术——先不说内容——是超过《儒林外史》，超过《红楼梦》的。①

无独有偶，对于"五四"文学乃至"五四"之后的中国现代文学，另一位台湾现代主义文学的重要人物余光中也在他的文章《下"五四"的半旗》(1964)中，以更加激进的语言表达了类似的看法，他的文章可以说是对"五四"文学的"全盘否定"。文章这样写道：

> 伟大的"五四"已经死了。让我们下半旗志哀，且列队向她致敬。……在现代文艺的金号铜鼓声中，苍白的"五四"已经死了，已经死了好几年了。……"五四"死了。新文化的老祖母死了。让我们下半旗志哀，且列队向她致敬。
>
> 然后我们将升起现代文艺的大纛，从她的墓前向远方出发。我们如此将她埋葬，并无半点不敬之意。因为，她委实已经太老太老了……现在我们正正式式而且干干脆脆地为她举行葬礼，这一代的青年们便不能再存任何依赖的心理，而现代文艺的大军进行曲，在悲戚的挽歌之后，将显得更加的洪亮而且震耳。
>
> ……"五四"最大的成就，仍是语言上的。"五四"文学最大的成就，也是语言的解放，而非艺术的革新。
>
> ……
>
> "五四"的作家们，曾经大声疾呼，要推行西化，可是他们的认识赶不上他们的口号。在艺术和音乐上，他们几乎不知道印象主义是怎么一回事，不知道莫奈和德彪西以后发生了什么。在诗上，他们几乎不知道象征主义以后的欧美诗坛。自由主义的作家们，似乎只知道浪漫主义，只知道

---

① 白先勇：《世纪末的文化观察》，《树犹如此》，联合文学出版社有限公司 2002 年版，第179页。

雪莱和歌德。左倾的作家们,似乎只知道自然主义和写实主义,只知道左拉、高尔基、易卜生。他们在文艺上的西化,是不够彻底的。

……

"五四"的作家们,……他们成了名,可是在艺术上并没有成功。

……

"五四"的留学生们并没有努力介绍西洋的,尤其是现代西洋的文学。在美国多年的胡适先生和林语堂先生,现仍在英的陈西滢先生和凌叔华女士,留法回来的苏雪林女士,似乎完全不曾留意这些国家的现代文艺。有的非但如此,还在误解之余,攻击国内的现代文艺运动,或者予二、三流的作品以溢美之辞。[①]

在另一篇文章《文化沙漠中多刺的仙人掌——对于言曦先生"新诗闲话"的商榷》(1959)中,余光中借助对言曦观点的批判,对台湾现代诗与"五四"时代新诗的关系,做出了这样的判断——台湾二十世纪五六十年代的现代诗,已经远远超过了"五四"时代象征派的水平,文章这样写道:

近来这些平素低估新诗的论者,由于误解台湾十年来的新诗,竟而骤然提高了五四时代新诗的成就,以为徐志摩朱自清等在新诗上"皆卓然有成",而目前的新诗则"走入如此幽奥险峭的峡谷,则三五十年后,我们可能真成为一个没有诗人的国家,更有理由被几个责备苛严的外国学人称为文化沙漠了"。这是言曦先生自11月20日至23日在中副连载了四天的《新诗闲话》一文中的观点。

说台湾的新诗作者师承了昔日象征派诗人李金发的遗风,说今日的新诗作者尽是象征派的末流,对于近十年来的新诗是一种歪曲。我们的

---

① 余光中:《下"五四"的半旗》,《余光中散文选集》,时代文艺出版社1997年版,第317—319页。

新诗坛主要由三个诗社组成，即"蓝星"、"现代"与"创世纪"。其中极少数的作者在早期的作品中容或受了李金发的影响，或者在理论上曾经倾向于法国的象征派，然而他们在今日已经超越了象征派甚且不屑一谈象征派了。绝大多数的作者在西洋诗方面所受的影响绝非象征派所可圃限。方思先生之介绍里尔克，夏菁先生之翻译佛罗斯特，痖弦先生及洛夫先生之发扬超现实主义，吴望尧、郑愁予、林泠、敻虹、叶珊等先生之尝试在新诗中保存中国古典的神韵，以及笔者之译介英美诗，凡此皆说明今日的新诗运动是广阔的现代文艺运动的一环，并非言曦先生所说的象征派的余波。①

　　从白先勇和余光中的文章中不难看出，白先勇对"五四"的肯定，不是"五四"时代作家那种社会改革的狂热，而是"'五四'打破传统禁忌的怀疑精神，创新求变的改革锐气"，以及"'五四运动'给予我们创新求变的激励"，这种"五四"精神，成了白先勇从"五四"那里继承的最核心也是最具价值的文化遗产。

　　由于"五四"新文学诞生以后，左翼文学主导了其后的文学发展，因此人们对于"五四"及其以后的文学，一般都认为"五四"文学过于专注于社会关怀而忽略了艺术追求，因此其文学价值不高——这也就是白先勇肯定"五四"精神而否定"五四"文学的主要原因，也是余光中要"下'五四'（文学）的半旗"的根本理由。

二、"五四"精神/"五四"文学

　　那么，"五四"精神和"五四"文学到底是一种什么样的形态呢？
　　一般而言，"五四"精神通常是指"五四"新文化运动（1915 年 9 月《青年杂

---

① 余光中：《文化沙漠中多刺的仙人掌——对于言曦先生"新诗闲话"的商榷》，《余光中集·第七卷》，百花文艺出版社 2004 年版，第 81 页。

志》创办之后至 1919 年"五四"运动之间)期间思想解放运动的一种特征;"五四"文学一般是指自 1917 年"文学革命"开始至 1927 年北伐完成这十年间的白话新文学,在海外有时也代称包括二十世纪三四十年代文学的整个现代文学。从白先勇对"五四"精神和"五四"文学的区别对待中,以及余光中对"五四"文学的"埋葬"中,不难看出在台湾现代主义作家那里,"五四"的可取之处在于它那"拥护那德莫克拉西(Democracy)和赛因斯(Science)两位先生……要拥护那德先生,便不得不反对孔教,礼法,贞节,旧伦理,旧政治。要拥护那赛先生,便不得不反对旧艺术,旧宗教。要拥护德先生,又要拥护赛先生,便不得不反对国粹和旧文学"①的精神——也就是白先勇所概括的"打破传统禁忌的怀疑精神,创新求变的改革锐气";对于后来蜕变成以"功利化"、"政治化"、"模式化"和"幼稚化"为特征的"五四"文学,台湾现代主义作家显然对之甚为不满乃至不屑。

从某种意义上讲,"五四"精神基本上是明确的,那就是以"民主"和"科学"的精神反对封建的、旧有的一切,在倡扬"民主"与"科学"的背后,内蕴着的,是一种强烈的反叛精神。相对而言,"五四"文学的情形要来得较为复杂,通常人们认为它重在"文学改良"和"文学革命",提倡"人的文学",并在此基础上发展出浪漫主义(自由主义作家)、自然主义和现实主义(左翼作家)(余光中的分法)。回顾"五四"文学初期的诗歌、小说创作,诗歌似乎以平实的小诗和自由体诗为主,小说则给人留下"写实主义"主导的印象。猛一看,好像"五四"文学一上来就走上了"写实"的道路,和西方现代主义文学关系不深,而其后轰轰烈烈的左翼文学,更将"五四"文学引向了"反映论"和"工具化"的歧途。然而,"五四"文学真的如此吗?

事实上,在"五四"新文学的早期,西方文艺复兴以来各种各样的文学思潮以及相关的哲学思潮,就已经大量涌入中国,在《新青年》、《新潮》、《小说月

---

① 陈独秀:《本志罪案之答辩书》,《独秀文存》,安徽人民出版社 1987 年版,第 242—243 页。

报》、《少年中国》、《文学周报》等刊物上，不时可以看到介绍现实主义、自然主义、浪漫主义、唯美主义、象征主义、印象主义、心理分析派、意象派、立体派、未来派以及人道主义、进化论、实证主义、尼采超人哲学、叔本华的悲观论、托尔斯泰主义、基尔特社会主义、无政府主义、国家主义、马克思主义等理论和学说的文章，可以说西方几百年延绵累积的文艺思潮，在"五四"时期这一很短的时间之内迅速地轮转了一遍——在这股介绍西方"新学"的热潮中，较早有梁启超、王国维对叔本华和尼采的介绍和引进（梁氏的《进化论革命者颉德之学说》和王氏的《叔本华与尼采》），"五四"前后有鲁迅对尼采和克尔凯郭尔的提及（《文化偏至论》、《摩罗诗力说》）、沈雁冰对尼采的译介和研究（《学生杂志》连载），以及陈独秀为了介绍当时西方最"先进"的文学动态，在《新青年》上开设的"现代欧洲文艺史谭"专栏。在这个专栏中，陈独秀认为西方文学已经发展到了自然主义时代，而"吾国文艺，犹在古典主义、理想主义时代，今后当趋向写实主义"[1]；在《文学革命论》中，他特别提到了"尤爱"德国的"赫卜特曼"（表现主义作家）和英国的"王尔德"（唯美主义作家）[2]；沈雁冰在 1920 年写的《小说新潮栏宣言》中，认为"西洋古典主义的文学到卢骚方才打破，浪漫主义到易卜生告终，自然主义从左拉起，表象主义是梅德林开起头来，一直到现在的新浪漫派……我们中国现在的文学只好说尚徘徊在'古典''浪漫'之间"[3]；田汉在《新罗曼主义及其他》一文中，认为"今日"已经到了"新罗曼主义的时代"，在这篇发表于 1920 年的文章中，田汉表现出对"新罗曼主义文学"的深刻认识："新罗曼主义的文学，是不执着于现实，而又离不开现实的文学"，这种文学"对于现实，不徒在举示它的外状，而在以直觉 intuition 暗示 suggestion 象征 symbolic 的妙用，探出潜在于现实背后的 something 而表现之"，对于什么是 something，田汉认为是能"从眼睛看到的物的世界，去窥破眼睛看不到的灵的

---

[1]　陈独秀：《通讯》，《青年杂志》1915 年第一卷第 4 期。
[2]　陈独秀：《文学革命论》，《独秀文存》，安徽人民出版社 1987 年版，第 98 页。
[3]　沈雁冰：《小说新潮栏宣言》，《小说月报》1920 年第十一卷第 1 期。

世界,由感觉所能接触的世界,去探知超感觉的世界"。① 从此时田汉对"新罗曼主义"的理解中不难看出,自梁启超、王国维以降直至"五四"时代的作家们,对西方现代主义,其实并不陌生——中国现代文学中的现代主义文学,并不是随着1925年李金发的《微雨》出版才出现的,而是在"五四"初期就已经出现了。

　　另一个能说明"五四"文学中已经含有现代主义文学成分的突出例子是易卜生。沈雁冰曾经在《谈谈〈傀儡之家〉》一文中这样提到:"易卜生在中国是经过一次大吹大擂的介绍的"②;鲁迅在1907年的《文化偏至论》和《摩罗诗力说》中,曾将易卜生与雪莱、拜伦等一起称为"敢于攻击社会,敢于独战多数"的"精神界之战士";1918年6月《新青年》第四卷第6期推出了"易卜生专号";同期胡适发表了他著名的《易卜生主义》一文,1919年3月胡适还模仿《玩偶之家》创作了独幕剧《终身大事》;1923年12月26日鲁迅在北京女子高等师范学校的著名演讲《娜拉走后怎样》可以说是易卜生话题的重提和深入。

　　"五四"文学对易卜生的重视和引进,注重的是他塑造的那些具有叛逆精神的女性形象(娜拉、海达·高布乐),并因了这些形象的生动和深刻,而给人们留下了易卜生"是一位具有革命精神和先锋意识的思想家和社会批判者"的印象,对于易卜生在文化现代性和现代主义文学的形成过程中所起过的重要作用,则因为"五四"语境的特殊而受到遮蔽——也就是说,易卜生在"五四"时代进入中国的时候,"五四"文学只强调了他的社会意义而对他的艺术价值认识不足,而对他社会意识的理解侧重,则导致了将易卜生划归入现实主义文学的范畴,胡适在他著名的《易卜生主义》一文中,就这样来理解易卜生:

　　　　易卜生的文学,易卜生的人生观,只是一个写实主义。

---

① 田汉:《新罗曼主义及其他——复黄日葵兄一封长信》,《少年中国》1920年第2卷第12期。
② 沈雁冰:《谈谈〈傀儡之家〉》,《文学周报》1925年第176期。

……

易卜生的长处，只在他肯说老实话，只在他能把社会种种腐败龌龊的实在情形写出来，叫大家仔细看。

……

易卜生所写的家庭，是极不堪的。家庭里面，有四种大恶德：一是自私自利；二是倚赖性，奴隶性；三是假道德，装腔做势；四是懦怯没有胆子。

……

其次，且看易卜生论社会的三种大势力。那三种大势力：一是法律，二是宗教，三是道德。

……

其次，我们且看易卜生写个人与社会的关系。

易卜生的戏剧中，有一条极显而易见的学说，是说社会与个人互相损害；社会最爱专制，往往用强力摧折个人的个性，压制个人自由独立的精神；等到个人的个性都消灭了，等到自由独立的精神都完了，社会自身也没有生气了，也不会进步了。

……

……易卜生的人生观只是一个写实主义。易卜生把家庭社会的实在情形都写了出来，叫人看了动心，叫人看了觉得我们的家庭社会原来是如此黑暗腐败，叫人看了觉得家庭社会真正不得不维新革命：——这就是"易卜生主义"。①

然而，在西方现代主义文学的发展历史上，易卜生并不"只是一个写实主义者"，恰恰相反，他倒是被视为早期现代主义（日耳曼现代主义）文学的一个重要的代表性人物，他和他的作品在十九世纪欧洲的出现，"预示了西方文学

---

① 胡适：《易卜生主义》，《胡适文集·2》，人民文学出版社 1998 年版，第 17—28 页。

中的现代主义的崛起"①。对此,西方学者是这样描述的:

> 在十九世纪九十年代,当格奥尔格·勃兰兑斯提到他称之为现代突
> 破的人们中那些"有才智的现代人"时,他说的是哪些人呢?是易卜生和
> 比昂松,是雅各布森和德拉克曼,是福楼拜、勒南、约翰·斯图尔特·米
> 尔。但尤其是易卜生。当十九世纪八十年代末德国作家们想到"现代"文
> 学时,他们想到的是哪些人呢?是易卜生,是左拉和托尔斯泰、都德、布雷
> 特·哈特和惠特曼。但尤甚者还是易卜生。……(维也纳批评家赫尔
> 曼·巴尔在一篇文章中明确提出)"现代"文学的任务是达到自然主义和
> 浪漫主义的综合,并极力主张把易卜生作为最高典范。②

在西方学者眼里,现代主义有英美现代主义与日耳曼现代主义之分,而易
卜生正是比英美现代主义要早出整整一代的日耳曼现代主义的代表人物之
一,马尔科姆·布雷德伯里和詹姆斯·麦克法兰在《现代主义的名称和性质》
一文中这样写道:

> 现代主义作为一种发展是与危机观念和终极观念联系在一起的。大
> 多数英美批评家认为,这个极点是在二十世纪上半叶。……两位主要的
> 开创者:福楼拜和波德莱尔……高度发展时期大体上是二十世纪第一个
> 二十五年,在这时期有两个高峰:第一次世界大战以前的年代和紧接第一
> 次世界大战以后的年代。这是纽约——伦敦——巴黎轴心对现代主义的
> 共同看法。然而,从柏林、维也纳、哥本哈根、布拉格或圣彼得堡等各个侧

① 王宁:《作为艺术家的易卜生:易卜生与中国重新思考》,《易卜生与中国——走向一种美学建构》,天津人民出版社2004年版,第3页。
② [英]马尔科姆·布雷德伯里、[英]詹姆斯·麦克法兰:《现代主义的名称和性质》,《现代主义》,胡家峦等译,上海外语教育出版社1992年版,第28—29页。

面来看,现代主义或现代则有颇为不同的年表,颇为不同的一批代表人物和有影响的先驱者,以及极为不同的起源……

……从日耳曼现代主义立场上阐述这种倾向……(则柏林、维也纳,以及随后的)斯堪的纳维亚做出了引人注目的特殊贡献,表现了自己独特的、尼采式的绝望和欢乐情感;斯堪的纳维亚有当时最能代表欧洲的人物易卜生和影响迅速增长的斯特林堡。……(日耳曼现代主义)最突出的首先就是——从它最重要的表现来说——它比康诺利、克莫德和霍夫所发现的英美现代主义上升时期要早出整整一代。在斯堪的纳维亚,在德国,……在奥地利,八十年代、九十年代和二十世纪初经历了一场关于现代主义性质和名称的空前热烈的辩论——在这些年代,北方日耳曼各国或许比欧洲其他各国具有更高度的自我意识和更清晰的言语表达……

在试图从作家、作品和年代的角度……来确定现代主义的时候,首先就会注意到斯堪的纳维亚:注意到一八八三年丹麦批评家格奥尔格·勃兰兑斯发表的一系列批评文章,这些文章的标题是意味深长的:《现代突破的人们》。很快地……"现代的"这个形容词就变成了具有不可抗拒的吸引力的战斗口号。……这种对"现代的"这个词语几乎过分的关注与英国在这些年间对它的漠不关心形成的对照是令人吃惊的;在英国……这个词语是极少在实用意义上加以使用的。①

对于易卜生在西方现代主义,准确地说是日耳曼现代主义中的地位,艾伦·布洛克说得更加清楚:

文学的现代运动既可追溯到波德莱尔、福楼拜和陀思妥耶夫斯基,也

---

① 〔英〕马尔科姆·布雷德伯里、〔英〕詹姆斯·麦克法兰:《现代主义的名称和性质》,《现代主义》,胡家峦等译,上海外语教育出版社1992年版,第21—23页。

可追溯到尼采、易卜生和二十世纪新发现的克尔凯郭尔(1855年去世)。①

而詹姆斯·麦克法兰则在《现代主义思想》一文中,从思想史的角度,对易卜生在现代主义文学发展过程中的历史意义和思想价值,进行了较为深入的论述:

> 十九世纪自由主义思想最珍视的两个信念是:整个社会而非个人才是人类价值的真正捍卫者;"真理"一旦确立就是绝对的。最早对这两个信念的发难者是一八八二年易卜生笔下的"人民公敌"。斯托克曼博士激动地说,"大多数人都不正确,正确的是我——我,或者一两个象我一样的人"。他接着宣称根本没有永恒的真理:"正常确立的真理的寿命一般是十七八年,至多二十年。很少有比这更长的。"⋯⋯斯托克曼这番激烈的言论,带有个人主义和相对论的色彩,标志着欧洲思想开始了长期复杂的变化,而日益增长的不稳定性将成为其最显著的特征。
>
> 起初,人们着重于分裂、破坏和逐渐瓦解自十九世纪初以来一直存在着的那些结构精细的"体系"、"类型"和"绝对化",同时也着重于摧毁对那些支配一切生命和行为的普遍规律的信仰。在第二阶段⋯⋯人们对各个部分重新加以组织,对支离破碎的观念加以组合,对语言实体也重新加以安排,以便适应人们所感到的现实新秩序。②

从以上西方学者对易卜生的文学史定位中不难看出,易卜生确实如沈雁冰所说,他既是西方自由主义文学的终结,也是西方早期现代主义文学的

---

① [美]艾伦·布洛克:《双重形象》,《现代主义》,胡家峦等译,上海外语教育出版社1992年版,第50页。

② [英]詹姆斯·麦克法兰:《现代主义思想》,《现代主义》,胡家峦等译,上海外语教育出版社1992年版,第61页。

源头（之一）。而易卜生这样一个西方文学史上的现代主义文学先驱，到了中国却变成了"写实主义"（现实主义）文学的代表，其中的"误读"和错位，实堪玩味。

"五四"文学对易卜生的认知错位，最主要的原因是当时中国的知识分子所面对的社会现实和历史要求，使他们还只能把注意力集中在对文化、社会结构的冲击和批判上，这样的文化社会语境，导致了他们对易卜生艺术价值的忽略或认知上的偏差。然而，"五四"文学对易卜生的大规模引进，实际意味着"五四"文学与西方现代主义之间，已经具有了一种密切的联系——虽然这种联系到了中国产生了变化，出现了"误读"，但对它的重视与引进，同其他那些对西方现代主义的介绍和引进一起，表明了"五四"文学从一开始，就不期然地拥抱了西方的现代主义文学。

如果对照西方对现代主义的定义，我们更可以发现，其实"五四"文学在品格特征上，有着与西方现代主义文学极为类似的方面——这一点我们将在下面加以论证。由此我们也可以说，"五四"文学不但在精神气质上具有西方现代主义的特征，而且在艺术形式上，也带有"现代主义文学"的色彩——只不过，这种"现代主义"，是一种产生在中国语境下的中国式的"现代主义"。由于"现代主义……具有多民族性。它在东方和西方，从俄国到美国的发展模式（表明），各种艺术现象的出现、意识的爆炸、两代人的冲突……都显示出惊人的相似之处。但是，每个对现代主义有所贡献的国家都有自己的文化遗产、自己的社会和政治张力，这些又给现代主义添上了一层独特的民族色彩，并使任何依据个别民族背景所做的阐释都成了易引起误解的管窥蠡测"①，因此，"五四"文学将易卜生理解成现实主义作家——"将现代主义现实主义化"，在某种意义上讲正是当时的"现代主义"在进入中国之后得以"中国化"的一种体现。

---

① ［英］詹姆斯·麦克法兰：《现代主义的地理分布》，《现代主义》，上海外语教育出版社1992年版，第75页。

　　要想说明“五四”文学具有现代主义的特点,我们就必须弄清楚什么是现代主义。

三、何谓“现代主义”

　　虽然对于什么是“现代主义”说法多样,但西方学界对于“现代主义”的理解,大致包含了以下几个方面。

（一）“现代主义”的出现是一个“新时代”的反映

　　马尔科姆·布雷德伯里和詹姆斯·麦克法兰在《现代主义的名称和性质》一文中,对现代主义与“新时代”的关系,进行了说明:

> 　　现代主义……这个词语是与一个新时代的到来相联系的,这个新时代具有高度美学的自我意识和非表现主义倾向;在这个时代,艺术从现实主义和人性表现转向风格、技巧和空间形式,力求更加深入生活之中。
>
> 　　……
>
> 　　(现代主义)是唯一与我们的混乱情景相应的艺术。它是由海森伯格的“测不准原则”而产生的艺术,是第一次世界大战中文明和理智遭到毁灭的艺术,是为马克思、弗洛伊德和达尔文所改变的和重新解释的那个世界的艺术,是资本主义和工业不断加速发展的艺术,是人们感到自己的存在无意义或不合理的艺术。它是技术的文学。它是由于取消社会现实和因果关系中的传统观念而产生的艺术,是由于破坏完整个性的传统观念,由于语言的普遍观念受到怀疑、一切现实变为虚构时引起语言混乱而产生的艺术。因此,现代主义是现代化的艺术。①

---

① ［英］马尔科姆·布雷德伯里、［英］詹姆斯·麦克法兰:《现代主义的名称和性质》,《现代主义》,胡家峦等译,上海外语教育出版社1992年版,第9—12页。

在随后的《现代主义的文化思想背景》一文中，马尔科姆·布雷德伯里和詹姆斯·麦克法兰继续对现代主义与"新时代"的关系进行进一步的论述——从这段论述中不难看出，现代主义诞生的"新时代"，与"五四"时代和二十世纪六十年代的台湾社会何其相似：

> 现代主义作为一种极其复杂的美学倾向，在很大程度上没有直接地、现实主义地表现构成其基础的社会和思想的力量与状况。显而易见，现代主义是一个正在迅速现代化的世界的艺术，是工业迅速发展、技术先进、日益都市化、世俗化和具有多种社会生活形式的世界的艺术。同样显而易见，它也是这样一个世界的艺术，在这个世界，许多传统的确定无疑的东西已不复存在，维多利亚时代那种不仅对人类进步、而且对现实世界的完整性和可见性的信心已烟消云散。它自身包含着十九世纪末那种明显的倾向，即知识变成了多元的和含糊的，表面上确定的东西不再为人们所相信，经验摆脱了——在许多人看来，似乎正在摆脱——思想的适当控制。[①]

（二）"现代主义"概念是历史地、逐渐地形成的

马尔科姆·布雷德伯里和詹姆斯·麦克法兰在《现代主义的名称和性质》一文中，对现代主义概念的形成历史进行了回顾，从他们的回顾中不难看出，现代主义的出现不是突如其来和一蹴而就的，而是经历了一个不断成形、不断明晰、不断凸显的过程：

> 要发现（现代主义）这个运动发生的明确地点或年代是极其困难的。……如果说现代主义是多种运动，那么这些运动就以日益高涨的浪

---

① ［英］马尔科姆·布雷德伯里、［英］詹姆斯·麦克法兰：《现代主义的文化思想背景》，《现代主义》，胡家峦等译，上海外语教育出版社 1992 年版，第 39 页。

潮流贯于整个十九世纪。如果说这些运动是波希米亚式豪放不羁的，或先锋派的，那么波西米亚式豪放不羁的艺术家自十九世纪三十年代以来就在巴黎活跃了……

……

（现代主义的性质和复杂性在于）几乎所有重大现象产生的年代都比某些批评家视为高潮时期的二十世纪二十年代早得多。去除现实的特定表面；使历史时间同与主观思想的运动和节奏一致的时间相交；追求鲜明的意象，或追求与连贯的故事相反的虚构秩序；认为观察是多种多样的，生活也是多种多样的，现实是无实体的，等等，这些重要观点在十九世纪就已经有了，而且由于象征主义和自然主义的交错与融合，早在第一次世界大战以前就形成了一个创造性的复合体。战后时期之所以显得那么重要，其原因之一就是这场战争可能被看作是向新时期过渡的启示性时刻。①

而艾伦·布洛克在《双重形象》一文中，也以自己的论述重申了类似的观点：

文学中的现代运动开始较早，并有两个年龄组值得注意。第一批作家虽象塞尚那样按出生年月来说显然属于十九世纪，但他们在十九世纪末和二十世纪初的作品却属于现代文学，其中的代表人物是斯特林堡和契诃夫。斯特林堡卒于一九一二年，他的一些最伟大的剧作——《去大马士革》、《罪恶种种》、《复活节》、《死的舞蹈》、《鬼魂奏鸣曲》——都是在一八九九到一九〇七年间创作的；契诃夫卒于 1904 年，他的剧作都是在他生命的最后八年间写成的：《海鸥》(1896)、《万尼亚舅舅》(1897)、《三姊

---

① ［英］马尔科姆·布雷德伯里、［英］詹姆斯·麦克法兰：《现代主义的名称和性质》，《现代主义》，胡家峦等译，上海外语教育出版社 1992 年版，第 14—37 页。

妹》(1901)、《樱桃园》(1904)。亨利·詹姆斯的晚期作品(如《金碗》)、康拉德的《在西方的眼光下》也应包括在这个时期。第二批作家是年轻的一代,他们在二十世纪二十年代成为重要的文学家……法国有纪德和普鲁斯特(《在斯旺家那边》出版于 1913 年)……在德国有托马斯·曼(《布登勃洛克一家》出版于 1900 年,《威尼斯之死》出版于 1913 年)……卡夫卡和里尔克。英美作家有叶芝(《责任》1914);D.H.劳伦斯(《儿子和情人》1913、《虹》1915);埃兹拉·庞德、詹姆斯·乔伊斯(《都柏林人》出版于 1914 年,同年《一个青年艺术家的肖像》开始连载,《尤利西斯》开始动笔)……(可见)文学领域的现代运动与艺术和建筑领域一样,不是产生于一九一四年以后,而是在这以前。

　　……

在艺术、思想、文学、科学各方面的这些新的根本性的发展都有一个共同之处,即对未来的意识。他们所说的东西在当时只有少数人听,少数人懂;后来,当第一次世界大战消灭了欧洲社会的旧秩序,最终以人人可见的方式摧毁了它的价值时,人们才认识到,二十世纪头十年的画家、诗人、科学家和思想家们的想象力早已预先看到了(他们帮助创造的)这个世界。①

（三）"现代主义"本身不是一个静态的概念， 而是有一个不断丰富、不断发展的过程

还是在《现代主义的名称和性质》中,马尔科姆·布雷德伯里和詹姆斯·麦克法兰对现代主义的"动态"特征进行了描述:"1885 年被编者称为是'现代文学运动的喉舌'的《社会》杂志创刊;1886 年,'现代'(Die Moderne)这个词被创造出来"……文章认为,在维也纳、奥斯陆和德国,"一八九○到一八九一年

---

① 艾伦·布洛克:《双重形象》,《现代主义》,上海外语教育出版社 1992 年版,第 46—52 页。

间对现代主义概念的关注几乎到了狂热的地步,出现了一批新的'现代'刊物:《现代生活自由舞台》、《现代报》,甚至径直地称为《现代》,这些刊物刊登了许多'现代'论文……其中有许多对了解这十年的情况是极其重要的……"①

在距离《社会》杂志创刊后近二十年,塞缪尔·卢布林斯基发表了他的《现代文学大全》(柏林,1904),五年后他又写了一篇论文《现代的退场》(得累斯顿,1909),"其标题就宣告现代'退场'了;德国文学界对'现代'这个词语感到腻味了。'现代',甚至形容词'现代的',已成了一切过时事物和资产阶级事物的标志,它的涵义不过表明腐朽和衰竭而已。……日耳曼各国否定现代主义是正确词语的时刻,标志着为人们现在所理解的英美现代主义的开始。……在这个词的语义发展过程中所发生的不是突破,不是决裂,也不是反复或革命,而是方向的突然改变,思想的重新组合"。②

根据马尔科姆·布雷德伯里和詹姆斯·麦克法兰的梳理,莱昂内尔·特里林在1961年写过一篇文章《论现代文学中的现代因素》,在马尔科姆·布雷德伯里和詹姆斯·麦克法兰看来:

"他(指莱昂内尔·特里林——引者注)的这个标题暗指一个世纪以前的一个事件——马修·阿诺德在一八五七年所作的题为《论文学中的现代因素》的讲演。阿诺德是对现代性和变化具有积极意识、并感到现代性和变化将对思想和艺术产生新要求的维多利亚作家之一。'现代'这个词语的涵义对他是很重要的;但那时的涵义和我们今天的涵义截然不同。那时的涵义在实质上是古典主义的:现代因素是平静、信心、宽容、在富裕的物质条件下获得新观念的自由思想活动;它包含着愿意根据理性进行判断和对事物规律进行探索的思想。纵使阿诺德象我们知道的那样感觉

---

① ［英］马尔科姆·布雷德伯里、［英］詹姆斯·麦克法兰:《现代主义的名称和性质》,《现代主义》,胡家峦等译,上海外语教育出版社1992年版,第24—25页。

② 同上书,第25页。

到无理性、混乱、个人深刻忧郁的力量，并强烈意识到社会的无政府状态，他也并没有把这些看作是现代因素的基本特点。然而，正如特里林所说，在我们看来，现代因素几乎是与阿诺德的看法截然相反的东西——它是虚无主义，是'仇视文明的痛苦体系'，'不再为文化所陶醉'。在这一系列事物中，特里林注意到尼采、弗洛伊德、康拉德和詹姆斯·弗雷泽爵士的人类学的重要性———一种根本的变化发生了，它给我们以困境、异化和虚无主义的思想传统；现代的概念是和混乱、绝望、无政府状态的意识联系在一起的。因此，象'现代'这类词语在内容上就能够突然变化；一个感受体可以消失，另一个可以生长，而词语则不用改变。"①

（四）"现代主义"有它相对稳定的一些基本内涵和质的规定性

虽然现代主义在形成和发展的过程中不断地丰富和深化，并由此使这一概念"看上去如此千差万别，简直到了令人惊讶的地步"②，但作为一种文学思潮和创作手法，它还是有其相对稳定的基本内涵和质的规定性，在某种意义上讲，最为系统全面的界定仍然来自马尔科姆·布雷德伯里和詹姆斯·麦克法兰的《现代主义的名称和性质》一文，在文中作者这样写道：

> 现代主义……具有一种特质，即抽象化和高度自觉的技巧，这种特质把我们引到熟悉的现实背后，使我们放弃熟悉的语言功能和传统形式。……那种震动，那种违反预期连续性的倾向，那种非创造性成分和危机成分，是这种风格特有的重要因素。……现代主义……是由于现代思想、现代经验而产生的艺术形式，因此现代主义作家和艺术家们最高度集

---

① ［英］马尔科姆·布雷德伯里、［英］詹姆斯·麦克法兰：《现代主义的名称和性质》，《现代主义》，胡家峦等译，上海外语教育出版社1992年版，第26—27页。
② 同上书，第15页。

中地表现了二十世纪的艺术潜力。①

在文章的作者看来,现代主义的"模式"具体表现为"抽象化、不连贯性和震动",而"朝着深奥微妙和独特风格发展的倾向,朝着内向性、技巧表现、内心自我怀疑发展的倾向,往往被看作是给现代主义下定义的共同基础",因此,叶芝的话"一切都四散了;再也保不住中心",在某种意义上也就说出了"现代主义"的一个基本共性。②

除此之外,文章作者提及的现代主义共性或许还应包括这样一些:

> 对风格和类型的探索是现代主义作家文学创作中自我意识的因素;他通过艺术的手段和完整性进行着具有深刻意义的、永不休止的旅行。在这个意义上讲,现代主义与其说是一种风格,不如说是在高度个性意识上对一种风格的探索……
>
> ……
>
> 现代许多最具特色的事件、发现和产物所共有的特质:关心使主观客观化,使头脑里听不见的对话能够听得见或看得见,使流动的东西停止流动,使理性变成无理性,使预料中的事物失去个性,不再为人们所熟悉,使怪癖的行为变成惯常的东西,明确日常生活的心理病理,使感情理智化,使精神世俗化,把空间看成是时间的作用,把物质看成是一种能量的形式,并把不确定性看成是唯一确定的东西。
>
> 人们可以设想有一种爆炸性的融合,它破坏了有条理的思想,颠覆了语言体系,破坏了形式语法,切断了词与词之间、词与事物之间的传统联系,确立了省略和并列排比的力量,随之也带来了这项任务——用艾略特

---

① ［英］马尔科姆·布雷德伯里、［英］詹姆斯·麦克法兰:《现代主义的名称和性质》,《现代主义》,胡家峦等译,上海外语教育出版社1992年版,第9页。

② 同上书,第10—11页。

的话来说——创造新的并列，新的整体；或用霍夫曼斯塔尔的话来说，"从人、兽、梦、物"中创造出无数新的关系。……人们将会注意到一个日益深化的发现，即现代意识的推进力在创造结构、使用语言和艺术家社会作用方面提出不仅仅是表现的问题，而且是极其困难的美学问题。人们……必须找到某种办法去理解无意识力量的奇特压力，并适应唯有艺术才能产生的那些闪光的、非实证主义的种种变形。现代主义的伟大作品在现代相对论、怀疑主义这类工具当中获得生存，并希望世俗的变化。……（现代主义作品中的意象）从潜在的意义上说，是全世界都能想象的一切可能经验的综合体，或是世界上无意义的多样性和无政府状态的综合体。这是使变化和混乱、创造和非创造含糊不清的艺术意象，它显示出现代艺术特有的集中性和敏感性。

　　……

　　……纷繁多样的现代主义系列贯穿于各种不同的破坏现实主义的冲动过程中：印象主义、后印象主义、立体派、旋涡派、未来主义、表现主义、达达主义和超现实主义。它们并不都是同一种类的运动……但是，有一个特点却把各个运动联系在我们可以看得见的情感中心；这个特点就是它们都不把历史或人类生活看作是具有连续性的，或不把历史看作是逻辑上必然的发展；艺术和紧迫的现在交织在一起。现代主义作品往往与现实主义和自然主义作品不同，它们不是根据历史或故事中历史时间的连续性或性格发展的连续性来进行安排的；他们倾向于在空间或通过各个意识层次工作，力求得到隐喻或形式的力量。①

詹姆斯·麦克法兰在他独自撰写的《现代主义思想》中，对现代主义的共性进行了自己的补充：

----

① ［英］马尔科姆·布雷德伯里、［英］詹姆斯·麦克法兰：《现代主义的名称和性质》，《现代主义》，胡家峦等译，上海外语教育出版社 1992 年版，第 13—36 页。

现代主义的一个明显的特点就是,它坚持认为思想容易受到这种全新的压力。诗歌变成了一场"同词语和意义进行的难以忍受的搏斗",一种极度紧张、绞尽脑汁的理解活动。较老的、较传统的诗歌定义——强烈感情的自然流露,最好词语的最好配置——被人们极不耐烦地摒弃了。力图说出"难以说出的东西"就极其需要思想的灵活性。

......

斯特林堡宣称,"破碎性"是他一八八八年戏剧手法的基础。......斯特林堡在谈到自己创造的人物时说,"他们是现代人物,生活在比先前更加狂热的过渡时期",所以他有意使这些人物成为"不确定的,分裂的":

"我的人物是过去和现在两个阶段的文明的混合,是来自书报的碎片,人性的碎片,华丽衣服的碎片,它们被拼凑到一起,构成了人的灵魂。"

这是早期现代主义的权威性宣言......人性是难以捉摸的,无法确定的,多重的,经常是不可置信的,它具有无限的多样性,是根本不能分解的。

这种追求破碎性的强烈欲望压倒了这些年间仅仅在风格特征上的一切追求,而斯特林堡则是整个一代人的代言人。

......

现代主义模式的独特之处......似乎在于它要求把两种截然不同的调和矛盾的方式调和起来,而这两种方式本身也是相互对立的。一方面,现代主义模式承认,大体上是理性的、机械的、黑格尔式的综合具有正确性,这种综合是更高的统一,它既保持两种冲突因素的本质,又消除作为分离个体存在的这两种因素。......另一方面,现代主义意识看来也想承认克尔凯郭尔对这种观点的"直觉的"否定。......现代主义意识也想赞同以克尔凯郭尔的"或此/或彼"概念代替黑格尔的"亦此"/"亦彼"概念。克尔凯郭尔宣称,"或此/或彼"不应被看作转折连词,相反,它们应放在一起,不

可分开，实际上应写成一个词。它们独特的功能是促使生活中的对立物
形成最密切的关系，同时又保持它们之间相互矛盾的合法性。因此，现代
主义的目的似乎应当说是用克尔凯郭尔来调和黑格尔；既不是完全接受
"亦此"/"亦彼"，又不是完全接受"或此/或彼"，而（可以说）是既接受这两
个概念，又不接受这两个概念。于是现代主义的公式变成了"'亦此/亦
彼'以及/或者'或此/或彼'"，简直令人望而生畏。

　　……

　　"一切都四散了，再也保不住中心，世界上到处弥漫着一片混乱……"

　　表示"混乱"的这些词汇——解体、分裂、脱节——都含有分崩离析的
意味。但现代主义模式中起规定作用的东西并不是事物的解体，而是事
物的聚合（使人想起由 symballein［匆匆拼凑］一词派生的 symbol［象征］
这个词）。现代主义认为，中心可以产生向心力而非离心力；其结果并不
是解体，而（可以说）是一种超然的结合。对（传统）秩序的威胁不是来自
行星系的解体，而是来自对档案体系的摒弃……当思想必然强加在经验
之上的模式需要根本修正时，当描述新的情境所需要的语言体系必须克
服可怕的内在惰性时，文化的危机，以及一个崭新的"文明阶段"的到来，
也就不可避免了。①

（五）现代主义是国际性的和多民族性的

　　现代主义的产生由于是与一个"新时代"联系在一起的，并且是不断丰富、
深入和发展的，因此它从一开始就不是一个局部的地区性的现象，而是不断地
从一个地区向另一个地区蔓延、伸展和扩大的动态过程，因此，在马尔科姆·

---

　　① ［英］詹姆斯·麦克法兰：《现代主义思想》，《现代主义》，上海外语教育出版社1992年版，第
54—74页。

布雷德伯里和詹姆斯·麦克法兰看来,"现代主义确实是一种国际性倾向"①,在他们合写的《现代主义的名称和性质》以及詹姆斯·麦克法兰独自撰写的《现代主义的地理分布》中,他们对现代主义的国际性和多民族性进行了进一步的阐释:

> 现代主义……从一个国家到另一个国家,从一种语言到另一种语言,它的含义也是极为不同的。现代主义的本质是它的国际性特征……②
> ……
> 现代主义……具有多民族性……它在东方和西方,从俄国到美国的发展模式……各种艺术现象的出现、意识的爆炸、两代人的冲突……都显示出惊人的相似之处。但是,每个对现代主义有所贡献的国家都有自己的文化遗产、自己的社会和政治张力,这些又给现代主义添上了一层独特的民族色彩,并使任何依据个别民族背景所做的阐释都成了易引起误解的管窥蠡测。③

按照西方学界对"现代主义"的这样一个界定,我们发现,"五四"文学产生的时代背景,与西方现代主义文学产生的时代背景十分相似——这也就为"五四"文学带上具有中国特色的现代主义文学色彩提供了"社会"的氛围,而对照鲁迅的《狂人日记》和郁达夫的《沉沦》,郭沫若的《女神》和田汉的《环琪璘与蔷薇》,鲁迅的《野草》和李金发的《微雨》、《为幸福而歌》、《食客与凶年》以及王独清的《圣母像前》,也不难看到"现代主义"的身影。对于"现代主义"("五四"时

---

① [英]马尔科姆·布雷德伯里、[英]詹姆斯·麦克法兰:《现代主义的名称和性质》,《现代主义》,胡家峦等译,上海外语教育出版社1992年版,第14页。

② 同上书,第15页。

③ [英]詹姆斯·麦克法兰:《现代主义的地理分布》,《现代主义》,上海外语教育出版社1992年版,第75页。

的"新浪漫主义"），"五四"时期虽然有沈雁冰的这种推拒："新浪漫主义在理论上或许在现在是圆满的，但是未经自然主义洗礼，也叨不到浪漫主义余光的中国现代文坛，简直是等于向瞽者夸彩色之美。彩色虽然甚美，瞽者却一毫受用不得。"[①]但也有田汉对"现代主义"的热情拥抱："今日"已经到了"新罗曼主义的时代"。[②]

"五四"文学诞生的时代提供了与产生西方现代主义文学相似的社会历史背景，"五四"文学的提倡者和实践者们对西方现代主义文学并不陌生并有所介绍，"五四"文学的作品中不乏具有现代主义文学特征的成果，因此，说"五四"文学产生并包含现代主义文学的特性（虽然这一特性在"五四"以及后续的文学中没有成为主流），应该可以成立。

不过，虽然"五四"文学已具有现代主义文学的特性，但这种特性在后来强大的左翼文学的强势覆盖下，潜隐不彰，以至于在文学史中几近消失。直到二十世纪八十年代以后，"五四"文学中的现代主义文学特性，才逐渐为人所知并越来越受到学界和读者的重视。而在此之前，二十世纪五六十年代台湾的现代主义文学，早已成为人们谈论二十世纪中国现代主义文学绕不过去的话题。

四、"五四"精神/文学与台湾现代主义文学

如果我们能够认为"五四"文学在一开始，就不但在精神上带有"现代主义文学"的气质，而且在美学特征上，也具有"现代主义文学"的色彩——尽管这种色彩并不强烈且打上了"中国"和"五四"的国家、时代烙印（集中体现为"现代主义现实主义化"），那么，作为中国二十世纪白话文学中的先驱，"五四"精神/文学与二十世纪六十年代台湾的现代主义文学之间，会产生怎样的联系呢？它们两者之间，是一种什么样的关系呢？

---

① 沈雁冰:《自然主义与中国现代小说》,《小说月报》1922 年第 13 卷第 7 期。
② 田汉:《新罗曼主义及其他——复黄日葵兄一封长信》,《少年中国》1920 年第 2 卷第 12 期。

应当说,它们的联系和关系,主要体现为:在同属白话文学范畴的前提下,"五四"精神和二十世纪五六十年代台湾的现代主义文学之间,有一种"共鸣"关系;"五四"文学和二十世纪五六十年代台湾的现代主义文学,是一种"共建"关系。

"五四"精神和二十世纪五六十年代台湾的现代主义文学之间有一种"共鸣"关系不难理解,正如白先勇所指出的那样,这种关系的产生首先是时代特征上的相似导致精神需求上的类同。所谓时代特征相似,是指"五四"时代的社会环境和二十世纪五六十年代的台湾都面临着一个"断裂"和"巨变"的现实;所谓精神需求的类同,是时代精神在这种"断裂"和"巨变"面前寻找新的基点。二十世纪五六十年代台湾现代主义文学兴起之际,当时的社会环境及历史氛围与"五四"时期的相似性——尽管具体内容不同,但面对的都是一种强大的"一统性""权威"思想,渴望能打破旧有的"秩序"并引领一种新的"潮流"——导致了两者在"打破传统禁忌的怀疑精神,创新求变的改革锐气"上形成了强烈的精神共鸣。

至于"五四"文学和二十世纪五六十年代台湾的现代主义文学之间,则是一种"共建"关系。这种"共建"是指:在"五四"文学和二十世纪五六十年代台湾的现代主义文学之间,虽然有联系,但这种联系又是相当松散的,更多地体现为一种"共建"中国现代主义文学的形态。

当"五四"文学本身已经渗透着、体现着西方现代主义文学的特点之时,作为"五四"文学的后续"产品",二十世纪五六十年代台湾的现代主义文学也会与自己的白话文学(曾经叫过"新文学",现在一般叫"现代文学")源头有着某种或显或隐的联系——这种联系虽然较为曲折和复杂,但应该说,它们彼此之间是确确实实地存在着历史的联系的,白先勇对鲁迅小说的肯定,痖弦对王独清、李金发、戴望舒等诗人的推崇,余光中对闻一多、卞之琳、冯至、臧克家等人诗作的迷恋,在在呈现出两个时代文学之间的血脉相连。

从"世代"的角度看,二十世纪五六十年代台湾现代主义文学作家主要由两大群体构成：一为较为年长的作家、诗人，包括纪弦、覃子豪、钟鼎文等人；另一为较为年轻的作家、诗人，如痖弦、余光中、罗门、郑愁予、洛夫、商禽、辛郁以及更加年轻的白先勇、王文兴、陈若曦、欧阳子、张系国等人，前者在大陆时期，直接感受过"五四"精神和"五四"文学的熏陶，后者则通过阅读或老师的传授引导等间接方式，接续上与"五四"精神和"五四"文学的联系。纪弦等人在大陆时期就沿袭"五四"文学的余绪，参与"现代主义文学"的"建构"工作，到台湾后继续深化和强化这一工作，他的"六大信条"中第五条"追求诗的纯粹性"，就与穆木天在 1926 年 1 月发表的《谭诗——寄沫若的一封信》一文中所提倡的"纯粹的诗歌"有异曲同工之妙；痖弦、余光中等人受前辈诗人的影响，"五四"文学的"现代主义"成果成为他们追慕和学习的榜样；白先勇、王文兴、陈若曦、欧阳子等在胡适、傅斯年、殷海光、台静农等的身上，直接感受到"五四"精神的传扬，而夏济安、黎烈文等的传授，又使他们对"五四"文学后来偏离文学本身的走向保持高度警惕和充满批判性。对台湾年轻一代现代主义作家群产生过重大影响的夏济安，就在《旧文化与新小说》、《鲁迅作品的黑暗面》、《白话文与新诗》等文章中，既表达了"鲁迅天才的病态，使他看起来更像卡夫卡的同代人而不是雨果的"的观点，同时也对"五四"文学艺术性水准的不足表示了强烈的不满（"我们的'白话文'运动是已经成功了，但是白话文好作品的产生，尚有待于我们的努力"），对鲁迅的评价实际牵涉到"五四"文学中具有的"现代主义"意味，对"五四"文学艺术性的不满则关联到对"五四"文学的总体判断——这些观念后来都对他的学生们，也就是二十世纪六十年代台湾现代主义文学的中坚力量白先勇、王文兴、欧阳子、陈若曦等，产生了深远的影响。而不管是曾经在大陆亲炙了"五四"文学"流芳"的纪弦等人，还是通过书籍和老师遥望过"五四"文学的痖弦、白先勇等人，在二十世纪五六十年代的台湾，他们除了在精神上与"五四"文学产生了共鸣之外，在文学上，也或多或少、或肯定或批判地继承了"五四"文学的余绪。

然而，二十世纪五六十年代台湾的现代主义作家们虽然从"五四"文学中获得过精神滋养和文学熏陶(不管"五四"文学给他们提供的是正面经验还是负面教训),但毕竟,对于主要以熟悉外国文学甚至是外文系出身的作家组成的"现代文学作家群"来说,他们对现代主义文学的追求显然更多来自西方现代主义文学的吸引,而不是"五四"(现代主义)文学的号召,"五四"文学中并非主潮也不够圆熟的现代主义文学(作品),很难成为他们推崇、信服、学习和模仿的对象,因此,"五四"(现代主义)文学与二十世纪五六十年代的台湾现代主义文学两者之间,也就很难形成前者有效而又直接地影响后者的关系——由于东方现代性的后发性,因此"五四"文学和台湾现代主义文学都受到了西方现代主义的影响,虽然这在某种意义上也构成了它们之间的内在联系,即同属西方现代主义在东方的产物,并由此使这两种文学之间具有了一种同质性和同构性,但毕竟,它们的共同源头都来自西方的现代主义文学,就此而言,它们之间更多体现为一种"并列"的关系。

不过,从另一个角度看,"五四"文学与台湾现代主义文学之间,除了并列关系之外,还有一种"递进"关系。而这种"递进"关系,体现的是"五四"文学与台湾现代主义文学共同参与了对中国现代主义文学的"建构"。

二十世纪五六十年代台湾的现代主义文学,在呈现现代主义文学特征方面,其规模、影响和成熟度,都是"五四"文学所难以比拟的,应红的《从〈现代文学〉看台湾的现代派小说》[①]一文,通过对《现代文学》这个杂志的分析,就把发表在《现代文学》上的小说,大致分为三类:"一类是从内容到形式对西方现代派文学完全的模仿;一类是在形式与技巧的运用上可称是古典与现代的结合,但就实质而言,还是倾向于西方现代派的;第三类是借鉴现代派技巧,表现中国社会问题的作品"。从应红的分类中不难看出,在二十世纪五六十年代台湾的现代主义文学中,既有较为"通俗易懂"的现代主义(第三类),也有极为"晦涩难懂"的现代主义(第一类)。虽然其中"通俗易懂"的现代主义,在某种意义

① 应红:《从〈现代文学〉看台湾的现代派小说》,《文学评论》1986年第2期。

上可以看作"五四"文学"现代主义现实主义化"的历史回声,但毕竟两者之间难以发现直接的渊源关系,最多只能说是殊途同归。在这里要特别提到白先勇,作为二十世纪五六十年代台湾现代主义文学的代表人物,他的作品在大陆学界却曾经被视为现实主义作品(应红则把白先勇归为第三类),而白先勇的作品,也确实体现为一种具有现代主义的精神内核却带有现实主义"外形"的特点——在某种意义上讲,他的作品也可以用"现代主义现实主义化"来概括,这与"五四"文学中的现代主义文学特点不谋而合——而这种历史共振式的回声和响应,体现的正是现代主义文学"中国化"的一个重要特质。

在共同谱写"中国现代主义文学"的过程中,假使说"五四"文学中的"现代主义"主要是从尼采、易卜生等西方早期现代主义(日耳曼现代主义、斯堪的纳维亚现代主义)中汲取营养,并形成自己的"现代主义现实主义化"特色的话,那么台湾二十世纪五六十年代的现代主义文学,则在接受来自日耳曼文化圈的卡夫卡、托马斯·曼的同时,更多是从乔伊斯、艾略特、伍尔夫、劳伦斯、弗洛斯特、福克纳、加缪等西方后期现代主义(英美法现代主义)中获得灵感,并"建构"出远较"五四""现代主义文学"更为丰富复杂的"现代主义文学"。由此来检视余光中对"五四"文学的否定,他要下"五四"的半旗,埋葬"五四"文学,也就可以看成他是在用西方后期现代主义(英美法现代主义)来否定西方早期现代主义(日耳曼现代主义),在西方现代主义文学发展史上,早期现代主义与后期现代主义只是现代主义发展中的两个不同阶段,并无高下之分,可是西方的现代主义到了中国之后,却由两个不同的阶段变成了两个不同的层次,这一方面说明了台湾二十世纪五六十年代的现代主义文学与"五四"时期的现代主义文学之间存在着一种历史的联系——不过是西方现代主义文学不同时期在中国的不同区域的投射,另一方面也体现出西方现代主义文学的不同成分在中国的不同时期和不同区域,得到了不同的理解和表现,产生了不同的影响和效果。

由于"五四"文学和台湾现代主义文学面对的历史语境不同,所要解决的历史任务不同,因此它们的关联性除了表现为具有相似性之外,也在追求目标和呈现特点上体现出一种差异性(时代的差异、面临问题的差异)。出现在二十世纪初的"五四"文学,其在思想观念上要反传统反封建,在文学形态上要创造"国语的""人的""新文学",因此它的核心使命是建立适应时代需要的现代文学;而二十世纪五六十年代的台湾现代主义文学,它的主要目的是自我认同的追寻,在于探求艺术自身的突破和更新。两者观念期待和文学诉求的不同,导致了"五四"文学和台湾的现代主义的差异性,而作为台湾现代主义文学的一个"他者","五四"文学的特点,在某种程度上正映照出台湾现代主义文学与它之间既有相似性(同为西方现代主义文学的东方后果)和延续性(体现了西方早期现代主义向西方后期现代主义的衍变),也有他者性和差异性(一为突出表现为"现代主义的现实主义化",一为更充分全面地包含多种复杂形态的"现代主义"),而两者的这种互为"他者"的映照和颇有出入的差异,正体现了西方现代主义文学在中国发展流变的历史过程和发展方向——就共同构成中国现代主义文学这一点而言,"五四"文学与台湾现代主义文学之间,也有着一定的相关性。

　　不论是"五四"文学所体现出的现代主义文学特征,还是台湾现代主义文学,它们都是受西方现代主义文学影响之后,结合中国当时的实际,所产生出的具有"中国特色"和"历史特征"的中国现代主义文学,虽然由于它们的共同源头都是来自西方,因此它们两者之间的关联,不以前者对后者的影响为表现特征(如果说有影响也是间接的、曲折的),而更多体现在它们以各自承担的不同的历史使命,共同为构建中国的现代主义文学所做出的贡献。在某种意义上讲,中国现代主义文学在不同历史阶段所呈现出的艺术面貌,在发展逻辑上的递进性,才是构成"五四"文学和台湾现代主义文学之间最大的历史联系。

论中国新文学中讽刺小说的三种类型

——以鲁迅、张天翼和黄春明为例

在中国新文学的发展过程中,讽刺小说是个相当重要且成就突出的"门类",在这个领域活跃并取得了重大成就的作家,有鲁迅、沙汀、老舍、张天翼、沈从文、萧红、废名、钱锺书、张恨水、赵树理、王祯和、黄春明等。鲁迅的《阿Q正传》、沙汀的《在其香居茶馆里》、老舍的《猫城记》、张天翼的《包氏父子》、钱锺书的《围城》、王祯和的《嫁妆一牛车》、黄春明的《我爱玛丽》等不但是中国新文学中的经典名作,而且也是二十世纪中国讽刺小说中的杰出代表。这些作品虽然都可以纳入讽刺小说这一"门类",但不同作家所表现出的创作个性和体现在作品中的讽刺"特点",各不相同。本文选取鲁迅、张天翼和黄春明三位作家为分析重点,探讨中国新文学中讽刺小说的历史发展和传统变迁,是如何体现在这三位作家身上的,换句话说,也就是通过对鲁迅、张天翼和黄春明三位作家讽刺小说的分析,来考察中国讽刺小说如何在不同的历史时期形成不同的特色,并按照什么样的内在逻辑延伸递嬗。

一、三位作家的共性:都具社会批判精神

将鲁迅、张天翼和黄春明放在一起进行论述,固然是为了说明他们之间的差别,但是因为他们之间有相似的共性:在"同"中寻找出"异",才是"异"存在

的前提,如果是完全不相干的"异",那指出这种"异"是没有意义的。对于鲁迅、张天翼和黄春明这三位作家而言,他们的共性,主要体现为都具有社会批判精神。

鲁迅对社会的批判,重在要"揭出""病态社会不幸的人们"的"痛苦","引起疗救的注意",①从他最早的白话小说《狂人日记》,到他的讽刺小说代表作《阿Q正传》,乃至他的后期小说《孤独者》、《伤逝》、《离婚》,鲁迅小说的社会批判性,往往不是就具体的社会现象展开批判,而更多的是对中国几千年传统思想文化与精神痼疾进行深刻的揭露和挖掘。《狂人日记》展示的是中国历史和文化的"吃人"本性;《阿Q正传》针砭的是中国人根深蒂固的"精神胜利法"……在鲁迅每篇小说故事情节"写实"层面的背后,都深隐着一个更高的意蕴指向,那就是要通过"文艺"来"改变""国民"的"精神"。②

要通过文艺来"改变""国民"的"精神",就要运用文艺,对麻醉、禁锢、愚化国民的封建传统旧文化以及由这种旧文化长期累积而造成的文化心理,进行抨击、揭露和批判,这是鲁迅文学思想的基本逻辑,也是他运用文艺进行"启蒙"的始终如一的立场。这样的逻辑和立场,决定了鲁迅作品中的社会批判,总是聚焦在"现实"表象背后的国人精神文化心理层面。

在最能代表鲁迅讽刺小说风格的《阿Q正传》里,鲁迅借助对阿Q这一人物身上"精神胜利法"的深刻呈现和艺术表达,在"暴露"了"国民的弱点"③的同时,更希望"能够写出一个现代的我们国人的魂灵来","画出""沉默的国民的灵魂来"。④《阿Q正传》的成功,充分表明鲁迅对国人精神文化心理的挖掘和展示,是他进行社会批判的主要方式和手段。

---

① 鲁迅:《南腔北调集·我怎么做起小说来》,《鲁迅全集》第4卷,人民文学出版社1981年版,第512页。

② 鲁迅:《呐喊·自序》,《鲁迅全集》第1卷,人民文学出版社1981年版,第417页。

③ 鲁迅:《伪自由书·再谈保留》,《鲁迅全集》第5卷,人民文学出版社1981年版,第144页。

④ 鲁迅:《集外集·俄文译本〈阿Q正传〉序及著者自叙传略》,《鲁迅全集》第7卷,人民文学出版社1981年版,第81—82页。

注重开掘内在的"国民的灵魂"（精神文化心理），使得鲁迅的社会批判具有无与伦比的深刻性和独特性，相对而言，张天翼的社会批判，则更多的聚焦于社会矛盾、政治现实和阶级对立这样一些"外在"的社会"现实"层面。张天翼是左翼作家，其创作理念在一定程度上受到了当时左翼文学思想的影响，揭示社会丑恶现象、表现社会矛盾冲突、呈现阶级对立和斗争，是张天翼讽刺小说最为重要的主题。在张天翼的众多讽刺小说中，无论是《报复》、《皮带》、《二十一个》、《小彼得》、《出走以后》，还是《脊背与奶子》、《砥柱》、《包氏父子》、《华威先生》，展示给读者的，是社会严重对立、阶级矛盾突出、人心不古、世风日下，而集中表现这些社会现实问题，并加以讽刺和批判，也就成为张天翼社会批判的基本特征。

二十世纪二三十年代的鲁迅和张天翼，与二十世纪六七十年代的黄春明，不但有着几十年的时间距离，而且还有着分属海峡两岸的空间距离。当黄春明在二十世纪六十年代的台湾文坛开始崛起的时候，他面临的问题，当然和几十年前中国大陆的鲁迅和张天翼有所不同，时空差异性，导致了黄春明在"气质"上更属于台湾二十世纪六七十年代的乡土文学。然而，黄春明与鲁迅、张天翼所面对的时代、社会虽然不同，但在社会批判这一点上，他与鲁迅和张天翼有着惊人的相似。如果说鲁迅的社会批判，聚焦于对国人精神文化心理（内在灵魂）的挖掘和刻画，张天翼的社会批判，偏重于对社会问题和现实政治（外在现实）的展示和书写，那么黄春明的社会批判，则更多地体现为他对二十世纪六七十年代台湾人位置处境的清醒认识和基本判断。

黄春明来自宜兰乡下，天然的草根性使他对台湾这块土地有着深厚的感情，对现实社会中种种不公不义的拒绝和抗议，使他在拿起笔来描写这个社会的时候，笔锋自然饱蘸批判的力量。与鲁迅和张天翼不同的是，黄春明对社会的批判，与他看取台湾社会的位置与角度联系在一起——他是站在乡土（相对于都市）与中国台湾（相对于美国和日本）的视角来发现台湾社会的种种弊病的，相对于鲁迅的"俯视"（画国人的灵魂）和张天翼的"平视"（写当下的社会），黄春明是以一种"仰视"①的角度,实现和展开对社会的批判。

黄春明最早的成名作《"城仔"落车》,写一个台湾宜兰的孩子阿松和祖母一起乘车去"城仔"见母亲,在乘车过程中,宜兰与"城仔"的"差别",导致了阿松和祖母对"城仔"既渴望又恐惧的矛盾心理——在这个过程中,黄春明对社会不公的批判,隐然可见。这种以"低处"为立足点,站在"低处"看出去,发现"高处"的问题并反过来对"高处"进行批判的结构,后来在黄春明的小说中一再出现,成为黄春明小说创作非常重要的一个框架/结构性存在。无论是《溺死一只老猫》还是《看海的日子》,也不论是《甘庚伯的黄昏》、《苹果的滋味》还是《两个油漆匠》,更不用说《莎哟娜啦·再见》和《我爱玛莉》,这些黄春明的代表作,都隐含着这样一种从"低"看"高"并对"高"加以揭露、批判的写作态势。

黄春明是个立足乡土的台湾作家,他对台湾乡土"位置"和"立场"的天然亲近和自然选择,决定了其从"台湾"、"土地"这个"低位"(黄春明喜欢"低位",他后来的儿童"视角"、儿童"位置"和儿童"立场",可以说也是一种"低位")去看取耸立在其上的"美日"、"都市"等"高处"并由此形成由"低"看"高"的"仰视"视角。当然,黄春明的"仰视"视角,只是一种看取社会、书写台湾的基本"视力路径",在"看到"了台湾社会和台湾处境的现状之后,他就从"仰视"的视角一变而为反思、批判的姿态,对"高处"进行深刻的揭示和毫不留情的嘲讽。

黄春明对台湾社会的揭示与批判,与他对台湾人(台湾社会)位置处境的清醒认识、深刻思考和独立判断有着密切的关联,从某种程度上讲,后者决定了黄春明对台湾社会批判的基本特质。在早期的《"城仔"落车》中,黄春明向我们展示的是台湾乡村贫民对"进城"的惶恐和焦虑,这种惶恐和焦虑不但体现为对城市("城仔")的茫然无知,更表现为对"外省人爸爸"的陌生和不可知——这是当年台湾人才会有的心理感受;在《溺死一只老猫》中,我们看到的

---

① 这里的"仰视",并不含"崇敬"、"高看"之意,而是一种"技术性"的看取角度和姿态。

是台湾乡民在"现代物质文明"压迫下的焦虑、痛苦和反抗——而这种焦虑、痛苦和反抗，是台湾社会从相对落后、"低级"的农业/传统社会向较为先进、"高级"的工业/现代社会转型中产生的，这是一种人间悲剧，却也是一种历史必然，台湾社会发展的悖论，即在其中；在《看海的日子》和《两个油漆匠》中，我们一方面看到了台湾乡土社会单纯、明了、淳朴、温情的特质，并以此战胜人间的不公和邪恶，让人（白梅）得以"重生"，另一方面，我们也看到了台湾都市社会复杂、晦暗、狡黠、冷漠的特质滋生了人间的压迫和罪恶，让人（猴子）走向毁灭；在《苹果的滋味》、《莎哟娜啦·再见》、《我爱玛莉》和《小寡妇》中，我们看到了代表所谓先进/高级的美、日（社会、人）对显得落后/低级的台湾（社会、人）给予的"施舍"、凌辱并造就出后者一种自我/内在奴化的心理。

黄春明在呈现/展示台湾社会的这种"真实"时，当然不是自然主义式的单纯"写实"，而是在"写实"的背后，寄托着痛切的批判（对美日、对都市）和真挚的同情（对乡土、对下层民众）。黄春明的这种态度和立场，虽然与出身背景（宜兰乡下）、阶级状况（农人、师范生）、个人性格（强悍而又细腻、刚硬而又温柔）有关，但最根本的，是源自他对台湾社会处境的深刻体验、清醒认识和独立判断。在黄春明看来，台湾社会从农业社会向工业社会转型，是历史趋势，不可阻挡，然而这个过程，却以对台湾乡土社会传统民众的侵犯、凌辱和剥夺为代价，而伴随着这个过程出现的美、日经济"新殖民"，又对台湾社会和台湾民众的内在心理，产生巨大冲击和负面影响。这一切，都使黄春明从中看到了台湾社会的自身状况和处境，并由此生发出他社会批判的立足点和着力点：从乡土出发，批判、反思都市之"恶"；从台湾出发，批判、反思美日"新殖民"。

于是，虽然都聚焦社会批判，但黄春明的社会批判，与鲁迅（注重"精神"、"心理"）和张天翼（注重"社会"、"现实"）的社会批判比起来，就有了属于他自己的视野（"乡土"）、角度（从"低"向"高"）和立场（"台湾"）。

二、三位作家不同的讽刺特点：冷嘲、热讽、逗谑

　　"讽刺"（Satire）是文艺创作中的一种表现手法，它通过对罪恶、愚笨、弊端和缺陷的嘲笑，力图借助对羞耻感的激发，以达到改进个人、组织、政府和社会的目的。虽然讽刺常常意味着幽默，可是它更大的目的，却是一种建设性的社会批判，旨在通过机智来引起人们对社会上个别或普遍事物的关注。"讽刺"的一个重要特征是具有强烈的反讽（irony）和嘲弄（sarcasm）特性，"在讽刺中，反讽是攻击性的"。在讽刺书写中，常常会运用戏仿（parody）、谑弄（burlesque）、夸张（exaggeration）、并列（juxtaposition）、比较（comparison）、类比（analogy）和双关（double entendre）等手法。

　　二十世纪中国社会遭遇的苦难、战争以及社会本身的贫弱、罪恶、腐败和黑暗，为中国文学提供了产生讽刺文学的丰富土壤，郑伯奇曾说："讽刺文学不是下意识的产物，也不是自然发生的东西。在阶级社会中讽刺文学是一种斗争的武器。但是，同样是斗争的武器，讽刺文学，在斗争的发展过程上，有它的特殊的地位和意义……中国现在讽刺文学也一天一天发达起来了。这明显地有它的社会的根据。"①二十世纪中国文学中的许多重要作家，都曾在讽刺文学中大显身手，有的甚至以讽刺文学作家著称，而讽刺小说也就成了二十世纪中国文学中的重要门类。当我们从讽刺小说的角度，去回眸二十世纪中国文学的时候，我们发现鲁迅、张天翼和黄春明的讽刺小说，代表了二十世纪中国讽刺小说中的三种不同类型，具体而言，鲁迅代表的是"冷嘲"，张天翼代表的是"热讽"，黄春明则代表了"逗谑"。

　　讽刺小说并不是鲁迅小说创作的大宗——鲁迅虽然有《呐喊》、《彷徨》和《故事新编》三个短篇小说集，但真正属于讽刺小说的篇什并不算多，"讽刺"在

①　郑伯奇：《幽默小论——附论讽刺文学的发生》，《现代》1933 年第 4 卷第 1 期。

鲁迅那里使用最为突出也最为有效的领域是他的杂文，不过，一篇《阿 Q 正传》，足以使鲁迅成为二十世纪中国讽刺小说中"冷嘲"类型的代表。最早提出鲁迅讽刺小说"冷嘲"特征的是周作人，在一篇书评中，他这样评价鲁迅《阿 Q 正传》的"讽刺"特点："《阿 Q 正传》里的讽刺在中国历代文学中最为少见，因为他多是反语，便是所谓冷的讽刺——'冷嘲'。中国近代小说只有《镜花缘》与《儒林外史》的一小部分略略有点相近，《官场现形记》和《二十年目睹之怪现状》等多是热骂，性质很是不同，虽然这些也是属于讽刺小说范围之内的。"①

　　周作人对鲁迅《阿 Q 正传》的这一评价虽然精到但稍显简略，具体而言，鲁迅的"冷嘲"特征在《阿 Q 正传》中的表现是：以深邃老辣为总体形态，以精神批判为锋芒指向，以更具抽象性、概括性和典型性的思想追求为旨归。

　　《阿 Q 正传》能在二十世纪中国新文学史上成为经典之作，阿 Q 这个形象的成功塑造是关键。而阿 Q 这个形象能大获成功，一方面得益于鲁迅对阿 Q 身上"精神胜利法"的挖掘和展示——对"精神胜利法"的提炼和概括，是鲁迅刻画二十世纪中国人（乃至人类）灵魂独特而又伟大的贡献；另一方面，也与鲁迅运用深邃老辣的"冷嘲"手法来表现阿 Q 的"不幸"、"不争"密切相关。在《阿 Q 正传》中，鲁迅的"冷嘲"主要通过这样几种"技巧"来表现：

　　（1）介绍阿 Q 时的戏谑

　　"列传"乎？"自传"乎？"外传"乎？"内传"乎？"别传"乎？"家传"乎？"小传"乎？"大传"乎？"本传"乎？皆不是也，于是言归"正传"。

　　不配姓赵，故无姓；Quei 怎么写，也不知，故而称阿 Quei，略作"阿 Q"。只有"一个'阿'字非常正确"。

　　（2）展示阿 Q 精神世界时的"对撞式"（相反相成）深邃

　　　　"我们先前——比你阔的多啦！你算是什么东西！"

---

　　①　周作人（仲密）：《阿 Q 正传》，《晨报副刊》1922 年 3 月 19 日。

"我的儿子会阔得多啦!"

"你还不配……"

"我总算被儿子打了,现在的世界真不像样……"

"是第一个能够自轻自贱的人,除了'自轻自贱'不算外,余下的就是'第一个'。状元不也是'第一个'么?'你算是什么东西'呢?"

"革命也好罢,""革这伙妈妈的命,太可恶!太可恨!……便是我,也要投降革命党了。"

"造反了!造反了!"

"我要什么就是什么,我欢喜谁就是谁。"

"不准我造反,只准你造反?妈妈的假洋鬼子,——好,你造反!造反是杀头的罪名呵,我总要告一状,看你抓进县里去杀头,——满门抄斩,——嚓!嚓!"

"孙子才画得很圆的圆圈呢"

"过了二十年又是一个……"

(3) 以"矛盾化人物"(具有两面性)衬托阿 Q 形象

未庄的闲人们、小 D、王胡(喝彩的人们)

赵太爷、秀才、假洋鬼子、举人老爷(赵白眼、赵司晨、地保)

吴妈、邹七嫂(赵太太、秀才娘子)

(4) 具有对比功能的冷静语言

"这王胡,又癞又胡,别人都叫他王癞胡,阿 Q 却删去了一个癞字,然而非常渺视他。阿 Q 的意思,以为癞是不足为奇的,只有这一部络腮胡子,实在太新奇,令人看不上眼。"(因为阿 Q 自己癞,所以略去"癞"字)

"仿佛从这一天起,未庄的女人们忽然都怕了羞,伊们一见阿 Q 走来,便个个躲进门里去。甚而至于将近五十岁的邹七嫂,也跟着别人乱钻,而且将十一岁的女儿都叫进去了。阿Q很以为奇，而且想：'这些东西忽然都学起小姐模样来了。这娼妇们……'"（因为阿Q要和吴妈"困觉"，所以未庄女子见之走避，而阿Q还不知为何）

鲁迅的"冷嘲"笔法（技巧），与他的深刻思想一体两面，看上去似乎是技巧层面的"设计"，其实是思想高度的艺术化体现。而鲁迅冷郁的个性、睿智的洞察力以及天才的文字表达才能，使得他笔下的阿Q在愚昧/盲目、麻木/敏感、自闭/开放、自卑/自大的矛盾中，显现出他的滑稽、可笑以及鲁迅对他的批判。

需要特别指出的是，阿Q这个"名称"的由来，看上去是鲁迅的戏谑，其实蕴含了鲁迅的深意：阿Q无名无姓，好像不是某个具体的人，可是他又好像是所有的人，这样，在阿Q的身上，就凝聚了中国人（乃至人类）的某种共性，由此，阿Q在鲁迅的笔下，既是一个具体的鲜活的人物形象，同时又是一个抽象的象征性的精神/思想存在/昭示。通过对阿Q形象的塑造，鲁迅实现了对中国人（乃至人类）某种本质性的揭示和批判。

相对于鲁迅讽刺小说更具"冷嘲"意味的深邃老辣、注重精神批判和追求象征层面的"高境界"，张天翼的讽刺小说在展开讽刺时更多的是一种贴近现实生活的"热讽"。孙昌熙、王湛曾将张天翼讽刺小说的艺术特色和"讽刺手法"，概括为具有"夸张"、"重复"、"心理刻画"、"对比"、"通过次要人物来揭发主要人物"、"具有漫画特色"、"语言诙谐"等特点，而"笑"则是其讽刺小说产生的艺术效果。① 在此基础上，吴福辉进一步指出张天翼在塑造讽刺对象时，常常会抓住矛盾性、突出片断性。② 这些分析，对于我们认识张天翼讽刺小说的基本特点颇有帮助。

然而，以上几位学者提到的这些特点，从某种意义上讲其他讽刺小说（包

---

① 孙昌熙、王湛：《张天翼短篇小说创作特色初探》，《柳泉》1980年第2期。
② 吴福辉：《锋利·新鲜·夸张——试论张天翼讽刺小说的人物及其描写艺术》，《文学评论》1980年第5期。

括《阿Q正传》）也同样存在，光凭这几点，似乎还很难构成张天翼讽刺小说的"独特性"。如果我们贴近张天翼小说的内里，感受他小说的讽刺特点，则不难发现，对社会充满热情，怀有改造、提升社会环境之热望，以沉稳平实的姿态和风格，对社会现象中的丑恶、不公和不义进行政治、文化批判，才是张天翼讽刺小说所具有的个人特点。

张天翼的个性不似鲁迅那么峻急硬冷，而较为舒缓平和，但他思想左倾，很早（21岁）就开始信仰共产主义，25岁参加"左联"。无产阶级思想的影响，使张天翼惯于以辩证唯物论和历史唯物论的角度看待社会发展，阶级观念则成为他认识社会的重要指针。他观察社会的基点，常常以不平之心绪看待社会不公现象，以社会阶级对立之立场认识社会腐败行径，以左派理论指导分析社会各阶级的现实状况。平和的个性和左倾的思想，决定了张天翼在用讽刺小说对社会进行批判的时候，其讽刺特点既具有温和性又带有现实社会性，既具有政治批判性也兼具文化反思性。具体而言，张天翼的"热讽"，在语气态度、锋芒呈现和立场表达等方面都较为"温和"（相对来说比较"热"），而"辛辣"（hot）则成为其"热讽"的基本特点。

（1）在语气态度上，张天翼以温和舒缓犀利。张天翼的眼光是犀利的，对社会问题的发现是深刻的，可是在进行社会批判的时候，他的态度（落实到小说中，则体现为语气和语调）却是温和的。在张天翼的讽刺小说中，他的"讽刺"都以温和之姿呈现。在《皮带》中，当邓炳生知道自己即将要"补缺"的时候，他的内心充满了激动和渴望：

> 他当然希望是少尉：比准尉多十块龙洋。但是他又想，准尉也行，总而言之是斜皮带。……
> 一身的血在狂奔，心脏上有三百条蜈蚣在爬着的样子。额头上沁出了十来点汗。
> "呃，真热！"

突然发现了手里拿着的件把东西：才记起来是来写履历的。

张天翼要讽刺的是那种一心想当官向上爬的猥琐心理，在一个腐败的社会里，当官也许是唯一能改变自己命运的手段，张天翼通过对邓炳生"皮带（当官）情结"的表现，讽刺了腐朽的社会风气，对社会的不公不义进行了批判。小说中张天翼对社会的批判是犀利的，可他的"讽刺"又是温和的，在读者的会心一笑中，对邓炳生的同情可能还胜过对他的厌恶。

（2）在锋芒呈现上，张天翼以理性节制愤慨。在《砥柱》中，张天翼要讽刺的是黄宜庵这个假道学满嘴的"经"却一肚子的"性"，面对女儿，他何其"正经"，可是面对"肥泡泡的奶子"和"堂客六十岁还接客"的话题，他却"情不自禁"，而事实上，他"奇里古怪的货色"都"尝过"的经验，也成了"经学研究会"成员乐于听取的趣闻。这样的假道学，原本是个可以展开辛辣讽刺的极好"话题"，可是张天翼只是通过黄宜庵对女儿的"谆谆教诲"，以及对喂奶胖女人的性想象两者间的不断交错、"互文"，以一种理性而又节制的叙述方式，仅仅通过一些小细节——"看"（胖女人）、"训"（女儿）、"讲"（自己的"故事"），就讽刺性地剥下了黄宜庵的"伪君子"面目。

（3）在立场表达上，张天翼以含蓄约束厌恶。在《包氏父子》中，张天翼对老包的懦弱和小包（包国维）的"奴性"颇为痛恨，可是在讽刺他们的时候，他并没有将自己的愤怒流向笔端，而是以平实的笔调，铺陈老包和小包各自的不幸，将他们人生的"毁灭"之路，以婉讽的方式展现出来，其中，对老包的同情和对小包的"怜悯"，也因讽刺的含蓄化而得以呈现。在《华威先生》中，一个在抗战时期好表现、无事忙、什么会都要参加、什么事都要发一通空洞的议论、自我感觉重要实则无足轻重的"混混"形象，被张天翼"抓"了出来。华威先生的滑稽性在于，他是一个"混混"，可是由于他把自己当作一个高尚、严肃、忙碌、重要的人物，因此这种"高尚、严肃、忙碌、重要"的"混混"本身，就具有了讽刺性。张天翼的左翼立场，使得他对所要批判的华威式人物，带有政治对立的意味，然而即便是面对这样一个在阶级、政治立场上处于对立面的人物，张天翼的文笔也是含蓄的，其讽刺也是"哀而不伤"的。在《华威先生》中，与其说张天翼在批判一个政治对手，不如说他在讽刺一种社会现象；华威与其说是一个"当权派"的典型，不如说是一个本身具有滑稽性的人"类"的代表。

虽然张天翼在处理讽刺对象的态度和用文学予以呈现的形态上，展示出一种温和、理性和节制的姿态，显得不像鲁迅那么硬冷和决绝，但其讽刺的"辛辣"程度和艺术效果，不亚于鲁迅的"冷嘲"。在上文所举的几个例子中，不难看出，张天翼的讽刺态度相对来说是比较"热"的，而他作品的讽刺效果，则是"热辣"的——这两个"热"，构成了张天翼讽刺小说"热讽"的基本特质。

与鲁迅（以知识精英）、张天翼（以左翼立场）都是站在"高"处看人间悲剧，因"哀其不幸"而"讽"，因"怒其不争"而"刺"相比，黄春明的讽刺更多是站在"大地"（以"儿童"姿态）看人间悲剧。黄春明的小说，除了我们前面提到的具有以"低"看"高"的姿态之外，还有一个很重要的特点，就是它的"儿童性"——这个"儿童性"不是指儿童题材或儿童视角、儿童人物，而是指在黄春明的众多小说中，其叙事语态带有一种童稚顽皮的特性——从某种意义上讲，黄春明本身就像一个"大孩子"，他的这种"大孩子性"，导致了其小说叙事语态的童稚顽皮。许多研究者都注意到黄春明是个很会"讲故事"的小说家，可是却没有意识到，黄春明的善于"讲故事"，是与他童稚顽皮的叙事语态和叙事风格联系在一起的。童稚顽皮的叙事语态和叙事风格，具有一种别具风味的"温柔"、动人的力量，而当这种童稚顽皮的叙事语态和叙事风格（稚趣）与讽刺相结合的时候，就成了"逗谑"——这使得黄春明讽刺小说的最大特点既不是"冷嘲"，也不是"热讽"，而是"逗谑"。

具体而言，黄春明讽刺小说中的"逗谑"，除了由童稚顽皮的叙事语态造成之外，还具有如下特点：强烈的人间性、鲜明的土地感、浓烈的下层味以及清醒的状态—位置认知。

这些特点，在黄春明的小说中随处可见。在《溺死一只老猫》中是这样（人间性和土地感）：

　　最后他疯狂地闯入里面，大声的叫嚷着说："要脱嘛就干脆像我这样脱光！"说着他真的把身上的衣服都脱了。小姐们被吓得吱吱叫着爬上来，男孩子们却笑着拍手鼓掌。这时候阿盛伯来一个倒瓶式的姿势，跳入深水的地方去了。

在《苹果的滋味》中是这样（下层味）：

　　房子里一点声音都没有，只听到咬苹果的清脆声，带着怯怕的一下一下此起彼落。咬到苹果的人，一时也说不出什么，总觉得没有想象那么甜美，酸酸涩涩，嚼起来泡泡的有点假假的感觉。但是一想到爸爸的话，说一只苹果可以买四斤米，突然味道又变好了似的，大家咬第二口的时候，就变得起劲而又大口的嚼起来，噗喳噗喳的声音马上充塞了整个病房。

在《两个油漆匠》中是这样（顽皮）：

　　他说乳房最不容易画，并且这整幅画的精神就在乳房。老板说话时，两只手举到胸前，手掌用力像抓紧着女人乳房的姿势，引起在场听取工作分配的人大笑一堂。

在《我爱玛莉》中，则是这样（在"洋人"面前的"台湾人"状态和位置）：

　　"玛莉，好了，好了，不叫，不叫，大胃是你的新主人哪！"她边说边把门打开。门才开了一道缝，狗的鼻尖就露出来，随着整条身子也钻了出来。大胃看它的来势，给吓得惊叫了一声'卫门太太——'那一副把手举起来，整个人弯腰往后缩,像是要起飞的模样,叫走出来的卫门太太,忍不住笑出声说:"不会,不会怎么样。玛莉过来,玛莉!"

狗虽然被唤回卫门太太的身边,但马上转身又跑到大胃的身边兴奋地嗅个没完,尤其嗅到他的下体部分,竟然停下来深呼吸,害得大胃有气无力地叫着,"玛,玛莉,玛莉。"身体越往后缩,屁股翘得越高,整个人差些瘫软下来,而那个宝贝地方,竟然像结了冰似的发麻。

黄春明讽刺小说的"逗谑"特性,除了与他的生活背景、个性相关外,还与他立足并且执着于台湾乡土、自觉追求文学的草根性密切相关,他的乡土立场和台湾"地气"赋予了他小说世界的生动性、鲜活性和充沛的活力,使得他的小说(包括讽刺小说)充满了台湾的乡土气质和乡土韵味——他的"逗谑"特性,很大程度上就是来自台湾乡土的培植和熏陶,而他对台湾社会的表现,总是聚焦下层民众和台湾在美、日经济"新殖民"包围下出现的种种"怪现状",也使得乡土性、草根性、下层性和批判/颠覆性,成为黄春明小说(包括讽刺小说)的基本特征。

强烈的人间性、鲜明的土地感、浓烈的下层味以及清醒的(台湾)状态—位置认知,当这些特征与"逗谑"的讽刺特性结合在一起时,就产生了"稚趣的挖苦"、"朴野的夸张"、"顽皮的深刻"和"憨厚的犀利"。如果说论者们都已谈及的诸如表现台湾乡土、关注女性命运、思考台湾的后殖民处境以及呈现台湾文学的现代主义形态(之一)体现了黄春明小说的独特性,那么在坚守台湾乡土(草根性)、充满人道同情(对下层民众和农业社会)、明确(台湾)位置方向(中华民族的、反美日经济压迫和文化—心理奴役的)的基础上,以"低"写"高"并对"高"加以反思和批判、以"逗谑"形成自己的讽刺小说风格,则应成为黄春明小说独特性的重要丰富和补充——这也是黄春明在中国新文学讽刺小说发展脉络中能自成一格,与鲁迅、张天翼各成一种类型的原因所在。

三、三位作家留下的"讽刺"轨迹：从特例到大众化再到个性化

　　二十世纪中国新文学中的讽刺小说，从总体上看，大致可以分为两大类型：一为具有强烈意识形态色彩和鲜明社会批判精神的"左翼讽刺"，一为具有浓烈文化批判色彩和抽象哲学思辨意味的"人性讽刺"。前者以张天翼为代表，沙汀、周文、蒋牧良、王任叔、萧红、赵树理等作家为其"奥援"，后者以老舍为代表，沈从文、钱锺书等作家为其"同盟军"。这两类讽刺小说，因作家在作品中的功能诉求不同，而呈现出讽刺追求和讽刺趣味的差异。"左翼讽刺"注重的是对当下现实社会种种不平、不公的愤慨，以及对丑恶势力（以及这种势力的代表）的揭露与批判。"人性讽刺"则更强调对人性弱点的昭示，以及对人类社会生存困境的烛照和洞察。"左翼讽刺"具有强烈的现实批判功能，"人性讽刺"则具有深邃的文化反思力量。而这两者的集大成者，则是鲁迅——这种集大成，使鲁迅成为二十世纪中国新文学中讽刺小说作家中独一无二的特例。

　　鲁迅的《阿Q正传》，兼具"左翼讽刺"和"人性讽刺"双重特性。《阿Q正传》创作于1921年底至1922年初，那时在中国现代文学中，还没有"左翼"的概念和说法，可是鲁迅在《阿Q正传》中所表现出的阶级对立、阶级压迫（赵太爷、秀才、假洋鬼子、举人老爷对阿Q），以及鲁迅对阿Q"哀其不幸"式的同情和对赵太爷、秀才、假洋鬼子、举人老爷等人毫不留情的讽刺，实际上已经"暗合"了"左翼"的意识形态色彩和政治诉求——鲁迅后来能成为"左翼"旗手，在政治立场和思想形态上其实其来有自。然而，鲁迅的伟大之处就在于，他虽然很早就在作品中带有了日后被称为"左翼"的那种色彩并以此立足，可是他却没有受这种"左翼"的框限和拘束，而是在更高的形态上，让自己的作品具有了一种对"国民性"乃至"人性"的深刻洞察和批判——这也是鲁迅后来成为区别于"正统""左翼"而成为"左翼"中的"另类"的重要原因。鲁迅在《阿Q正传》中对阿Q不但有"哀其不幸"的阶级同情，同时也有"怒其不争"的国民性批判，而

从阿Q身上提炼出的"精神胜利法",则升华至人类的共同特性——人性层面。《阿Q正传》中体现出的"鲁迅特征"——无可比拟的思想深刻性、突出的个性化描写、写作手法的高度象征性,以及兼具"左翼讽刺"和"人性讽刺"的兼容性——使得它成为一个难以模仿也难以复制的存在,前无古人,恐怕也很难后有来者。《阿Q正传》在二十世纪中国文学中的影响可谓大矣,阅读过的作家可谓多矣,可是在二十世纪出现的大量讽刺小说中,我们却再也看不到能与之相提并论的作品。《阿Q正传》无论在人物刻画方面,还是在语言艺术方面;无论在国民劣根性的挖掘方面,还是在文化心理的揭示方面,特别是作品中充满智慧、极具才华、别有风格的讽刺艺术,都是其他作家难以比肩的,鲁迅的独到、犀利、幽默、才情,通过阿Q这个人物的外在形象和内在心理、通过阿Q与其他人物(王胡、小D、秀才、假洋鬼子、吴妈)之间"奇诡"的关系、通过阿Q与革命之间"悖反"的关系,充分、深刻而又创造性地表现了出来。《阿Q正传》这样一个独特的"创造",因其综合性的巨大成就,而成为二十世纪中国新文学中难以逾越的一个高峰,它在二十世纪中国文学中的出现,意味着中国新文学中的讽刺小说,走出了晚清讽刺小说中的官场小说旧路,不但引领了一个新方向,开创了一个新局面,而且达到了一个新高度。

鲁迅这种融"左翼讽刺"和"人性讽刺"双重特性的作品,在后来的新文学讽刺小说中,成为绝响。二十世纪三十年代兴起的"左翼讽刺"小说,因对表现社会差别和阶级冲突过于热切,冲淡了对普遍人性的揭示;而几乎同时蓬勃的"人性讽刺",则在关注"国民性"和"人性"方面有所突破之时,对当时中国社会十分突出的阶级对立和社会矛盾表现出了某种超然——曾在鲁迅那里合流的"左翼讽刺"和"人性讽刺",在二十世纪三十年代的中国新文学中,出现了"花开两朵,各表一枝"的分流。尽管张天翼、沙汀、赵树理等人的"左翼讽刺"和老舍、沈从文、钱锺书等人的"人性讽刺"都在各自领域取得了令人瞩目的成就,在二十世纪中国新文学中形成双峰并峙的格局,但从总体上看,他们都没有达到鲁迅所取得的高度和成就。

　　"左翼讽刺"在着重表现社会冲突和阶级对立的同时，非常注重表达形式的大众化——这与左翼文学对"大众化"的不懈努力和自觉追求相一致，或者说，是左翼文学致力于"大众化"在讽刺小说领域的表现，张天翼的小说，可谓左翼讽刺小说在大众化实践上的突出代表。张天翼讽刺小说的一个非常重要的特点，就是被鲁迅批评过的"油滑"，而"油滑"在某种意义上讲，正是张天翼力图使自己的作品"大众化"的一种不太成功的努力，而张天翼小说表现方式的"单纯"、"浅显"（"朴素的唯物主义"①）和人物心理刻画的表面化，既可能是张天翼本身艺术表现功力有所欠缺，也可能是张天翼为了"大众化"而有意为之。在张天翼的一些讽刺小说中，粗话、秽物和不雅动作时常出现，这种自然主义的"审丑意识"，显然与当时很多左翼作家理解的"大众化"，就是让人物说些"粗话"以表现无产阶级的特质有关。至于张天翼喜欢运用"儿童视角"和"儿童心理"来观照和讽刺成人世界，则更是与"儿童"相对而言更类似"大众"有关。张天翼讽刺小说中的这种"大众化"倾向和追求，完全符合当时左翼文学（包括左翼讽刺小说）的基本立场，相当典型地体现了当时左翼文学的一种总体态势。

　　张天翼讽刺小说对"大众化"的追求，使得他的小说在根本气质上，具有左翼讽刺小说的共同特点，那就是：具有鲜明的阶级立场、着重表现社会冲突、心理刻画较为浅显、底层人物语言粗俗、惯于用自然主义的表现手法来展示社会的丑恶……这些"气质"和"特点"在左翼文学中当然不是"特例"，相反，凡归于左翼讽刺小说的那些作品，或多或少，或浅或深，都带有这样的"气质"和"特点"——虽然在具体表现上，在不同的作家沙汀、周文、蒋牧良、王任叔、萧红笔下，会带有不同的个人特点，但"集体性"的"大众化"倾向，是显而易见的，而这种"大众化"，使得张天翼的讽刺小说虽然具有鲜明的个人色彩，却也同时带有了某种"类"的特性——这意味着张天翼的讽刺小说不但是可以归"类"的，而

---

　　①　胡风：《张天翼论》，沈承宽、黄侯兴、吴福辉编《张天翼研究资料》，中国社会科学出版社 1982 年版，第 279 页。

且也是可以学习、模仿和复制的。

由是，"大众化"在张天翼这里就具有了双重含义：一方面是指他在作品中努力追求的"大众化""气质"和"特点"，另一方面，也是指他的创作，在某种程度上，是中国新文学讽刺小说发展历程中的一种"类型"（大众化）的代表。如果说鲁迅的《阿Q正传》是中国新文学中讽刺小说的一座高峰，那么以张天翼为代表的"左翼讽刺"则是中国新文学中讽刺小说的一片广袤平原。从鲁迅到张天翼，标志着中国的讽刺小说，从个人（特例）的高峰，转而进入一个众人的平原。"大众化"在这里不仅是指作品主题带有革命性和阶级性，表现形式以现实主义为主，语言具有简明易懂口语化乃至粗鄙化等特征，同时也是指创作人数的众多和创作水准的平均化。

与鲁迅和张天翼这两位前辈作家比起来，黄春明的讽刺小说虽然也像张天翼一样，具有"类"的特性（可以归为"乡土讽刺"一类），但黄春明以强烈的个性化特征，使自己的小说成为二十世纪中国新文学讽刺小说中的一种新典型。黄春明对鲁迅的讽刺传统并不陌生（他读过《阿Q正传》[①]），同时从大的方面说，他也可以划归为"左翼"文学的行列，但他的"六七十年代"和"台湾"这两个时空坐标，决定了他的"左翼"与张天翼的"左翼"不同，也就是说，黄春明的讽刺小说，虽然从传统上来讲，可以算作鲁迅（受其影响）、张天翼（同属左翼）的一脉，但他的独特性非常明显，那就是：他既没有鲁迅"忧愤深广"和"表现的深切"那样的高度，也不同于张天翼的那种革命左翼的"类"，黄春明的讽刺小说属于台湾的"乡土讽刺"传统。这里所说的台湾"乡土讽刺"，是指台湾作家在创作中，对卖身求荣、社会不公、精英丑态、凡人卑琐、官府黑暗和阶级对立等种种社会现象，予以讽刺、揭露和批判。其代表人物既有二十世纪二三十年代的杨云萍、陈虚谷、朱点人、蔡秋桐（愁洞）、翁闹，也有二十世纪五六十年代的郑清文、陈映真、王祯和、黄春明，更有二十世纪八十年代以后的黄凡、张大春等。

---

① 黄春明：《放生·自序》，联合文学出版社有限公司1999年版。

这些作家虽然都关注台湾社会现实，并对其中的不公不义予以讽刺，但他们的表现在某种程度上具有一定的趋同性，如日据时期的作家普遍对丧失民族立场的台湾人加以讽刺，二十世纪六七十年代的作家较为注重对美日经济、文化"新殖民"的讽刺；二十世纪八十年代以后的作家则对政治人物的丑态有着浓烈的讽刺兴趣……在这些台湾"乡土讽刺"的代表作家中，黄春明是极具个性的一位，他的独特个性集中体现为：以台湾的乡土和草根为根基，以对台湾的状态——位置思考为重点，以"低"看"高"却对"高"批判为视角，以"逗谑"为呈现姿态和语言风格，展现台湾讽刺小说的乡土气质和乡土神韵。

　　黄春明自己摸索和"发明"的这种讽刺小说形态，放在二十世纪中国新文学讽刺小说的流脉中属于独创，别人很难模仿也很难"复制"。如果将黄春明置于台湾文学的环境和发展历程来看，他的同时代作家王祯和或与他有点相似——王祯和的《嫁妆一牛车》、《小林来台北》和《美人图》等，是台湾讽刺小说中的重要代表作，但仔细品味两位作家的讽刺小说，就会发现他们其实"貌似"而"神离"。在以讽刺手法表现台湾被美日经济"新殖民"这一点上，他们主题相似但表现手法不同：相对于黄春明的通过"故事"展开讽刺，王祯和往往直接通过叙事人来表达讽刺（如《小林来台北》中对公司职员洋名的谐音绰号）。此外，在"乡土表现"上，王祯和显然更具精英性和"俯视"色彩，无论是在《嫁妆一牛车》还是在《素兰要出嫁》中，他的讽刺，更多的是知识人的机智外溢和对"众生"的"俯视"。在《嫁妆一牛车》中，王祯和以亨利·詹姆斯（Henry James）在《一位妇女的肖像》（*The Portrait of A Lady*）中的这句话作为题记：There are moments in our/Life when even Schubert has/Nothing to say to us（生命里总也有甚至修伯特/都会无声以对的时候），体现了他作为台湾大学外文系毕业的高材生对西方文学乃至西方文化的熟悉，由此也可发现，受过严格的外文系训练的王祯和，其"乡土讽刺"在乡土的外壳背后，深蕴着西方古典文化和西方现代主义文学观念的内核。相比之下，黄春明显然没有这样的"西学"背景，因此他的"乡土讽刺"，则如同上面所分析的那样，主要来源于"儿童"的"天性"和乡土的智慧,以"戏谑"观照"人间",以"人间性和土地感"颠覆"都市现代性"和"全球资本主义逻辑"。

总而言之,如果把鲁迅、张天翼和黄春明放在二十世纪中国新文学讽刺小说的传统和文学史发展的过程中来看,基本上可以说,三位作家分别以"冷嘲"、"热讽"和"逗谑"为特征留下了"讽刺"轨迹,并经历了一个从无法模仿的特例(鲁迅)到可以"复制"的大众化(张天翼)再到深具个性化(黄春明)的历史流变过程。

从"日语"到"中文"

——论吕赫若小说中的认同与背离及语言转变的意义

一

　　吕赫若 1935 年在台湾开始小说创作时,就以自己的作品向人们展示了"对抗"的主题——牛车所代表的农业文明与汽车所代表的工业文明的对抗(《牛车》)、佃农与地主的对抗(《暴风雨的故事》)以及因思想迥异而导致的未婚夫妇的对抗(《婚约奇谭》)。在这些充满着紧张感和火药味的一个又一个的"对抗"中,我们可以强烈地感受到设计这些"对抗"的作者内心深处澎湃的激情和力量。这几篇吕赫若早期小说中的"对抗"虽然内涵不同,形态各异,但它们都在相当程度上体现着作者强烈的"把握现实"和"表现社会阶级"的意识:《牛车》中的杨添丁必须面对的"现实"是,作为一种落后的生产方式的代表,他在历史前行的大潮面前惨遭灭顶之灾几乎是一种必然;《暴风雨的故事》中的老松,他与宝财既有着佃农与地主之间被压迫与压迫的关系,也有着妻被人夺和夺人之妻的关系,而这两种关系的核心则是阶级的不平等;《婚约奇谭》中琴琴与李明和的婚约由定约到毁约,其中的关键竟是对马克思主义信奉与否。在吕赫若最初的小说创作中,现实意识、阶级意识和政治意识确乎成了深蕴在"对抗"主题背后并导致"对抗"主题出现的根本原因。

不过,这种由强烈的现实意识、阶级意识和政治意识所导致的"对抗"主题,在稍后发表的,同样被视为吕赫若早期创作的《前途手记》和《女人的命运》中发生了改变。在这两篇小说中,强烈的意识形态色彩消隐了,代之而起的,是对妇女地位的揭示和对妇女命运的思考。通过这两篇作品,吕赫若向人们展示了二十世纪三十年代台湾妇女的生存处境和命运走向:无论是给人做妾(《前途手记》中的淑眉),还是曾经获得过自由平等的爱情(《女人的命运》中的双美),最终的结局不是在忧郁压抑的心境下悲惨地死去,就是在惨遭抛弃后走向堕落的泥潭。对妇女问题的深切关注,使得妇女成为吕赫若小说世界中最为持久的表现对象和最具意味的表现"母题"之一。

1939年,吕赫若去日本留学,学习声乐。留学期间,吕赫若创作了《季节图鉴》、《蓝衣少女》和《台湾女性》(分两篇,第一篇为《春的呢喃》,第二篇为《田园与女人》)。《蓝衣少女》和《台湾女性》虽然沿袭的是妇女题材,但有了新元素的介入。在《蓝衣少女》中,吕赫若写了一个艺术追求与现实环境矛盾冲突的故事,把一个接受了新时代艺术观念影响的青年,与充满着蒙昧封建势力的环境对立的情形,呈现在读者的面前,而在这一呈现的背后,则意味着吕赫若在小说创作中的一个重大转变。从此,在《牛车》中就已初露端倪的"传统"与"现代"的矛盾和对立(对抗)开始在吕赫若的笔下被反复地表现。在随之而来的《台湾女性》中,吕赫若通过对男主人公伯烟与两位台湾女性(丽卿和彩碧)的情感纠葛,对台湾女性的"现代派"和"传统派"进行了充分的展示。丽卿和彩碧虽然同为台湾女性,但她们代表(或象征)了完全不同的两种形态:丽卿是个在日本留过学的现代知识女性,在她的身上,伯烟倾注了自己全部的感情,尽管丽卿对伯烟态度暧昧,但伯烟依然对她情有独钟;彩碧是伯烟的未婚妻,是个典型的台湾"乡下姑娘",她在这场爱情竞争中几乎命定地要败给女留学生丽卿。由于丽卿和彩碧典型地承载着"现代"和"传统"的意义,因此伯烟在她们之间的情感取舍似乎就不完全是一种单纯的情感好恶,而具有了一种在"现代"和"传统"之间何去何从的意味。令人感到意味深长的是,伯烟选择了充满

"现代"色彩的丽卿而拒绝了"传统"气息浓厚的彩碧，可是丽卿却没有接纳伯烟的爱，最终，小说结束于伯烟拒绝了钟情于他的彩碧而又受挫于他挚爱着的丽卿。

这几篇作品虽然列属于吕赫若妇女"母题"之下，但在小说中都有一个作为核心的男性主人公。对"妇女"的介入无不借助于这位男性主人公的"事迹"——而正是在这位男性主人公的身上，我们感觉到了吕赫若寄寓在作品中的深意：在《蓝衣少女》中，蔡万钦身陷传统之中而最终扼杀了自己极具现代意味的艺术追求的举动，是否内含着吕赫若对传统的某种否定和批判？而在《台湾女性》中，伯烟的情感选择以及这种选择的最终失败，是否又隐蕴着吕赫若对"传统"与"现代"认识的一种深刻的矛盾——传统既然是一种难以接受的历史重负，那它就不值得被投以过多依恋和温情的目光，然而，当伯烟从"传统"（彩碧）那里收回自己的情感，转而倾心于"现代"（丽卿）的时候，他遭遇到的拒绝或许又表明，在最终的意义上，他并不属于"现代"的世界。

这就从根本上涉及了吕赫若思想深处的一个重要内容，那就是他对"传统"与"现代"的态度。仅就《台湾女性》之前的创作来看，吕赫若经历了意识形态的表现和妇女命运的书写，在此过程中，他逐步强化了对"传统"与"现代"关系的思考。如果说在《牛车》中，牛车与汽车的对抗下吕赫若的同情还属意于代表"传统"的牛车一方的话，那么到了《蓝衣少女》和《台湾女性》，我们却获得了一种强烈的印象，那就是：吕赫若对"传统"好像已经没有多大的好感，而对"现代"也并非充满激情地全身心拥抱。

二

似乎是对我们这种印象的证实，1942 年吕赫若留学结束，回到台湾后创作的第一篇小说《财子寿》，就是一篇充分展示"传统"弊端的相当成功的作品。在这篇小说中，主人公周海文是个传统家族制度生产出的典型"产品"：他吝啬、自私、凶狠、好色、没有责任心。在他的身上,纨绔子弟的大部分"德行"他都具备,"他对人生的态度尽在'财子寿'三个字上"①,然而他的期待由于他的任性妄为终于没能实现,在家族无可挽回的颓败走向中,周海文最终成了一个众叛亲离的孤家寡人。

《财子寿》在很大程度上可以说是吕赫若对"传统"思考的继续和深入。从吕赫若对周氏家族的历史揭示和对周海文这一人物形象的刻画塑造中,我们不难体察到吕赫若的情感态度:周海文这种带有典型传统色彩的极端利己主义者到头来只能加速这一传统的式微和崩溃——周氏的家族历史和家族命运正是这种"传统"的写照。现代教育和留学日本的经历显然给吕赫若提供了一个反观过去"传统"的契机、眼光和历史制高点,使他有可能从一个全新的角度对"传统"进行比较深入的反思,并发现"传统"丑陋的一面。在紧接着《财子寿》之后发表的《庙庭》和《月夜》中,吕赫若通过翠竹这一妇女的不幸遭际,更为深切地揭示出"传统"中最为惨痛的一面——妇女的悲剧命运。在这两篇小说中,"传统"造成了翠竹第二次婚姻的不幸,而"传统"又迫使翠竹不得不接受这不幸的婚姻,"你到底要女儿嫁几次啊?考虑一下名誉吧"。翠竹父亲的质问正代表着"传统"那巨大无比的力量,正是这一力量的作用,最终导致翠竹走上了以死抗争的道路。

对"传统"与人的关系进行表现并在这种表现中倾注自己对"传统"的思考和态度,几乎成了吕赫若在这一时期小说创作中集中用力的一个核心维度。在《风水》以及《合家平安》中,主角周长坤和范庆星几乎是周海文的翻版,甚至小说的名称《风水》和《合家平安》也同《财子寿》相仿佛,于命名中蕴含反讽意味。从这些小说中的主角身上,我们确实很难看出吕赫若对"传统"还有什么好感。

那么,是不是吕赫若对"传统"就彻底绝望并只是一味地对之进行批判和

---

① 吕赫若:《财子寿》,吕赫若著、林至洁译《吕赫若小说全集》,联合文学出版社1995年版,第231页。本文对吕赫若作品的引用,均出自《吕赫若小说全集》,以下不再一一注明。

嘲讽呢？事实可能要复杂得多。就在《风水》和《合家平安》这样对"传统"人物——周长坤和范庆星进行毫不留情的否定的作品中，吕赫若却又对应地设置了另一种同样也是"传统"人物的形象——周长乾和玉凤。相对于周长坤的不择手段、卑鄙自私以及范庆星的沉湎鸦片、堕落自弃，周长乾的执着孝道、忠厚仁爱和玉凤的忍辱负重、贤惠坚贞就显得格外可贵。周长乾、玉凤以及范有福在吕赫若小说中的出现，正表明吕赫若对"传统"美德并未忘却。如果把《石榴》也纳入吕赫若的"传统"系列中的话，我们发现，吕赫若对"传统"的温情似乎并不亚于他对"传统"的严厉，对于"传统"中的诸如"仁孝"、"忠悌"之类的美德，吕赫若其实是十分怀念、颇为神往的。《石榴》中金生对木火的兄弟亲情，是这篇小说最为动人的地方。在《清秋》中，吕赫若将自己对传统的脉脉温情通过耀勋对中国传统文化的"回归"和钦慕表现得更加直露和坦白，耀勋对祖父（"传统"的象征？）身上透逸出的强烈的传统精神气质以及因这种气质而获得的浩然风神的"钦慕"，很大程度上是吕赫若自己对"传统"所持态度的一种流露。这种对"传统"温馨一面的一再点染，再明白不过地透露出吕赫若对"传统"的那份挥之不去的情愫。

对"传统"既不满于它的黑暗丑陋又对它的温馨美德充满深情的情状，体现的是吕赫若对"传统"的矛盾心态。作为一个生活在二十世纪接受过新式教育的现代青年，吕赫若一方面对"传统"所引致的种种社会陋习和人性黑暗深恶痛绝，认定这一切只能导致颓败和没落；另一方面，"传统"那绚美灿烂的风姿以及深蕴其中的种种优良品格又使他对"传统"一往情深。这种矛盾心态导致了他在自己的作品中既对"传统"中阴暗落后的一面不遗余力地予以揭露和嘲讽，又对"传统"中优良积极的一面充满深情地进行歌颂。正是在面对"传统"时的这种既理性批判（背离）又情感依恋（认同）的精神撕裂中，我们开始触摸到了吕赫若挣扎于这种矛盾之中的痛苦心灵。

在认同与背离之间进行艰难的心灵挣扎其实还不仅限于"传统"一个方面，就在吕赫若以一种现代的眼光对"传统"进行观照，并发现了它的诸多弊端的时候,他对自己所持有的"现代"立场也难以彻底认同。在《蓝衣少女》中,导致蔡万钦艺术追求和艺术理想面临困境的原因,除了"传统"封建观念的挤迫之外,还有着现代社会"一切向钱看"的压力;而《财子寿》和《风水》中的周海文、周长坤,从他们对金钱永无止境地追逐和漠视亲情的行为中,不难发现其中金钱拜物教的"现代"特质。很显然,如果说"现代"使吕赫若具有了一种审视"传统"的能力,并使他在看待"传统"时颇为矛盾不无痛苦的话,那么"现代"本身,也使吕赫若在究竟是对它进行认同还是予以背离之间,面临着痛苦的抉择——这可能也正是吕赫若在发现"传统"种种负面效应的同时,又频频地回过头去在"传统"中寻找优良品格的原因所在,于是,"现代"在给了吕赫若一个观照"传统"的立场的同时,它自身的种种缺憾又使他意识到,深蕴于"传统"中的种种美德,或许正是"现代"所缺乏的品格——"现代"本身并非十全十美。

事实上,吕赫若这种挣扎在认同与背离之间的矛盾,还存在于他对"乡土"和"都市"的认识和态度上。在1944年3月发表的小说《清秋》中,吕赫若以主人公谢耀勋在"归乡"还是"去远方"之间的犹豫为线索,表现了一种对"乡土"和"都市"既认同又背离的矛盾、复杂心理。在小说中,谢耀勋既激动于他从都市的东京回到台湾乡村,感觉"自己毕竟是田园之子,绝不是都市人,连眺望家的眼中都燃烧着美丽的憧憬",却又总是被"乡下的孤寂"和"限制感"所困扰。说谢耀勋彻底认同乡土,显然不切实际;说谢耀勋完全向往都市,当然也不是他的本心。谢耀勋浮游于"乡土"与"都市"之间,对任何一方都难以全身心归依,这种对每一方都既有回归的向往,又有挣脱的渴望的矛盾心情,在某种程度上也正是作者吕赫若自己在这两极之间摆荡和困惑的反映。

吕赫若确乎是有些难以摆脱这种矛盾了。他几乎是不自觉地在自己的笔端一再地重复着这种矛盾的心境。在《山川草木》和《风头水尾》中,他仍然将他的故事和人物放在"乡土"和"都市"的比较之中来展开。这两篇小说都是以人物生存环境的改变来揭示他们在对待"乡土"和"都市"时心理状态以及情绪的变化。《山川草木》中的宝连,因父亲去世而放弃了在东京学习艺术的机会,带着弟弟去了在台湾乡村的舅舅处,这种从"都市"投入"乡土"的人生转折,她自己觉得"这种生存的方法是很美的","现在站在大自然之前的我,心中充满感激",而过去"在艺术、学问中打转",则被她视为"像患了梦游症的人"。这种从"都市"向"乡土"的回归在《风头水尾》中则集中地表现为对大自然的神往和对与大自然进行不懈抗争的农人的礼赞。主人公徐华一回到"海边",就"强烈感受到生存的气魄",这样的"乡土",在徐华的眼里,是那样地充满着力和美,使他"油然而生一种悲壮的感受"。可是,就在徐华自愿置身于风头水尾承德乡土,并对它充满激情的时候,在他的内心深处,却时时翻腾着对都市的不断回忆:当他面对海边那"海风呼啸而过之美丽"时,他的第一个反应却是"突然想起曾在都会所见到的公园之美景"。这种既对"乡土"深情投入,又对"都市"难以忘怀的复杂心理,即使是在对"乡土"深情流露最为坦率的《山川草木》中,我们也不难发现——尽管倾心"乡土",叙述人"我"和妻子仍对东京生活充满怀念,因为"现在的生活非常寂寞"。很显然,在一个感受过现代"都市"生活气氛的人那里,传统"乡土"的蛙鸣声无疑不能完全取代"电车跑时振动窗户的声音"。

三

　　普遍存在于吕赫若小说中的那种在"传统"与"现代"、"乡土"与"都市"之间难以归属、充满矛盾的复杂心境,我们在他的另一类小说中又发现了这种认同与背离兼有的另一种形态,那就是他的那些表现"中日(台湾－日本)关系"题材的小说——这也是吕赫若小说创作中的一个重要"母题",可以涵盖在这一"母题"下的作品有:《邻居》、《玉兰花》、《故乡的战事一——改姓名》、《故乡的战事二——一个奖》、《月光光——光复以前》。在这几篇小说中,前两篇写于日据时期,用日文写成,后三篇写于台湾光复之后,用中文创作。这几篇小说中作者对"中日关系"的态度,也如同创作它们的语言那样截然不同。在前两篇小说中,吕赫若向我们展示的是一幅台湾人和日本人和睦亲善的温馨图画。《邻居》借助一个台湾青年"我"的叙述,描绘了日本人田中夫妇对台湾孩子的爱和真情,田中夫妇对抱养的台湾孩子倾注全部爱心的行为甚至感动了"我",使我"油然而生一股想为田中夫妇奉献的爱心喝彩的心情"。当小说结尾田中夫妇要回日本时,"我"已"不能忍受像田中先生你这种人回到内地(日本)了"。这种对日本人离去时强烈的依恋之情在《玉兰花》中又一次出现,叙述人"我"对日本人铃木的回忆是如此温暖动人,以至于当日本人要离开台湾回日本的时候,"我"不但"品尝到离别的孤独心情",而且还因惜别伤心而流下了眼泪。在这两篇小说中,台湾民众与日本人的感情是如此深厚,他们的关系是如此融洽,两个民族(事实上还是殖民者与被殖民者)似乎已经达到了水乳交融、不分彼此的境地。

《邻居》和《玉兰花》这两篇小说分别创作于 1942 年和 1943 年,那正是日本殖民统治者在台湾强制推行皇民化和奉公文学最为严厉的时候。在皇民化和奉公文学的阴影笼罩下,台湾作家要想完全置身事外显然不太现实,然而,能否因此就说《邻居》和《玉兰花》是吕赫若在现实压力的作用下创作的作品呢? 如果是这样的话,那流淌在这两篇小说中的深厚而又诚挚的感情似乎就难以得到合理的解释——那不像是一种外力裹胁下的被迫作态,倒更像是作者自己的真情流露。

在这两篇小说中有一个现象不容忽略,那就是台湾民众对日本人的认识都曾经历过一个转变的过程。《邻居》中,"我"对田中一开始是"充满与可怕的人为邻之恐怖感"的,随着了解的加深,"我"才认识到"尽管田中氏有张可怕的脸,却是个心地极为善良的人"。《玉兰花》中的"我"对日本人的认识和态度,同样经历过一个由排斥到接纳到亲近再到难舍难分的过程。最初"日本人很可怕的潜在意识","根深柢固地盘踞我的内心",最后随着时间的推移、兄长的引导和了解的深入,"我"才逐渐改变了"日本人很可怕"的观念。

察觉并把握了《邻居》和《玉兰花》中"我"对日本人态度的"排斥—接纳—

亲近—难舍难分"模式，我们就不难感受到吕赫若在"中日（台湾—日本）关系"问题上的矛盾心理。那时的吕赫若对日本（日本人）的心态极为复杂，一方面，作为当时的知识分子，他在感情上对日本人怀有一种本能的排斥（背离），然而另一方面，日本人虽然代表着殖民统治者，但几十年的不断交往，是可能在普通日本人和台湾人之间产生超越殖民者与被殖民者关系的深厚感情的，在日本人中间，也有着如田中夫妇、铃木这样纯朴善良的普通民众，对于他们，吕赫若可能起初怀有戒心但最终能了解接纳。在这样一种既有普通人（台湾人）与普通人（日本人）的情感交往（乃至依恋），也有着被殖民者对殖民者民族对立情绪的复杂心态下创作的《邻居》和《玉兰花》，就既流露出作者强烈的情感笼罩（对具体的善良纯朴的普通日本民众的认同），同时也潜隐着作者潜意识中根深蒂固的恐惧、排斥和敌意（对抽象的作为殖民统治者体现的日本人的背离）。

　　因此，当我们再看到台湾光复之后吕赫若用中文创作的《故乡的战事一——改姓名》《故乡的战事二——一个奖》《月光光——光复以前》这三篇小说时，比照《邻居》和《玉兰花》，我们就不会感到惊奇了。表面上看，这三篇作品与前两篇（日语）作品态度迥异，判若两人，那对日本殖民者所谓"亲善"的虚伪本质的无情揭露，对日本人愚昧和胆怯的犀利反讽，以及对"假日本人"（媚日的台湾人）的尽情鞭挞，几乎使人难以相信这些作品是出自《邻居》和《玉兰花》的作者之手。然而细细品味，则不难感受到在这五篇作品之间，其实是有着某种内在逻辑联系的，这个逻辑就是，在对待"中日（台湾—日本）关系"问题上，吕赫若的态度事实上一直充满着"认同"与"背离"的矛盾。如果说在《邻居》和《玉兰花》中，时势的现实使他重在从中（台湾）日普通民众之间友好往来的角度表现"认同"的一面（虽然在其中仍含有某种"背离"的成分），那么光复后，长期受压制的民族感情得到了释放和高扬，创作于这一时期的三篇小说，吕赫若既然连使用的语言都改为了他真正的母语中文/汉语，那他在小说的主题上着重表现殖民统治者的罪恶和丑陋（对日本殖民者的彻底"背离"），也就自然而然，顺理成章了。

四

检视和解析吕赫若的小说创作，我们发现在吕赫若的作品中，总是不断出现这样几种关系："传统—现代"、"乡土—都市"、"中国（台湾）—日本"，可以说，在这三对关系下建立和展开自己的艺术世界，已成为吕赫若小说创作最具个体特征的基本形貌。

那么，吕赫若在他有意无意地确立起的这三对关系中所渗透出的态度又是什么呢？应当说，在"传统—现代"、"乡土—都市"、"中国（台湾）—日本"这三对关系所包含的六个方面，吕赫若对每一个方面（传统、现代、乡土、都市、中国台湾、日本）都表现出既不绝对肯定，也不彻底否定，既有认同也有背离的矛盾。若说吕赫若钟情于"传统、乡土、中国台湾"，可他又分明对"传统"中的阴暗丑恶、"乡土"中的陈规陋习、"中国台湾"的落后封闭不遗余力地予以揭示、嘲讽和批判；若说吕赫若倾心于"现代、都市、日本"，可他又是那样旗帜鲜明地表露出对"现代"气质咄咄逼人的不满、对"都市"喧嚣嘈杂的离弃和对"日本"殖民统治的愤怒。这种在六个方面均存在着的既不彻底归依，又不充分倾斜的矛盾、挣扎，正是吕赫若在作品中向我们展现的外在姿态。

不过，如果我们仔细审察吕赫若小说中的一些景物描写、人物设置、叙述语态，或许就能发现，虽然吕赫若对"传统、现代、乡土、都市、中国台湾、日本"这六个方面中的每一个方面都表现出既认同又背离的矛盾——这构成了吕赫若在认同与背离之间苦苦挣扎的第一层涵义——但在不同的对象身上，认同与背离的具体内涵是并不相同的，从总体上看，吕赫若是在"传统—乡土—中国台湾"这三个方面倾注了更多的情感，而在"现代—都市—日本"这三个方面投入了更多的理性。每当吕赫若的笔触涉及"传统—乡土—中国台湾"时，他总是不自觉地流露出他内心深处对"传统—乡土—中国台湾"难以割舍的深情，抒情、明快、充满生机和喜气的笔调总是在这一时空中欢畅地流淌，优美的

风景、亲和的人伦、悠久的文化以及一次又一次的回归（从日本回到中国台湾）
也总是在这一领域出现。吕赫若几乎将他所有的抒情笔墨都贡献给了这一世
界。不过，这是就吕赫若的情感倾向而言的，一旦他从情感的迷醉中清醒过
来，以一种理性的目光打量这一切的时候，他又能发现在这明媚如画的自然风
光和温暖的亲情背后，依然存留着种种的丑陋和凶残，愚昧、麻木、专制、封建
在理性目光的审视下立刻现出了它们的原形。对待"传统—乡土—中国台湾"
的这种情感上认同，理智上却又对它的负面内涵具有强烈背离感的矛盾，构成
了吕赫若在"传统—乡土—中国台湾"领域认同与背离矛盾的总体特征。

　　作为一个接受过新式教育的现代知识分子，吕赫若有着现代知识训练、都
市生活阅历和留学日本的经验，这一切都使他在理智上能清醒地认识到"现
代"的进步意义，并使他能用"现代"（"都市"为其体现，"日本"为其代表）的眼
光去发现和剖析"传统—乡土—中国台湾"中的种种弊端，不过，这种理智上对
"现代—都市—日本"①的认同却并不能产生情感上的亲近，相反，吕赫若倒是
借助他的小说，一次又一次地表示出对"现代—都市—日本"的情感背离，那在
"乡土"与"都市"之间不断重复的对比中所表现出的明显的情感偏向，那从"都
市—日本"对"乡土—中国台湾"的一再回归（回国），无不表明他对"现代—都
市—日本"同样满怀着认同与背离的矛盾——只是在这一领域，吕赫若认同与
背离矛盾的总体特征与他在"传统—乡土—中国台湾"领域认同与背离矛盾的
总体特征恰恰相反：如果说在"传统—乡土—中国台湾"那里是情感认同而理
智背离，那么现在则是理智导致认同而情感生发背离，而这两者的结合则共同
构成了吕赫若在认同与背离之间痛苦挣扎的第二层涵义——这一涵义在最终

---

　　①　这里所说的对"现代—都市—日本"的认同，其中的"日本"与前面提及的"善良的普通日本人"
并不是同一个概念。在这里，"日本"既不是指"日本民众"，当然也不是指作为殖民统治者的"日本当
局"，而是把它作为"现代"的指称。由于在二十世纪上半叶的台湾，知识分子对以西方思想为主体的现
代知识和现代观念的获得主要是通过"日本"这一中介而实现的，因此"日本"在他们的心目中，在某种
意义上也就成为"现代"的同义语。正是在这个意义上，"现代"、"都市"和"日本"之间有了一种内在的
联系。在本文中，我们把"现代—都市—日本"划归在一个范畴之内，依据也即在此。

实现/完成了对前面提到的第一层涵义的包容。

我们在分析吕赫若小说创作的时候,认为他主要是在"传统—现代"、"乡土—都市"、"中国台湾—日本"这三对关系的框架内构建他的小说世界,然而在分析他进行小说创作时所持的思想观念和情感态度时,却将这三对关系中的对应关系打破并重新组合,形成了新的两大范畴,即"传统—乡土—中国台湾"和"现代—都市—日本"。能从不同序列建立起这两大范畴,是因为在我们看来,吕赫若小说世界中的"传统—乡土—中国台湾"所代表的其实是一个概念,传统的就是乡土的,而它的载体和代表就是中国台湾,而"现代—都市—日本"则实际意味着三位一体的同一个指称,现代社会意味着都市化,而它的集中体现就是日本。由于吕赫若在认同与背离之间痛苦挣扎的第二层涵义实际上已经含括了它的第一层涵义,因此,吕赫若在作品中呈现出的挣扎在认同与背离之间的矛盾和痛苦,也就集中地体现在对"传统—乡土—中国台湾"和"现代—都市—日本"这两大范畴的态度上:他在感情上对传统(美德)的神往、对家乡的回归、对异族殖民者的排斥和理智上对先进的认同、对愚昧的摒弃和对日本现代化的肯定。"传统—乡土—中国台湾"虽有这样或那样的缺憾(他对此毫不姑息),但那终究是他的故土,是他的精神家园,是他的归属,对此,吕赫若是情感地、本质地认同而仅在具体的不足之处予以理性的背离;"现代—都市—日本"虽代表着一种时代的进步和先进的状态,但对吕赫若而言,毕竟是异质的他体,它对吕赫若只有理性服膺的意义(对其现代性)而难以成为他情感灌注的对象,吕赫若虽然对它在相当程度上予以了肯定(认同),但那只是就具体的、理性的方面而言,在总体的、情感的层面,吕赫若对这一范畴是有着自觉的保留和距离感的(背离)。因此,虽然从外在形态上看吕赫若对这两大范畴均表现出一种认同与背离的矛盾,但在面对具体对象("传统—乡土—中国台湾"还是"现代—都市—日本")的时候,这种认同与背离的内涵和侧重是并不相同的。

在吕赫若的小说中,这种认同与背离之间的矛盾随处可见,那么,吕赫若为何会产生这样的心灵矛盾，原因当然是多方面的。置身当时的处境，社会现实的严酷、人生遭际的坎坷、文学探索的艰辛、自身思想的变化，都可能导致吕赫若在他的作品中留下心灵矛盾的痕迹。在这些诸多的原因中，我想特别强调两点，首先是时代和社会的因素。生活于二十世纪上半叶的台湾，吕赫若置身的是这样一个复杂的社会时空：它既保留了深厚的中国（台湾）文化传统，又开始感受到二十世纪现代风的吹拂；既弥漫着浓厚的乡土气息，又交融了都市的摩登旋律；既有着属于自己的难以忘怀的民族意识，又实际处于日本殖民者的异族统治之下。在这样一种独特而又复杂的环境下成长起来并生活其中的吕赫若，既然他所面对的世界本身就充满着深刻的矛盾性，那这种矛盾的现实在吕赫若的精神情感世界投下浓重的阴影也就不难理解。生存在这样的时代和社会环境下，矛盾的、多种因素交织的、分裂的现实显然使吕赫若感受到了一种精神上的痛苦和适应上的困难。他在传统与现代之间、乡土与都市之间、中国台湾与日本之间的那种持续的摆荡，他对传统、乡土、中国台湾的情感倾斜和理性批判，他对现代、都市、日本的理性服膺和情感拒斥，正是这种现实社会在他内心的折射和反映。处于传统向现代转型的台湾社会，都市对乡土的渗透、中国台湾与日本（被殖民者与殖民者）对立的现实环境，决定了置身其间的吕赫若内心世界充满了复杂的、微妙的、既对峙又渗透、既认同又背离的种种矛盾，并最终导致了他在自己的书写中内含了这种矛盾。

其次，引发吕赫若内心痛苦和心灵矛盾的另一个不容忽视的原因，是吕赫若的独特个性。从吕赫若热爱文学，留学专攻艺术（音乐），以及对马克思主义的涉及、对政治的热衷（左翼革命者）等人生阅历和思想历程来看，特别是从他在小说中所流露出的叙述语气和情感形态中，我们基本上可以判定他是一个热爱艺术、情感丰富、情绪化强烈的热血青年，在这样一个极具文人气质的青年的精神世界中，反叛性或许是他精神内涵中极为重要的有机组成。从他的小说中不难发现，那种对既定秩序和成规固习从思想到行为的不满和超越，正贯穿了吕赫若小说创作的全过程。在他的小说中，既有对阶级压迫的不满和反抗,也有对妇女命运的深切同情——在同情的背后隐含的是对旧的妇女观的否定;既有对农业文明中愚昧落后一面的痛切批判,也有对工业文明远离自然、缺乏人文精神的急切逃离;既有对日本异族统治者的反讽和嘲笑,也有对国民党黑暗统治的无情揭露和控诉……在吕赫若的小说世界中跳跃着的那一个个变化的、对立而又共生的、矛盾的思想,在相当程度上与吕赫若那不安于既定规范、极具反叛气质的个性有着极大的关联。可以这样认为,吕赫若的内心痛苦和心灵矛盾,固然与他所身处的时代社会环境密不可分,但那毕竟只是历史提供的一个"外因",而他个人的独特个性——敏感的、多情的、长于思考并富于反抗的个性,则是导致他人生历程和小说世界特异风貌的"内因"。正是"内因"和"外因"的共同作用,铸就了一颗永在认同与背离之间苦苦挣扎的痛苦灵魂,也成就了"台湾第一才子"—— 吕赫若。

五

　　台湾学者陈建忠在《日据时期台湾作家论——现代性、本土性、殖民性》一书中,开宗明义地指出追求现代或拥抱本土,是被殖民统治处境下台湾知识分子的两难,[①]可见在日据时期的台湾,体现在吕赫若笔下的在"传统—乡土—中国台湾"和"现代—都市—日本"之间,摆荡于情感与理智之间认同与背离的矛盾,在当时的台湾知识分子中是一种普遍的现象。陈建忠根据吉登斯(Anthony Giddens)、竹内好、阿什考夫特(Bill Ashcroft)、法农(Frantz Fanon)等人关于现代性、本土性、殖民性的相关论述,将日据时期台湾知识分子的精神矛盾,化约为台湾知识分子在现代性、本土性和殖民性三者之间错综复杂的内心纠葛——对照前文对吕赫若小说世界和创作心理/动因的分析,吕赫若的情形与陈建忠的概括,正相符合。在陈建忠看来,"台湾在日本殖民主义入侵后,日本

---

　　① 参见陈建忠:《日据时期台湾作家论——现代性、本土性、殖民性》,五南图书出版有限公司2004年版,第3页。

为了在台湾进行持续的资本与原料的压榨，事实上并非一味的巧取豪夺，而是有限度地进行资本主义化与现代化的改造工程，例如现代制糖工业与新式教育、卫生改善等便是显而易见的'现代性'事物。比喻地说，正是在'养鸡取卵'这点上，殖民性与现代性在此找到结合点，于是遂有殖民现代性（colonial modernity）的说法出现。因而挟带着被殖民主义话语所先验地断定为优越殖民主义所引进的现代性，让本土知识分子在追求现代性的同时，不可避免地将殖民性与现代性的意象叠合在一起"①。由于"东方的近代是西欧强制的结果"（竹内好），"东方是被强迫现代化（forced modernization）的"②，因此台湾的"现代性"过程，在某种意义上讲，就是一个被西化了的、在东方具有先发"现代性"的日本强制进行的、充满了被动和屈辱的过程，而为了固守民族立场、反抗殖民主义的"殖民现代性"，台湾的精英知识分子（包括作家）就在本土资源的开掘中，通过对乡土风貌的礼赞和对中华文化的肯定，来寻获抵抗"殖民现代性"的资源，并希冀从中得到维护民族、文化和个人尊严的力量——在陈建忠看来，以本土性来对抗殖民现代性，是日据时期很多台湾知识精英的选择，也是他们抵抗殖民主义的一种策略。在这本书中，他选取了赖和、蔡秋桐、巫永福、张文环、龙瑛宗、吴曼沙等作家为例，为日据时期台湾作家的现实处境和内在追求，进行了"理解的同情"式分析。在陈建忠论述的作家名单中，没有吕赫若，可是根据前面对吕赫若小说创作的分析，吕赫若无疑也应该属于这些作家中的一员。

吕赫若在以本土性（我更愿意称之为台湾的历史传统、自然风光和社会民情）抵抗殖民现代性（我更愿意称之为在军事占领之后以现代性面目出现的政治、经济和文化侵略及奴役）的过程中，他的战场就在他的内心：前面我们已经指出，对传统—乡土—中国台湾的情感倾斜和理性批判，以及对现代—都市—

---

① 陈建忠：《日据时期台湾作家论——现代性、本土性、殖民性》，五南图书出版有限公司 2004 年版，第 4 页。

② 同上书，第 5 页。

日本的理性服膺和情感拒斥,这种内在精神上的认同与背离矛盾而剧烈地摆荡与撕扯,导致了吕赫若在日语写作中的暧昧、纠结、含混和矛盾,也体现了日据时期特别是在"皇民化"时期台湾知识分子精神、情感世界的痛苦和悲情。然而,1945年光复以后,吕赫若却迅速用中文创作了四篇小说——除了上面提到的表现中(台湾)、日关系的三篇小说《故乡的战事一——改姓名》、《故乡的战事二——一个奖》、《月光光——光复以前》之外,还有一篇《冬夜》。对于一个大部分小说是用日语创作的作家,为何在战后/光复后能迅速实现/完成从日语到中文的创作语言转换,研究者们碍于资料的缺乏,深感困惑。根据台湾文学中"跨越语言的一代"大多数作家的表现来看,我们认为吕赫若能够在光复后那么短的时间里就能用中文进行创作(1945年10月台湾光复,1946年2月他就发表了《故乡的战事一——改姓名》),他的中文绝不会是在光复后才学的,而一定是在日据时期就有了学习汉语的基础,或许在他的幼年和少年时期,由于"家境属小地主阶级"(林至洁语),他很可能进过中文私塾,有过中文学习的早期记忆。这样的早期语言教育基础和中文记忆,是他能在光复后迅速进行"从日语到中文"语言转换的现实保证。而语言的转换(从日语到中文)和选择(中文),恰恰是一个经历过日据时期的台湾作家民族立场和文学追求的关键所在和最佳体现。

日本人池田敏雄在《张文环兄及其周边事》一文中这样回忆道:"战败当初,有事要找杨逵兄,我和立石兄(日人立石铁臣)到台中时,正好遇到第一次双十节,街上喜气洋洋,解放气氛甚浓,在那儿遇到吕兄(即赫若),正陶醉于亢奋中,与过去的他大为不同。"①从这段描写中不难看出,吕赫若光复以后的心情相当激动、兴奋(亢奋),很有扬眉吐气之感,从他在光复后用中文创作的四篇小说来看,一反日据时期用日文写作的那种压抑、憋屈、委婉和含蓄,而显得相当坦白和直露。林至洁在《期待复活——再现吕赫若的文学生命》一文中,

---

① 转引自吕正惠《殉道者——吕赫若小说的〈历史哲学〉及其历史道路》,收入《吕赫若小说全集》,联合文学出版社1995年版,第597页。

认为吕赫若的"这四篇中文作品在语言表达上不免生涩"①，"也许因创作语言由日文转为中文，文字上不够流畅，不可避免地影响作品中人物刻画的深度和情节的熟练，但可以看出光复后吕赫若在文字上尝试的努力及可贵的热情和毅力，留下对时代的见证"②，实际上，就这四篇中文创作而言，其语言表达并不完全像林至洁所说的"不免生涩"、"不够流畅"，相反，对于一个长期用日语写作的作家来说，吕赫若在他中文小说中的中文表达其实相当流畅。就拿吕赫若的第一篇中文小说来说，这样的中文语言表达无论如何都说不上"生涩"：

> 火车已经慢慢地在田园中的轨道上动着了。窗外是稻田，盖着黄色的稻穗，在微风里颤动。我一面看去一只野鸟正飞离了稻田在空中飘舞，一面自己暗想地说"哎哟，日本人你真是个痴子。连你自家的少（小）孩子都骗不着，怎样能够骗得着有了五千年文化历史的黄帝子孙呢？"

从这段"语言"（中文表述）中，很难想象这是一个半年前还在用日语写作的作家用中文创作出来的作品。这段中文，可以说相当典型地反映了吕赫若光复以后中文写作的基本特点，那就是描写的语言堪称优美流畅，而议论的语言则非常直露浅白。

当吕赫若能够用既优美流畅（描写语言）又直露浅白（议论语言）的中文进行创作的时候，在他中文语言特征背后透露出的其实是这样的信息——描写语言的优美流畅，体现的是吕赫若光复后"陶醉"、"亢奋"的心情（当然包括对中文的"用心"）；而议论语言的直露浅白，表明的则是吕赫若扬眉吐气后的直抒胸臆。从吕赫若由"日语"到"中文"的快速语言转换，以及使用中文的明显特征中，不难发现对于吕赫若而言，如果说有乡土性的话，那么这种乡土性的

---

① 林至洁：《期待复活——再现吕赫若的文学生命》，《吕赫若小说全集》，（台湾）联合文学出版社1995年版，第21页。

② 同上书，第23—24页。

最根本、最直接、最核心和最有力的体现,就是对日语的迅速放弃和对中文的坚定选择,而他对殖民主义的反抗,也通过光复前在日语创作中的暧昧和矛盾,以及光复后在中文创作中直抒胸臆的方式,通过对日据时期日本殖民者凶狠、残暴("那天,唐炎被打得叫天叫地")乃至愚蠢("日本人你真是个痴子")、外强中干("日本人绝不是不怕死的。从前人家老说过日本人是不怕死的,这完全是瞎说")等特性的谴责,以及通过对在日本殖民统治者面前奴颜婢膝的台湾人的鄙视("房东家呀,你不是日本人,你是明明白白的台湾人。为什么不准人家说台湾话呢? 你是个吃日本屎吃得很多的人呀"),得到了酣畅的表达和快意的宣泄!

吕赫若创作语言从“日语”到“中文”的转变,体现了台湾精英知识分子真正的情感归依和文化(身份)认同。在《冬夜》中他对来自大陆的郭钦明的嘲讽和批判,那不是对中国的否定,而是一个信奉马克思主义理论的台湾左翼知识分子[①],对国民党所代表的“白色中国”的否定。他后来前往鹿窟台共基地,参加武装斗争并因此而献出生命,正说明了他追求的,是一个“红色中国”——在“白色中国”和“红色中国”两者之间的选择,是对中国未来道路的选择,这恰恰不是对中国的否定,而是对“中国”真正的肯定,因为这是“我的”中国,所以要参与对“中国”未来命运的设计并为之奋斗! 而他令人惊诧的中文能力和坚定快速的语言转换,也正说明了作为一个作家,吕赫若在光复后,已经找到了他反抗日本殖民主义最有效、最有力的武器,那就是“中文”——只有在中文中,他才真正实现了“光复”和回归,也才真正彻底地回到了中国。吕赫若的这种语言转变,可以说典型地体现了台湾作家的反殖渴望和反殖效果,从某种意义上讲,正代表了台湾作家/文学后来的发展方向。

---

① 吕赫若的左翼思想不仅体现在他的小说创作从一开始就带有阶级对抗的色彩,而且也体现在他对马克思主义理论的熟悉,以及对马克思主义文艺理论的服膺。参见吕赫若小说《牛车》、《婚约奇谭》和论述《关于诗的随想》、《旧又新的事物》等,这些小说和论述均收入《吕赫若小说全集》,联合文学出版社1995年版。

　　吕赫若在"日语"写作中呈现出的在认同和背离之间、情感和理智之间的矛盾、纠葛，源于受日本殖民统治下的台湾知识分子处境；光复后此处境消失，他在"中文"写作中可以明快而又一致、坦率而又单纯地表达自己的爱恨分明，充分体现了作为一个曾经的日据时期作家，他的反殖和破殖/解殖，只有在消除/摆脱了受殖民统治处境后回到自己的母语中，才能最后完成！而他（以及所有台湾作家）本土性和现代性的结合，也只有在自己的母语中，才能得到最终实现！

论香港文学（生产）的"马赛克"形态

——以文学制度/机制为视角

一、香港文学制度/机制的产生背景和历史沿革

香港文学在中国近代以来的文学版图中是个特殊的存在。自 1842 年《中英南京条约》签订之后,香港受英国殖民式统治,直到 1997 年才回归中国。在香港历史上,1842 年的《中英南京条约》、1860 年的《北京条约》和 1898 年的《展拓香港界址条例》,对香港受殖民式统治历史的形成产生了根本性的影响。1941 年日军占领香港直至 1945 年日本投降,是香港历史中的一段特殊时期。1945 年后香港重归英国治下,直至 1984 年中国和英国签署《中英联合声明》。1984 年后香港进入"回归"过渡期,1997 年 7 月 1 日香港回归中国。

香港文学,顾名思义,就是产生在香港这块土地上的文学——关于香港文学的定义,学术界众说纷纭,莫衷一是,我在这里采用的是各种说法中的"最大公约数"。香港文学究竟从何时开始——也就是香港文学的起源,至今学界也无绝对权威的说法。刘以鬯的《香港文学的起点》一文(发表于 1995 年 1 月 3 日)和刘登翰主编的《香港文学史》,都以 1874 年王韬创办《循环日报》副刊作为香港文学的起点[①];而黄维樑在《香港文学再探》一书中,则把 1853 年面世的

---

① 刘以鬯:《香港文学的起点》,《畅谈香港文学》,(香港)获益出版事业有限公司 2002 年版,第 19 页;刘登翰主编:《香港文学史》,人民文学出版社 1999 年版,第 55—56 页。

中文期刊《遐迩贯珍》、1874 年创刊的《循环日报》、1900 年创办的《中国日报》、1907 年出版的《小说世界》和《新小说丛》以及数年后面世的《妙谛小说》和《双声》，都视为香港文学的早期存在①——黄维樑没有给出一个具体的时间"起点"，显然是他觉得在这个问题上，并不很容易下结论。

虽然香港文学在"范围"（什么样的文学是香港文学）和"时间"（从何时开始出现香港文学）上都还具有不确定性（学界没有定论），但香港文学总的一种"质"的规定性还是明确的，那就是：香港文学是产生在香港这个地方、与香港近代以来的历史密切相关的一种文学。

香港在清代原为中国广东省新安县治下的一个小渔村，在割让给英国之前，香港本无严格意义上专属自己的文学，此时如有香港文学，那也只是中国文学的一部分，其独特性并不突出。香港文学真正具有"香港文学"特性，应当是在香港被英国殖民统治之后，因为从此以后，香港文学所植根的土壤和赖以生存、发展的环境，就与原先的中国环境有了一定的差别——且不说外来统治者的治理观念和统治方式有所变更，就是在对文学的理解认识和控制手段上，也与香港在中国治下时有了不同。虽然异族统治者对文学的观念、态度和管理方式，决定了英国殖民当局对香港文学的影响，并没有迅速、普遍地波及香港文学的各个方面，但一个多世纪过去，香港文学受统治当局影响的痕迹，还是有迹可循的。仅就统治当局对文学的管控形态，以及由此产生的文学制度/体制而言，相对于中国大陆和台湾地区，香港文学就显现出特有的宽容、松散的特质。

无论在中国大陆，还是在中国的台湾地区，文学在近代以来都难以摆脱与政治"剪不断、理还乱"的密切关联性。在中国大陆，从晚清的"诗界革命"、"小说界革命"，到"五四"时期的"文学革命"、"人的文学"；从二十世纪二三十年代的"革命文学"、"左翼文学"到三四十年代的"抗战文学"；从五十年代的各类文

---

① 黄维樑：《香港文学再探》，（香港）香江出版有限公司 1996 年版，第 3—4 页。

学运动,到六七十年代的"文革文学";从七八十年代的"伤痕文学"、"改革文学",到八十年代以后的各种"先锋文学"、"探索文学"……所有这一切各式各样的"文学"形态背后,都突显或隐现着"政治"力量在其中发挥的决定性作用。在中国台湾地区,从二十年代"新文学"的兴起,到三十年代"左翼文学"的发达;从三四十年代"皇民文学"的出现,到五十年代"反共文学"的倡导;从六十年代"现代主义"的兴盛,到七十年代"乡土文学"的崛起;从解严后文学多元化的发展,到今天分离主义文学的猖獗……在台湾文学的百年发展历程中,政治对文学的介入和影响深度,一点都不亚于中国大陆文学。

与中国大陆和中国台湾地区比起来,香港文学与政治的关系,在英国殖民统治时期,就显得颇为松散了,形成这种现象的主要原因:一方面在于香港这块土地本身的历史形态,另一方面,也许是更重要的方面,在于英国统治当局对文学的"管控"方式,与中国大陆和台湾地区的"政治化控制"方式,有着极大的不同。

英国在获得了香港的实际控制权后,在管理上将英国的管理体制引入香港。根据港英政府 1879 年的一份年度施政报告,我们发现,港英当局对香港的统治和管理,注重的是如下 13 个方面:1. 警察;2. 监狱;3. 法院;4. 港务;5. 获得资助的学校;6. 税收和支出;7. 邮局;8. 政府教育;9. 关于香港政府教育的增加条款;10. 法院准备受理的和开始审理的案例;11. 警察长、植物园和种植园;12. 对 1879 与 1880 年度税收和支出的比较陈述;13. 外科医生和其他环境卫生报告。① 从这 13 个方面中可以看出,对于文学的"领导、规划和控制",并不在港英当局的管制范围之内,也就是说,港英当局在对香港实施管辖的伊始,就没有把对"文学"的"管理"视为一种必要和必需。这也许与英国社会对文学的理解有关:文学是一种审美行为、精神活动,而不是政治活动和政府行为。

---

① 见 Annual General Report for 1879。

港英当局不以"政治控制"的方式介入"文学"这一思路（政策），具有一定的稳定性和持续性，从1879年到1919年再到1937年，通过比较我们发现，港英当局的年度施政报告虽然分类越来越具体，内容越来越细致，但其总体框架基本不变，"文学"从来没有被列入单独一类或一项，进入殖民当局管制或管理的范围。港英当局对香港采取这样的统治方式，使得文学在香港有了一块自由发展的土壤——只要不触犯港英当局的相关"法律"，文学在香港从理论上讲似乎可以自由存在和任意书写。

1941年12月至1945年8月，香港被日军占领。在此期间，日军对包括文学在内的一切活动都有严格的规定。在颁布于1942年2月20日的《香港占领地总督矶谷廉介告谕》中，有如下威胁性字眼："现尔各居民应忍耐艰苦，善体圣战之意义，切戒淫放恣，在皇军治下，奋发努力，对于时局多所贡献。凡尔民众，如能革除故态陋习，挺身自励，一秉东洋精神，完成大东亚兴隆伟业者，本督当以知己待之。其有违反道义，不守围范者，乃东亚万众之公敌，非我皇土之民。无论国籍，无论人种，本督当以军律处治，绝不宽恕。"在这样的政治高压下，香港文学"自由存在和任意书写"的空间，无疑被大大压缩。

1945年战后，英国恢复了在香港的统治。日本总督紧箍咒式的"告谕"，自然成为废纸。香港文学似乎又恢复了过去那种"自由存在和任意书写"的状态——香港历史上在英国统治下，"左"、"中"、"右"三种不同政治立场和意识形态色彩的文学能够并存共生，显然与港英当局对文学相对"放任"的"管理"方式密切相关。有意思的是，港英当局直到1974年2月，才确立中文的法定地位。在《1974年法定语文条例》中，港英当局宣告"本条例旨在规定香港之法定语文及其地位与应用"，在第三条第1款中，有如下内容："兹宣布英文及中文为香港之法定语文，以供政府或任何公职人员与公众人士之间在公事上往来之用"，在第2款中则有如下内容："法定语文均具有同等地位，在为本条第(1)款所定目标而使用时，除本条例另有规定外，亦均享有应用上之同等待遇"。不过，虽然此时宣布中文与英文具有同等地位成为法定语文，但在同一个条例中的第五条第 2 款,又有如下规定:"在下列法庭之审讯,须以英文进行:最高法院上诉法庭;最高法院原诉法庭;地方法院;及未列入附表之其他法庭"——在具有裁决权的法院系统(特别是具有终审权的最高法院),英文才是真正的"官方语言"。

了解了这一点,我们就可知道,1974 年以前的香港,在港英当局治下,中文(包括中文书写的香港文学)基本上并没有进入港英当局的"法眼",在此情境下,说香港文学在香港的生存环境是一种"放任"状态,香港文学可以自由存在和任意书写(只要不违反法律),应当是符合香港文学的实际的。

1997 年 7 月,香港回归。香港特区政府在编印《香港 1997》年度报告时,共有 26 大类,所有栏目如下:

一九九六年大事纪要;1. 香港历史;2. 宪制和行政;3. 法律制度;4. 过渡安排;5. 经济;6. 财政和金融;7. 工商业;8. 就业;9. 渔农业和矿产;10. 教育;11. 卫生;12. 社会福利;13. 房屋;14. 土地、公共工程和公用事业;15. 运输;16. 机场核心计划;17. 港口发展;18. 公共秩序;19. 三军和军团;20. 旅行和旅游;21. 通讯和大众传播事业;22. 宗教和风俗;23. 康乐、体育和艺术;24. 环境;25. 人口和入境事务;26. 历史。

纵观这整个 26 大类,我们没有发现与文学具有直接关联的相关类别,在 26 大类中,可能与文学发生关联的,大概只有"教育"、"通讯和大众传播事业"、"康乐、体育和艺术"这三大类,但文学显然在其中隐而不彰,所占比例十分有限。即便如此,回归后的香港特区政府在这可能与文学发生关联的三大类中,强调的也只是如何管理日常运作,对于"思想"和"意识形态"方面的"形而上"管制和管理,仍然阙如。

文学制度中最为重要的体现,或许应当是政府部门制定的关乎文学生存、发展的有关法律、政策、规定、指导方针和规划要求。无论在中国大陆还是在中国的台湾地区,历史上的这类文件,可谓名目繁多,不胜枚举。但在香港,我们至今没有发现港英当局和特区政府颁布的与文学生存、发展直接相关的法律、政策、规定、指导方针和规划要求之类的文件。如果可以将文化政策算作与文学制度相关的政策性指导，那么"香港一直以来采用的文化政策，是自由的文化政策……香港的文化政策并非像其他国家或政府般，以一套事先构思及公布的成文政策来实施……而是以具体形式、零散地体现，落实在各项政策与措施上……香港在一九六二年大会堂成立之际，开始正式资助公共文化，一九七七年有工作指引，要到一九八一年，几乎二十年之后，原行政局才总结了几条文化政策，其精神一直奉行至今"。而"在香港政治最开明的时期，具体的做法是政府透过法律和司法程序，保障文化艺术的创作与表达自由；另外按照政府的财政支付能力，提供一个积极支援发展的环境，以及开放公共空间，容许多元阐释、多元发展和自由竞争。透过民众在决策过程的参与，政府制定长远的文化发展目标凝聚价值共识，但不对文化艺术下官方的定义，也不影响具体的创作。资助公共文化艺术团体，港府一贯以放权委托的形式……政府资助文化艺术，其实亦同时扶助公民社会成长。因此，受资助的团体抨击政府，讽刺时弊，'反咬喂哺者之手'（bite the feeding hand），在香港是正常不过之事"①。

通过以上对香港自开埠以来直至 1997 年回归中国之后文学环境的回顾、考察、梳理和归纳，我们基本上可以认为，香港文学的生存环境，相对于中国大陆和台湾地区，要显得宽松与自由。由于港英当局和回归后的香港特区政府，对文学形态、文学走势和文学发展并没有运用政治力量、通过政府行为，加以干预、规约和控制，因此香港文学——主要是指中文创作的文学——能在这样一个宽松、自由的环境下生存和发展，就具有了"百花齐放"的态势。

在这样的一种政治背景和社会文化土壤中生存的香港文学，其文学制度（如果有的话，也许说文学机制更为贴切）从一开始就缺乏了一种政府刚性介入的政治干预和政治管控特性，而主要以"民间"的方式，以各种文学团体、文

---

① 陈云：《香港有文化——香港的文化政策》（上卷），（香港）花千树出版有限公司 2008 年版，第44—45 页。

学刊物、文学活动、文学奖项、文学出版和文学创作的形态，自然形成的一种文学机制。这种机制以"民间"的面目出现（至于在"民间"面目背后有什么政治力量介入，那是另外一回事），以"自由"竞争、适者生存的"任意"姿态生长于香港社会文化环境，并由此使得香港文学不但在文学形态上纷繁多姿、色彩斑斓，而且在文学生产上也齐头并进、多元共生，从而在文学形态和文学生产两方面，都形成了一种"马赛克"特性。

纵观香港各个历史时期的行政特点，除了 1941 年 12 月至 1945 年 8 月日军占领时期，香港文学受到日本帝国战时体制的严格约束之外，总的来讲，香港的文学制度/机制，其形成、发展与英国当局宽松的文学政策密切相关。较为宽松的政治环境、高度发达的资本主义经济、中西合璧的文化氛围，构成了香港文学制度/机制的背景，而这种背景由于长期的历史积淀，逐渐地形成其独特的文学生产观念和文学存在传统。在此特殊的背景和独有的传统主导下，香港的文学制度/机制，在不同的历史时期虽然有所变化，但"少有干预"、"自由发展"、"市场主导"和"多元并存"，则是香港文学制度/机制的总体特点。

二、香港文学制度/机制的生存方式和呈现形态

由于香港文学的生存环境和生长背景较为特殊，从严格意义上讲，其"文学制度"并没有体制化，而显得相当零散和薄弱。因为作为政治概念的"制度"，只有与政治（或政治的集中体现政府）发生密切关联，其功能才得以产生，其作用才得以发挥，可是在香港，由于主导其政治形态的港英政府和回归后的特区政府，都对文化（包括文学）采取了"尽量避免干预的政策"（minimal interference），即便是作为政府机构的香港艺术发展局，它对文学的影响，也主要是通过提供资金资助的方式进行——而具体的运作，即资金的投注和分配，香港艺术发展局并没有预设立场，而是依靠遴选出的委员进行评判和操作，在这样的政治架构和行政理念（也是香港文学赖以生存的环境）支配下，所谓的

香港文学制度，就只能是一种由各种文学团体和文化机构、文学奖项和文学活动、文学刊物/报纸副刊和文学出版社、文学创作和重要作家组成，依照"自由发展"和"市场主导"原则，在竞争中自然形成的文学机制。这种机制，对香港文学从根本上讲并不具有约束性，因此在其内部，也很难找到其发展的内在逻辑，更多的时候，是以一种碎片化的、马赛克式的形式，按照共时性形态，拼贴出的一种香港文学制度（机制）面貌图。

以下我们从香港主要的文学团体（以及与文学相关的文化机构）、文学奖项和文学活动、文学出版等几个方面，来展示香港文学制度/机制的具体形态。①

（一）主要文学团体与文化机构

岛上社　　香港新文学第一个正式的文学团体是岛上社，成立于1929年，其主要成员包括侣伦、陈灵谷、谢晨光、张吻冰、张稚庐、平可等。该社创办文学刊物《铁马》和《岛上》。

文协香港分会　　全名为"中华全国文艺界抗敌协会香港分会"，成立于1939年3月，由中共廖承志策划，楼适夷、许地山、欧阳予倩、戴望舒、萧乾等筹备组建，许地山主持工作。该团体至1941年日军进入香港后停止活动，1945年抗战胜利后恢复活动。曾举办"通俗文艺座谈会"、"鲁迅先生纪念晚会"、"鲁迅先生六十诞辰纪念大会"等活动，尤其值得一提的是，文协香港分会在1939年5月，组织成立过一个"文艺通讯部"（简称"文通"），主要成员有沈迈、杨奇、彭耀芬、黄德华、林萤窗等。"文通"在《中国晚报》开辟副刊《文艺通讯》，在《循环日报》开辟副刊《新园地》，并创办文艺半月刊《文艺青年》。此外，文协香港分会还办了两期"文艺讲习班"，毕业学员先后组织了"香港文艺研究会"

---

① 以下有关香港文学社团和文化机构、文学奖项和文学活动、文学刊物/副刊和文学出版的材料，许多采录自一九九七年香港文学年鉴编写组蔡敦祺主编的《一九九七年香港文学年鉴》，该年鉴由香港文学年鉴学会于1999年3月出版。

（1940 年 8 月）和"香港青年文艺研究社"（1940 年 10 月）。

中国文化协进会　成立于 1939 年 9 月，由国民党人士简又文组织创建，主要成员有简又文、许地山、戴望舒、温源宁、陆丹林、胡春冰等。该组织在"团结抗日"口号下开展活动，号称与"文协香港分会"为"姐妹组织"。1941 年 12 月香港沦陷后停止活动。

国际笔会香港中国笔会　成立于 1955 年 3 月，是台湾中国自由笔会的姐妹组织，主要成员包括黄天石、易君左、左舜生、力匡、水建彤、罗香林、李秋生、徐速、司马长风、黄思聘、姚拓、徐东滨、燕云、丁淼等，出版《文学世界》杂志，并举办多种文学座谈会。其会员林仁超在 1955 年成立"新雷诗坛"，该诗社在二十世纪五十至七十年代的香港文坛颇具影响力，重要成员包括慕容羽军、庐干之、吴瀛陵、袁毅良等，该诗社以《华侨日报》文艺副刊为基地，提倡"新诗八要"，发表了大量诗作，影响遍及香港和东南亚。

镛峰雅集　虽然成立于 1959 年春，但直到 1995 年才正式注册的一个文学组织，由左翼青年自发组成，但也与右翼作家来往。主要成员有金依、海辛、罗琅、吴羊璧、张君默、舒巷城、何达、郑树坚、叶灵凤、曹聚仁、侣伦、阮朗等。镛峰雅集每周一次沙龙式的茶叙，每年一次大聚会，持续了几十年，参加聚会者有罗孚、高旅、曾敏之、陈浩泉、陶然、杜渐、周蜜蜜、林湄、韩牧、梁羽生等。出版有短篇小说集《市声·泪影·微笑》、散文集《海歌·夜语·情思》以及"镛峰文丛"。"镛峰文丛"计有《戴脸谱的香港人》（海辛）、《罗隼选集》（罗隼）、《看雾的季节》（韩秀牧）、《丝韦随笔》（罗孚）等。

国际笔会香港（英文）笔会［英文名 Hong Kong（English）P.E.N. Centre］1975 年 9 月 15 日获国际笔会总会批准正式成立。主要成员有徐訏、熊式一、Ward S Miller、Westervelt 夫妇、刘家驹等，首任会长为徐訏，后任会长为黄康显。出版有《香港笔会》季刊（胡志伟主编），自 1993 至 1997 年共出十一期，因黄康显和胡志伟矛盾而停刊，该笔会也因黄、胡决裂而闹出"双胞案"。

香港儿童文艺协会　成立于 1981 年 11 月，是香港最重要的儿童文学团体。创会会长为何紫,重要成员有吴婵霞、阿浓、莫凤仪等。该协会的宗旨为:1. 建设及推广香港的文化、艺术、教育工作;2. 协助会员交流经验,研究有关香港儿童文艺及教育的问题;3. 促进国际间儿童文艺的交流;4. 联系会员情谊。该会成立后,举办了许多大型文艺活动,如"八三儿童文学节"、"阅读与写作"座谈会、"齐齐来做小作家"活动、"全港儿童故事演讲比赛"、"全港儿童写故事大赛"、"学生中文写故事大赛"等。自 1983 年起,该会举办过三届"儿童小说创作奖",并主办、参与了多次儿童文学研讨会等。出版有第一届、第二届、第三届儿童文学创作奖作品集,"地球是我家"征文比赛得奖作品集等。

　　龙香文学社(香港文学促进协会)　成立于 1985 年,主要成员为张诗剑、陈娟、巴桐、夏马、曾聪等,张诗剑为创社负责人。成立当年即邀请深圳作家访港——这是中国大陆改革开放之后深港文学界的第一次交流,而"推动两岸三地文学交流活动"也就成了龙香文学社的一个重要特点。1988 年 4 月,龙香文学社创办《文学报》,影响逐步扩大。1991 年 2 月,"龙香文学社"更名为"香港文学促进协会",其宗旨为"促进海内外文学艺术交流;促进香港文学艺术创作的发展;促进香港社会稳定繁荣"。1994 年,龙香文学社与长江文艺出版社合作出版"香港当代文学精品丛书"六卷,此外,其成员创办的香港文学报出版社、银河出版社、金陵出版社等出版"龙香文学丛书"八十余种。

　　香港作家协会(Hong Kong Writers Association)　成立于 1987 年 6 月,主要成员有倪匡、谭仲夏、胡菊人、黄维樑、梁小中、哈公、张文达、陆铿、张君默、蒋芸、冯湘湘、黄仲鸣、沈西城、陈耀南、朱莲芬、陈玉书、卜少夫、海辛、温瑞安等。前期会长为倪匡,1990 年因内部纷争,作协分裂。第三届会长为朱莲芬,作协出版会刊《作家通讯》。

　　香港作家联会(The Federation of Hong Kong Writers)　成立于 1988 年1 月,成立时名为"香港作家联谊会",1992 年 1 月改为现名。主要成员有曾敏之、何紫、李辉英、杜渐、东瑞、侣伦、胡菊人、施叔青、海辛、梅子、陈浩泉、陶然、黄维樑、黄继持、梨青、张文达、赵令扬、刘以鬯、潘耀明、璧华、颜纯钩、罗忼烈、夏婕等，曾敏之曾长期担任会长，出版会刊《作联会讯》（1990 年改名为《香港作家》），1995 年创办"香港作家出版社"，陆续出版"香港文学丛书"第一辑和第二辑，1997 年出版《香港文学史》和《香港作家小传》。该会现任会长为潘耀明，执行会长陶然。

香港青年写作协会（The Young Writers' Society of Hong Kong） 成立于 1994 年春，主要成员有夏婕、陈图安、何文发、郭丽容、陈若梅、冯自强、黄灿然、程翠云、吕乐、王敏等，首任会长夏婕。1994 年 6 月出版文艺刊物《沧浪》。该社团对香港青年写作爱好者影响甚大。

香港艺术发展局 港英政府在 1982 年 2 月成立香港演艺发展局，属于咨询组织，1994 年 3 月，独立的法定组织香港艺术发展局成立，取代演艺发展局，功能类似文化局，其"职责是促进和改善艺术的参与和教育，以及发展艺术的知识、实践、欣赏、接触及评论，务求提高整个社会的生活素质。具体的工作是在全港的层面上计划、推广及发放拨款支持艺术发展（工作上的艺术范围包括文学、表演、视觉和电影艺术）；为艺术发展拟定建议；为艺术发言，鼓励艺术欣赏及寻求对艺术的支持；积极实施艺术政策、计划和活动"[1]，"艺发局虽然有法定的政策咨询等功能，但起初的工作仍然以拨款资助为主"[2]，其资助方式有"计划资助"、"多项计划资助"、"一年资助"和"三年资助"等，针对的对象有大、中学校园刊物，作家个人写作计划，学术研究等，以 1997—1998 年这一年的"艺发局"资助的文学活动为例：资助的校园刊物及奖励计划有 30 项，资助金额为 120.4698 万港元；资助的个人写作计划有 7 项，资助金额为 60.27 万港元；资助的研究、编纂计划有 7 项，资助金额为 119.925 万港元；资助的文学社团和出版机构共有 41 个，资助金额为 504.5749 万港元；资助个人出版著作

[1] 陈云：《香港有文化——香港的文化政策》（上卷），（香港）花千树出版有限公司 2008 年版，第 321 页。

[2] 同上书，第 322 页。

110 人,资助金额 489.7695 万港币。[①] 历史上曾受到过艺发局资助的刊物则有《开卷有益》、《城市文艺》、《文学研究》、《文学评论》、《诗网络》、《文学村》、《纯文学》、《香江文艺》、《字花》等,由此可见,"艺发局"资助出版的香港作家作品数量惊人,资助出版各种香港文学的选集十分可观。此外,"艺发局"资助召开的与香港文学有关的文学活动和学术会议也不少,如 2006 年,"艺发局"资助举办的主要活动和召开的重要会议就有"第六届香港文学节"、"二十世纪中国文学的回顾与展望国际学术研讨会"、"寻找二十一世纪的人文情怀"香港书展、首届"城市文学节"等。由于有了香港艺术发展局的资助,香港文学的发展有了较为强劲和持久的经济动力和支撑,这对促进香港文学的繁荣,起了较大的作用。

（二）重要文学奖项和文学活动

香港中文文学双年奖 1991 年由香港市政局设立,主要用来奖励两年内由香港作家创作并在香港首发的优秀中文文学作品。该奖项设立的目的是表扬香港作家中的佼佼者,并鼓励他们继续创作优秀的文学作品。该奖项分五个组别,分别为新诗、散文、小说、文学评论、儿童文学。评奖时接受公开报名,参选者必须持有香港身份证,参选作品必须是中文原创作品,该奖项每两年举办一次,至 2021 年已举办了十六届,在香港文坛具有较大影响。

香港青年文学奖 1972 年由香港大学和香港中文大学两校的学生会联合创办,每年举办一次,旨在推广香港青少年的文学阅读和文学写作,培养香港青少年的文学兴趣和创作实践。该奖项最初仅设新诗、散文、小说三类,后增设了戏剧、文学批评、报告文学、儿童文学、翻译文学等类别。该文学奖至 2024 年已举办了 50 届,发现和培养了许多香港的青年文学人才,如廖伟棠、黄劲辉等香港作家都曾获得过此奖项。

---

① 见《香港艺术发展局年报：九七年四月至九八年三月》。

　　香港艺术发展局文委会文学奖　1995 年 12 月，文委会主席提议举办文学奖，以表扬本地作家。1997 年 5 月，邀请何福仁、黄天、王建元三位草拟详细计划书，落实文学奖计划。1997 年 8 月，艺发局文委会在香港各大报章刊登参选章程，并派发文学奖参选表格。1997 年 9—10 月，评审委员会成立并确立评审机制，经过初选和复选，1997 年 12 月 30 日，第一届文学奖公布评选结果：金庸获得成就奖；西西、戴天、董桥获得创作奖；董启章、黄碧云、黄灿然、王良和获得新秀奖。

　　新纪元全球华文青年文学奖　2000 年由香港中文大学文学院创立，该奖秉承香港中文大学"结合传统与现代，融合中国与西方"的精神，以"推动青年文学，弘扬中华文化"为宗旨，立足港澳区，兼领欧美两洲，并在华北区、华东区、华中区、华南区、台湾区及马来西亚、新加坡、菲律宾联系了多家协作单位，共同参与评选工作。该奖分短篇小说组、散文组、文学翻译组三个类别，每两年举办一次，聘请白先勇、王安忆、刘以鬯、余光中、董桥、金圣华等著名作家和学者为评委。参与该文学奖的青年人遍及中国大陆、台湾、港澳及世界其他国家和地区，学科背景也不限于文学，许多理工科背景的青年人赢得大奖。该奖至今已举办了七届，在全球产生了十分广泛的影响。

　　红楼梦奖，又名世界华文长篇小说奖　2005 年由香港浸会大学文学院创立，该奖的宗旨是奖励世界各地出版成书的杰出华文长篇小说作品，借以提升华文长篇小说创作水平。该奖每两年评选一次，设立 30 万港元奖金，用以奖励 8 万字以上的优秀华文长篇小说。王德威、陈思和、黄子平、刘绍铭、郑树森、聂华苓、阿城等著名学者和作家担任评委，至今已举办九届，每届设"首奖"、"决审团奖"和"专家推荐奖"。九届首奖得主分别为：贾平凹的《秦腔》（第一届）、莫言《生死疲劳》（第二届）、骆以军《西夏旅馆》（第三届）、王安忆《天香》（第四届）、黄碧云《烈佬传》（第五届）、阎连科《日熄》（第六届）、刘庆《唇典》（第七届）、张贵兴《野猪渡河》（第八届）、甘耀明《成为真正的人》（第九届）。

　　香港文学节　为了"进一步提高市民欣赏文学的兴趣和水平，并广泛展望香港的文学面貌"，1997 年 1 月 4—11 日，第一届香港文学节在市政局中央图书馆举行。活动分研讨会和展览两大部分进行。研讨会议题既有香港文学总体风貌研究，也有文学体裁的专题研究，出席会议者来自中国香港、中国大陆和美国。展览则分作家手稿、文学期刊、文学书籍、写意空间四个展区。香港文学节自 1997 年举办首届以来，至 2020 年已办十三届，虽然每届的主题各不相同，但其"推动香港文学创作及阅读风气、为市民提供多元化文学活动"的宗旨始终不变。文学节的内容也基本按照首届的模式，即举办研讨会、名家讲座、文学展览等。

（三）著名文学刊物/报纸副刊

在香港自开埠以来将近两个世纪的文学发展历史中，存在过的文学刊物和报纸（文学）副刊可谓不计其数。这些数量庞大的文学刊物和报纸（文学）副刊，支撑起了香港文学的大半壁江山。在香港文学发展史上，著名的文学刊物/报纸副刊数量颇为可观，如早期的《循环日报》副刊"灯塔"、《大光报》副刊"大光文艺"、《南华日报》副刊"劲草"、《华侨日报》副刊"华岳"等报纸副刊以及《伴侣》、《墨花》、《铁马》和《岛上》等文学杂志；抗战时期的《星岛日报》副刊"星座"、《立报》副刊"言林"、《大公报》副刊"文艺"、《华商报》副刊"灯塔"、《大众日报》副刊"文化堡垒"以及《文艺阵地》等刊物；战后的《华商报》副刊"热风"、《文汇报》副刊"文艺周刊"、《大公报》副刊"文艺"以及《新晚报》、《野草》月刊、《新诗歌》丛刊、《小说》月刊、《新文化丛刊》、《大众文艺丛刊》等；二十世纪五十至七十年代，活跃在香港文坛上的报纸副刊和文学刊物则有《星岛晚报》副刊"星晚"，《香港时报》副刊"浅水湾"，《文汇报》副刊"采风"、"笔汇"，《新晚报》副刊"下午茶座"、"长春藤"，以及《人人文学》、《文艺新潮》、《中国学生周报》（"拓垦"、"新苗"、"穗华"、"诗之页"等栏目）、《海光文艺》、《当代文艺》、《武侠世界》等；二十世纪八十年代以后，《星岛晚报》周刊"大会堂"、《新晚报》（"晚风"、"开卷"、"下午茶座"、"长春藤"等数种副刊）、《文汇报》（"百花"、"采风"、"求知"、

"笔汇"、"世说"等数种副刊）以及《香港文学》、《八方》、《素叶文学》、《沧浪》、《诗》、《当代诗坛》、《香港文学报》、《香港作家报》（《香港作家》）、《文学研究》、《文学评论》、《城市文艺》、《香江文坛》、《文综》等文学刊物，则成为"生产"香港文学的主要园地。限于篇幅，现在只能略举数种。

《武侠世界》 创办于1959年3月，是目前香港唯一以"武侠"为号召的刊物。古龙、魏力、卧龙生、诸葛青云、西门丁等名家作品均在该刊登载，影响力自香港辐射至东南亚乃至世界各地，曾是香港文学刊物中影响面最广的刊物。首任主编为郑重，1996年后由沈西城继任，在原有武侠小说的基础上，又增加了科幻、推理、灵异等类型的小说，有扩大为"泛武侠"之趋势。

《香港文学》 创刊于1985年1月，创办人为刘以鬯，现任总编辑为陶然。其稿约"立足本土，兼顾海内海外；不问流派，但求作品素质"，在某种意义上讲也可以视为它的办刊宗旨和风格追求。《香港文学》至今已出刊逾三十年，发表了大量作品，培养了众多香港作家，其主要特色为：1.重视香港作家创作；2.兼顾大陆和海外作家创作；3.擅长组织专题性或作家"专辑"；4.注重史料收集，评论和研究为其重要组成；5.致力培养新人；6.胸怀开放，观念包容；7.历史长久，为香港文学刊物中生命最长久者。以上这些特色，使其成为香港文学中最重要的文学刊物。除了《香港文学》月刊之外，《香港文学》还出版有"《香港文学》选集"等作品集。

《素叶文学》 创刊于1980年夏，由西西、何福仁、张灼祥、许迪锵等集资出版，轮流主编。作品以"高雅文学"为追求，其"纯文学"路线曾被讥讽为"曲高和寡，孤芳自赏"，但其独特的文学品位在二十世纪八十年代的香港文坛产生深刻影响，一度"名声远扬"。在发行该杂志的同时，素叶同仁还出版了一套"素叶文丛"，共有二十多部作品，包括马朗《焚琴的浪子》、钟玲玲《我的灿烂》等。由于刊物的"同仁"性质，出至第25期因打不开销路而宣布休刊。1991年，《素叶文学》复刊，仍以原班人马为核心，作者群也基本上是素叶同仁。《素叶文学》2000年出"二十周年纪念号"（第68期）后停刊。

《沧浪》 创刊于 1994 年 11 月，是香港青年写作协会会刊，其办刊宗旨为"推广读书风气，提高中文写作水平"。该刊"鼓励风格多样的自由创作作品，题材不拘，园地公开，文责自负"，"优先采用本会会员作品"，致力于发现和扶植青年作者。夏婕、何文发、叶龙英、曾敏卓、马兴国、曾志豪为其核心成员。

《城市文艺》 创刊于 2006 年 2 月，该刊"以繁荣香港文艺创作为职志，以对时代有所交代、对社会有所交代、对下一代有所交代自期"，"期盼《城市文艺》成为一道桥梁，促进香港和中国内地，以及世界各地的文学交流"。该刊"以刊载香港作家的创作为主"，其座右铭为"踏实创新，和谐包容，百花齐放，繁荣香港文学艺术创作"。该刊为双月刊，主编梅子。

《字花》 创刊于 2006 年四五月间，是一本以"70 后"青年人为主的文学刊物，体现了香港文学中青年一代的文学追求和独特风格。其主要成员有邓小桦、张历君、郭诗詠、江康泉、陈子谦、高俊杰、谢晓虹、韩丽珠、袁兆昌等。在创刊号的《发刊词》中，他们宣称："《字花》将是一本高素质的综合性杂志，我们将竭力以自身所知所学所感所能，将高水准的作品呈现于读者眼前"，"《字花》是有野心的：我们会以自身的最大能量去推动帮助我们成长的文学艺术之发展，立足于我们成长的城市和时代，主动寻求两岸三地的思想和作品交流，面向具体的多元变易的全球世界，指划一个更具能量的未来"。

《香港作家》 创刊于 1994 年，最初叫《香港作家报》，1998 年改为现名，由香港作家联会主办，是一本立足本土同时也向香港以外作家开放的文学杂志，其办刊宗旨为"弘扬中华文化、凝聚民族情感"，希望"在知、情、意三方面发挥积极作用"。该刊现为双月刊，曾敏之、周蜜蜜、蔡益怀等担任过该刊的社长和总编辑。该刊延续至今。

除了以上这些主要发表文学作品的刊物之外，香港文学中还有专门发表评论文章的刊物，重要者有《文学研究》、《文学评论》（两者总编辑均为林曼叔）等。

香港的报纸副刊因为种类繁多，变化亦大，这里就不一一列举（重要的报纸副刊在前面已略有介绍）。

（四）重要文学出版社

新雅文化事业公司　成立于 1961 年，最初名为"新雅七彩画片公司"，1964 年改名为"新雅儿童教育出版社"，二十世纪八十年代以现名注册，是香港最大的少儿读物出版公司。1996 年 4 月，与山边社组成"山边出版社有限公司"，从事面向校园的课外读物出版。主要人物有何紫等。

天地图书有限公司　创立于 1967 年，是香港著名的严肃读物出版社，拥有亦舒、李碧华、蔡澜、梁羽生等作家，出版有"天地文丛"、"文学中国丛书"，在海内外产生广泛影响。曾主办"天地长篇小说创作奖"，并出版了《香港短篇小说选》五册，对香港文学（短篇小说）的发展历史进行了编年史的整合。

博益出版（集团）有限公司　创立于 1981 年 4 月，最早为"电视企业国际有限公司"（TVEI）的附属机构，现为南华早报全资拥有公司。该出版公司的创立宗旨为"推广读书风气、提高中文创作水平"，成立之初即有林燕妮、黄霑、倪匡、刘天赐、严沁等作家为之供稿，后来李英豪、邱永汉等也加入，并培养了黄易等文坛新秀。该社成立之初，曾与无线电视联合举办"小说创作奖"，发掘文学创作人才（颜纯钩为该奖首届得主）。1987 年又创办《博益月刊》，力图推动文学创作，后因市场压力两年后停刊。

明报出版社　在二十世纪六十年代香港武侠小说大盛之际，金庸创办明河出版社，专门出版武侠小说（后还出版连环画），至二十世纪七十年代，金庸又创办明窗出版社，主要出版纯文学作品。1986 年，金庸注册成立"明报出版社有限公司"，明窗成为下属的子公司，此时的明窗，曾以出版卫斯理（倪匡）的科幻小说著称，后又因首创"财经小说"名重一时。香港著名作家倪匡、董桥、陶然、周蜜蜜、梁凤仪等，都曾在明报（明窗）出版社出过作品。目前，明报出版社的文学类著作日趋减少。

香江出版有限公司　原称"香江出版公司"，创立于1984年，1989年转为有限公司，以出版文学艺术作品和学术论著为主，总编辑林振名。该出版社自创办时起，就坚持"纯文学"追求，得到众多作家如也斯、陶然、梅子、海辛、小思及学者黄维樑等的大力支持，香港作家陶然、梁锡华、董启章、璧华、颜纯钩，大陆作家戴厚英、古华、谌容、高晓声、冯骥才，台湾作家林海音、余光中（也曾在香港工作生活过）等都在该出版社出过作品。"沙田文丛"、"传记丛书"和"香江文学评论"是该出版社的重要成果，其中一些作品被收入大中小学课本，或被改编成话剧、电视剧乃至被翻译成多种文字。

勤＋缘出版社　创立于1990年，由著名财经小说家梁凤仪创办，以她在明报撰写的专栏名称命名，勤＋缘意指"勤奋加上缘分等于成功"，该出版社主要出版通俗文学作品和实用书籍，除了集中出版梁凤仪自己的财经小说之外，还出版过倪匡的科幻小说、李大帮的猛鬼系列小说等。1992年起，该社与大陆的人民文学出版社和台湾的林白出版社合作出版梁凤仪的财经小说，产生较大影响。1996年起，勤＋缘出版社又与影视公司合作，拍摄根据梁凤仪小说改编的电影《冲上九重天》，产生重大影响。

获益出版事业有限公司　创立于1991年3月，由黄东涛（东瑞）、蔡瑞芬分任总编辑、总经理。以"获智趣·益身心"为办社宗旨，以"读者获益、作者获益、社会获益、出版社获益"为追求，除了出版优良的儿童文学、青少年课外读物和知识性图书外，还出版了大量的纯文学书籍。香港几代作家（阿浓、刘以鬯、东瑞、许颖娟、胡燕青）都在获益出过作品，对香港文学有较大影响。

皇冠出版社（香港）有限公司　创立于1992年，由平鑫涛、琼瑶之子平云创办，出版社成立之初以出版琼瑶小说为主，香港作家陶杰、周蜜蜜、张小娴、张文达、张曼娟（曾在香港生活）、温瑞安等都在该出版社出过作品。1995年该出版社注册成立子公司"艺林出版社"，以出版武侠小说、科幻小说等通俗文学为主。

三、香港文学制度/机制的特性分析以及
对文学形态/文学生产的影响

香港这个中国历史上被殖民统治时间最长、回归后又以特区形态存在的区域,其独特的历史存在导致了其文化/文学形态的特殊性。从香港文学制度/机制的产生背景、历史沿革、生存方式和呈现形态等各方面看,港英当局和特区政府对香港文学总体上采取的是"少有干预"姿态,因此香港文学制度/机制也就因了这种"少有干预"而呈现出这样一些基本特性。

1. 香港文学制度/机制从来都缺乏一个强有力的文学政策制定者和掌控者。

无论是作为受殖民统治时的香港的统治者港英当局,还是作为回归后的香港特区政府,都没有将"文学"纳入政治强力干预的范围之中,而是在法律框架下,给予文学充分的自由发展空间。在香港历史上,港英当局和特区政府基本没有颁布过有关文学发展的"指令性"或"指导性"的"纲领"、"文件"、"政策"和"条令",而是将文学纳入教育、康乐、艺术、传播等范畴内,在不妨碍文学自主性的前提下,从精神、物质和社会心理等方面,给予支持和肯定。无论早年的文康广播局还是后来的艺术发展局,虽然都是香港港英当局或特区政府的政府部门/机构,但它们的功能,不是对文学"指手画脚",而是承担了咨询、经济资助以及动用行政资源协调、协助开展各项活动的功能——政府机构中与文学发生关联的相关部门,它们的角色不是指导者、管理者,而是协助者、支持者、协调者。

2. 香港文学制度/机制是由民间通过各种文学实践、文学活动和文学组织,自发地形成并产生合力作用,对文学走向形成规约并对文学生态和文学生产形成影响。

从对香港文学制度/机制的生存方式和呈现形态的考察中,不难发现香港的文学制度或者说文学机制的形成、产生、发展、变化,都来自非官方文学力量

的自发作用。无论文学刊物和文学出版社，还是报纸副刊和文学奖项，都是"民间"力量在主导，香港的文学刊物和文学出版社大都为同仁刊物、同仁出版社，虽然有些刊物和出版社或得到媒体、企业、艺发局的赞助和支持，或具有大陆或台湾背景，是海峡两岸不同政治力量在文学界的代表，但无论它们是文人间的同仁聚集，还是商界、政府机构的文化事业，乃至政治力量的文学体现，他们在香港的存在，都是依据自由发展、公平竞争的原则，在"市场"的选择和淘汰下，壮大或者衰亡，同仁性质或得到民间注资的文学刊物或出版社自不必说，即便是那些得到香港政府文化部门（艺发局）资助的文学刊物或出版品，香港政府对这些文学刊物或文学出版品的资助/介入，也少有干预，只是以观念咨询或经济资助的方式进行，至于有着大陆或台湾背景的所谓"左派"、"右派"文学刊物或文学出版社，虽然有针锋相对的时候，却也有在"文学"的旗帜下和平共处甚至互相接纳的时候，而"政府"（无论是港英当局还是特区政府）对这些文学刊物和文学出版社，基本上采取的是"显处放任"（私底下是否会"暗地干预"，现在因为没有史料证据，不便妄加揣测）的姿态。至于文学奖或文学活动，则基本上都是由文学同仁团体、学校、民营出版社、媒体主办，官方即使主持或参与这类活动，也只是以冠名和经济资助的方式介入，具体操作仍然交给民间的学者（聘请学者组成专门委员会）或具体的功能部门（如图书馆）去执行。由于"政府"采取的是这样一种姿态，这就使得香港的文学制度/机制从整体上、外观上看，是一种协商型的"回应式"或允许多种表达型的"描述式"形态，而不是强力控制型的"限定式"形态。

由于香港的文学制度/机制不是政府强力控制型，而是协商型或允许多元表达型，因此香港文学在这种制度/机制下，一方面能"自由存在和任意书写"，从作家个人到文学团体，都能够多元发展、公平竞争——这使得香港文学在面貌的丰富性和姿态的复杂性方面，有着大陆和台湾难以比肩的拼图式结构和马赛克形态；另一方面，市场的杠杆作用和读者的阅读趣味、阅读习惯和阅读期待，也在很大程度上影响着香港文学的发展走向和文学生态，这对香港文学的审美发展，当然也会产生重大影响——香港通俗文学风行，显然就与这种文学环境有关。

3. 香港的文学制度/机制最终决定了香港文学形态和香港文学生产的"马赛克"形态。

由于香港执政当局（无论是港英政府还是特区政府）在文化政策上没有采用"一套事先构思及公布的成文政策来实施——即学界所言的'规限式的政策'（prescriptive policy）"①，而是采用"自由的文化政策，即学界所言的'描述式的政策'（descriptive policy）"②，"以具体形式、零散体现，落实于各项政策与措施上，在场馆建设、艺术资助、场地管理、文武古迹保育等方面，经长时间运行之后，逐渐形成一套行政准则与处事方式。惟其具体、惟其零散，文化界乃至市民才可以在各项细节之中，与政府互动，事后仍可议论与修订……"③因此使得香港文学制度/机制具有极大的宽容性、惊人的开放性和丰富的多元性，并使得香港文学的生存空间以及香港文学在生产过程中的兼容空间十分巨大，不但各种政治立场迥异的党派、团体、组织的"文学"可以各自生存、"和平共处"（左翼、右翼、亲共、"反共"，从互不隶属彼此对立到虽有交叉但仍各有坚持），而且不同作家也有着追寻自己文学理想的各种可能（从现实主义到现代主义再到后现代主义；从武侠小说到"三及第"再到"框框杂文"，可以并行不悖，共生共荣），至于作家不同文学身份（香港本地、台湾经历、大陆背景）的混杂、并呈、多元和交融，在香港文学中就更是屡见不鲜。这种较为平和、相对公正和完全开放的文学生存空间和文学（生产）兼容空间，在客观上为香港文学拼图式、马赛克式的生存形态和生产过程提供了生存和发展的土壤。在这种文学制度/机制下，文学可以丰富复杂和混合多元，不同党派/团体/组织和个

————————————

① 陈云：《香港有文化——香港的文化政策》（上卷），（香港）花千树出版有限公司2008年版，第13页。

② 同上。

③ 同上。

人既可以保有各自"（相对）封闭自足的"、具有"内质同化性自生产"功能以及区别于其他党派/团体/组织和个人"质的规定性"的特点，又可以在"生产"过程中并置于同一个文学时空之中而同生共长。

　　"马赛克"本是英文"mosaic"的汉译，在建筑上指具有装饰性的锦砖，其特征就是由不同色彩的小块拼贴搭配而组成一个整体。对照香港文学，我们发现香港文学的形态特征以及它的生产过程正具有"马赛克"特性——从以上我们列举的香港主要文学团体（以及与文学相关的文化机构）、文学奖项和文学活动、文学出版的情况，以及香港作家队伍的组成（本土、南来、台湾旅居者）来看，正符合了"由不同色彩的小块拼贴搭配而组成一个整体"的特性。从根本上讲，正是由于香港执政当局"在公共文化事务上，以尽量不干预、支持艺术自由和多元化的中立态度自居"①，在文学制度/机制上放弃"限定式的政策"（prescriptive policy），而主要采用"描述式的政策"（descriptive policy）并辅以"回应式的政策"（reactive policy）②，"具体的做法是政府透过法律和司法程序，保障文化艺术的创作与表达自由；另外按照政府的财政支付能力，提供一个积极支援发展的环境，以及开放公共空间，容许多元阐释、多元发展和自由竞争"③，这样的文化政策（文学制度/机制）选择，直接导致了香港文学生态和文学生产的"马赛克"化。正是由于香港的文学制度/体制以"不设定具体的目

---

　　① 陈云：《香港有文化——香港的文化政策》（上卷），（香港）花千树出版有限公司 2008 年版，第 46 页。

　　② 所谓"限定式的政策"，是指有全权主义（totalitarianism）色彩，目的是界定艺术的范畴，意图控制艺术创作和展示的所有形式。事前颁令，强制执行。属积极干预型的政策。所谓"描述式的政策"，是指不设定具体的目标，不界定艺术的范畴，容许争议及多元表达。主要是透过协商共议（common sense）来维持资源的分配，支援艺术的运作系统公开而具问责性，控制权方面，按科层组织分配，权责分明。属积极不干预型的政策。所谓"回应式的政策"，是指执政当局设立一些被动的、回应市场需求的机制，当艺术家有要求时，才给予帮助或咨询，支持行动以短期的资助计划为主，双方无强迫性的义务。此外，当局也以保障表达自由和其他公民权利的法律，消除危害艺术创作的事物（如政治审查）。属消极不干预型的政策。参见陈云：《香港有文化——香港的文化政策》（上卷），（香港）花千树出版有限公司 2008 年版，第 42—43 页。

　　③ 陈云：《香港有文化——香港的文化政策》（上卷），（香港）花千树出版有限公司 2008 年版，第 44—45 页。

标，不界定艺术的范畴，容许争议及多元表达"的"不干预型"为主导，因此不同政治色彩、不同组成条块、不同文化背景、不同社团流派、不同（出身）"来源"作家以及不同文学追求，均可在香港的文学空间里寻找到足以容身、立足和发展的位置，而这些"不同色彩的小块"的共时并置，共同组成了香港文学的"整体"。这个具有"马赛克"特征的香港文学"整体"，不但如"马赛克"一样色彩斑斓，而且容纳其中的由各种不同立场、趣味、故事、形态、追求、审美、精神、法则组成的"小块"，以动态的（生产）方式组构成一种繁富、多元而又独特的图案。香港文学的这种"马赛克"形态（既是生存形态又是生产方式），有别于中国大陆文学与台湾地区文学，成为具有香港文学特性的一种生态呈现和生产景观——而形成香港文学"马赛克"形态的一个重要的甚至可以说是决定性的原因，就在于香港的文化政策采用了"描述式"和"回应式"的政策形态，香港的文学制度/体制选择了不干预性和中立性的文学制度/体制方式。

传统与现代并存　历史与现实共生

——论《情纵红尘——秦岭雪诗集》兼及香港文学特质

在香港诗坛,秦岭雪或许并不是一个非常活跃的诗人,但是个以创作实绩傲人的诗人。秦岭雪本名李大洲,1972 年从内地移居香港,旅港至今著有诗集《铜钹与丝竹》(与人合著,1983)、《流星群》(1987)、《明月无声》(2002)、《情纵红尘——秦岭雪诗集》(2008),散文集《石桥品汇》(2014)等。另有《秦岭雪学书小辑》、《乱花渐欲迷人眼》书法集行世。

在《风雅蕴藉秦岭雪 意趣高古〈石桥品汇〉》一文中,我这样写道:

秦岭雪热爱中国古典诗歌——他的笔名秦岭雪即源自韩愈的诗句"云横秦岭家何在,雪拥蓝关马不前",但他也对现代主义诗歌艺术有着浓厚的兴趣,古典与现代的并行不悖和两相结合,使得热爱诗歌创作的秦岭雪,成为一个有着古典气质和传统底蕴的现代诗人,颜纯钩将他的诗概括为"古典情怀 现代感觉"可谓一语中的;古剑将他的诗归为"现代绝句"则是知音之论。看秦岭雪的诗,王维、李白、杜甫、李商隐、李贺、苏轼等古典巨匠的诗情意绪在他的诗中得以现代重生,而艾青、何其芳、蔡其矫、郑愁予、洛夫、余光中等当代大家的诗歌造型和语言节奏,也化而为他自己的创新再造。总之一句话,诗人秦岭雪所写的诗,是古典的底子,现代的形貌;是传统的"体",现代的"用"。

"古典"在秦岭雪那里,不但是一种生活的姿态和风度,而且还是一种创作的本质和追求;不但是他诗歌创作的内在核心,而且也是他散文书写的意趣所在。①

如何处理传统与现代的关系,是现代诗人在进行创作时必须面对的核心问题,不同的诗人在处理这个问题时,会有不同的方式(想想闻一多和穆旦),并且许多诗人还会在不同时期有不同的表现(想想洛夫和余光中)。秦岭雪在进行诗歌创作时,虽然"古典(传统)"和"现代"并行不悖,但从根本上讲,他是个有着古典(传统)灵魂而出以现代形态的当代香港诗人。说他是"古典的底子,现代的形貌;是传统的'体',现代的'用'"②,应该说是抓住了秦岭雪诗歌的根本特性。

如果说在《石桥品汇》中,秦岭雪的"古典(传统)"与"现代"的关系主要体现在散文领域,那么秦岭雪在他的诗歌精选集《情纵红尘——秦岭雪诗集》中,早已将他对"古典(传统)"与"现代"关系的思考,以"诗"的形式进行了表现。在这部出版于2008年的诗歌精选集中,我们发现其涵盖广、形态丰,展现出一种传统与现代并存、历史与现实共生的特质。

《情纵红尘——秦岭雪诗集》共分三辑:"首辑:经典回眸"、"二辑:冰·火情怀"、"三辑:唐桑夜雨"。"一辑写人:基本上是中国的传统文人;二辑写情:诗人自己的或借人及己的浪漫情怀;三辑怀乡:闽南故乡间及大中国的故乡。"③在这三辑诗歌作品中,无论是写"人"、写"情"还是写"乡",秦岭雪都在其中贯穿着跨越古今的纵向脉络和兼及内地与香港的横向关联——秦岭雪以自己的诗歌创作,让传统与现代在"诗中"并存,让历史与现实在"诗中"共生。

让传统与现代并存,历史与现实共生,在《情纵红尘——秦岭雪诗集》中具

① 刘俊:《风雅蕴藉秦岭雪 意趣高古〈石桥品汇〉》,《香港文学》2015年第4期。
② 同上。
③ 刘登翰:"序",秦岭雪《情纵红尘——秦岭雪诗集》,花城出版社2008年版,第5页。

体表现为：

（1）以现代诗的形态塑造传统（古代）诗人

在《情纵红尘——秦岭雪诗集》中，长诗《苏东坡》被认为"是秦岭雪在新世纪诗思的一次大爆发"①，在这篇叙事长诗中，秦岭雪通过对苏东坡的"现代诗"塑造，让这位传统诗史中的一代大家，在"现代诗"中再次"复活"。与一般现代诗写作的大胆想象和肆意"创造"不同，秦岭雪以现代诗形塑的"苏东坡"，不论是他的"事迹"，还是他的"心迹"，秦岭雪都努力在"言必有据"的基础上，对"苏东坡"的"平生功业"进行现代诗化的呈现。② 在这篇叙事长诗中，秦岭雪选择了在苏东坡人生中具有重要影响的三个点：黄州、惠州、儋州，对于苏东坡来说，黄州的失意，在某种程度上成就了他在诗词文赋和书法上的成就；惠州和王朝云的约定，则在某种程度上升华了他的情感形态；而儋州的艰难困苦，则在某种程度上修炼出他随缘自适的文化品格。黄州、惠州、儋州，可以说从三个不同的方面，熔就了苏东坡超凡脱俗的大师风范和高妙境界。在诗中，秦岭雪这样写道：

东坡上煎筋熬骨
雪堂旁伫看青苗

如火诗思
强抑清晨残宵

……

① 钟晓毅：《在灵魂上航行——探看秦岭雪抒情叙事长诗〈苏东坡〉的诗思》，秦岭雪《情纵红尘——秦岭雪诗集》，花城出版社2008年版，第217页。

② 参见秦岭雪：《情纵红尘——秦岭雪诗集》，花城出版社2008年版，第29页。

　　　　长长嘘一口鸟气

　　　　闲窗把笔浓墨饱蘸

　　　　浪涛尽千古人物

　　　　悲风顿起　　浊浪滔滔

　　　　词坛一声惊雷

　　　　回响历史永恒的呼号

　　　　　　　　　　（黄州）

　　　　梅花与仙女

　　　　以高洁的志节提升俗世

　　　　栖霞山一缕香魂

　　　　就这样飘入曹雪芹笔底

　　　　　　　　　　（惠州）

　　　　……

　　　　海南万里真吾乡

　　　　……

　　　　奔骤的雨点

　　　　催发诗思

　　　　如群龙翻涌

　　　　依然诗笔如神

　　　　依然在软轿上恬然入梦

独坐破漏的官屋

屈指数着

北船运米来到的日子

有时也用薯芋充饥

邻居的老婆婆说得好

真如一场春梦

或是竟如黑白交错的棋局

谁能推究其中的滋味

……

人的陷溺　　人的孤独无依

真像一只蝼蚁

然而

天地不是在积水之中吗

中国不就在四海之中吗

芸芸众生

又有哪一位不是海岛的子民

（儋州）

　　在这首诗中，秦岭雪以现代诗的形式，将苏东坡"还原"成一个不畏曲折、境界高迈的文艺大师和精神强者，这种"还原"过程，其实也是秦岭雪融入自己"苏东坡观"的过程，是一个将传统中的苏东坡加以"现代化"的过程，说到底，秦岭雪是在以苏东坡为"载体"和"镜像"，表达和映照出自己的价值取向和精神追求！

　　（2）用传统诗形，写当代感情

　　收集在《情纵红尘——秦岭雪诗集》中的七古长诗《蓓蕾引》以及《麦丽萍画说》十八首，是秦岭雪用传统诗歌形式，表达现代情感的成功之作。如果说用"现代诗"来塑造古代诗人,是传统与现代并存、历史与现实共生的一种表达方式/方向的话,那么用传统诗歌形式来表达当代情感/艺术,则是秦岭雪用另一种方式来呈现传统与现代的并存、历史与现实的共生。《蓓蕾引》创作于 1967 年,当时秦岭雪才 26 岁,因感于朋友与其女友林蓓蕾的动人恋情,发而为诗,既记其"柔肠诗骨,难解难分",也叹其不被理解,"毁满街巷"。诗中动人的诗句,如"惊采绝艳断诗笔,从此长在君心住。……纵使电焚只灰烬,蓓蕾二字明可睹。……清清烟波静静眉,君心我心两相知",读后令人动容,然而天妒至情,两人纯美的爱情却没能修成正果,"君情何深言何迟,父母许婚三日前",于是,这边厢"难答亲朋苦苦劝,我愿长醉不愿醒","世上何物能解酒,深深切切阿蕾心";那边厢"如何深情爱不得,狂呼阿毅来梦乡;脉脉含情只凝睇,渊潭无限深秋意"。然而,在二十世纪六十年代的中国社会,他们这种"朝朝暮暮不分离,生生死死相扶持"的爱情,并不为社会上的一般民众理解和接受,他们的爱情,最终只能以悲剧收场。面对这个爱情悲剧,年轻的秦岭雪仗笔"诗"言,用传统诗歌形式,为这出当代爱情,唱出了一曲动人的赞歌!

应当说,在二十世纪六十年代的中国社会,秦岭雪传统的、古典的文学趣味和情感立场,与当时的"革命"氛围格格不入,然而,正是这种"不合时宜",昭示出秦岭雪借助传统文学形式书写当代情感,将传统与现代并存,让历史与当下共生的观念和"写"法,早在他的青年时代,就在有意无意间形成并付诸实践了。

(3) 将传统与现代交融,将历史与现实对接

在《情纵红尘——秦岭雪诗集》中,传统和现代、历史和现实不是两分的,而是有机融合在一起的。《行草两帖》表面上看写的是王羲之和颜真卿的书法风神:"高潮往往醉后/鼠须笔和蚕茧纸/擦出神圣光辉(《王羲之兰亭序》)、"危崖断壁/迸射千年血泪/鹰的利爪迎风搏击"(《颜真卿祭侄季明文稿》),可是力透"诗"背的,却是"在崇高和卑微之中平衡自己"的现代认知;《苏堤——赠友

人》写的是当今的杭州，可是在字里行间饱蘸的，却是古典的意蕴、绵远的精神："六桥依依/风重霜浓/桃花陌上再相逢"；《李贽故居》则在李贽的"故居"中，看到了"用薄薄的剃头刀/一瓣瓣/剖出/赤裸裸的自己"——那是历史中的李贽，可是"殷红的血/就滴入/漫漫长夜的/第一抹晨曦/长时间的霜冻/曾经窒息"的心情，却是秦岭雪的当代体验；在《寒山寺》中，"除夕姑苏/肃然伫候你洪亮悠远的音波/从唐代的一叶扁舟/到今日扶桑北国"，可见千年之前的历史钟声，依然在当今悠悠回荡，"滴落心头"的，还是亘古不变的"玉磬清音"；而《夜雨》，则更将"手机"与"李商隐"的话题进行历史与现实的跨时空穿越，以至于"那一场巴山夜雨/竟一直下到今宵"；在《锣鼓铿锵》中，我们看到古代的"梁祝"故事和"杨门女将"事迹，与当代的"阿凸"之死一起，书写并构成了当代中国戏剧的历史……这些诗作，从"现代"出发，却在传统中追溯源头，在现实中发现历史，体现的是诗人秦岭雪的历史素养和当代意识。

前面说过，秦岭雪热爱古典文学和传统文化，这使他具有了深厚的传统文化学养，而他对现实世界的敏锐感受和深刻洞察，则使他能将自己的独立思考与自己的传统文化积淀彼此交融，并以诗的方式，将两者交织融合为一种传统与现代、历史与现实彼此互渗的书写形态和文学场景，进而将之熔铸成自己独特的诗歌世界。

(4) 以"历史眼"和"历史意识"来比照、映衬和统摄现代

秦岭雪虽然对中国古典文学/文化十分着迷，可是他思考的原动力，却是来自强烈的现实关怀，不过，他的现实关怀，总是有着一个历史（传统）的参照，因此在他表现当下社会的时候，历史（传统）常常会以一种"历史眼"的形态和"历史意识"的方式，出现在他的"现代诗"中。如在《苏州》一诗中，秦岭雪这样写道：

……

似乎回到故乡

　　　　小巷深处

　　　　走过熟悉的门楼

　　　　似乎来至家中

　　　　乡音轻软

　　　　听姐妹絮谈什么

　　　　吴越故事

　　　　有太多的杀戮

　　　　秋草庭院

　　　　有太深的凄楚

　　　　但是

　　　　够了

　　　　一座园林已令你失魂落魄

　　　　仿佛黛玉姑娘

　　　　来到贾府

　　　　这面影儿

　　　　怎生这般地熟

　　　　红楼一梦

　　　　大观胜景

　　　　且听痛苦的诗魂

　　　　——为君细说

　　诗歌写的是当今的苏州,可是在诗中,吴越"太多的杀戮"和"红楼一梦"中的"大观胜景",却镶嵌在诗中,成为"苏州"这一现代城市的历史阴影和历史精魂。类似的写法,在《黄河》、《夜雨》、《白鸟》、《相约在西湖》、《木棉花暖》、《一握》、《影子》、《石榴》、《无题》、《相逢》等诗中,都曾出现。"历史眼"和"历史意识"的代入,无疑使秦岭雪的"现代诗"具有了强烈的历史感。

当秦岭雪在自己的诗歌创作中，将传统与现代并存，让历史与现实共生的时候，我们发现，身为香港诗人，香港却并没有成为他诗歌表现的"主体"和重点——在《情纵红尘——秦岭雪诗集》中，只有《香江碎影——〈香港文学〉封底题照》、《木棉花暖》等诗中提及香港，相反，中国历史上的人物、事件，当今内地的过往岁月，传统中国文化/文学元素，以及他的泉州老家/故乡，却成为他一再书写的对象和时时表现的聚焦点。这使秦岭雪的诗歌创作，似乎与香港联系不紧，香港特性不强。然而，在我看来，在秦岭雪这个（这类）香港诗人（作家）的诗歌（文学）创作中，不以香港为核心，而着重表现中国历史、内地现实、传统文化、故乡情怀，从某个维度正体现了"香港文学"的一种特质，那就是：香港文学原本就不该只关注或仅仅聚焦于香港，相反，香港的"开放性"特质，理应让香港文学，成为立足香港，既表现香港社会，也表现中国内地现实（空间的横向维度）；既书写中国历史（传统），也展现香港人的历史观和历史意识（时间的纵向维度）的一种文学存在。就此而言，秦岭雪的诗歌创作，将传统与现代并存，让历史与现实共生，正体现了香港文学的这种特性，也正因如此，他的诗作，自然也就成为香港文学这一特质的重要代表。

从"单纯的怀旧"到"动能的怀旧"

——论《台北人》和《纽约客》中的怀旧、都市与身份建构

"怀旧"如果仅从字面上看,通常是指对过去岁月的记忆、怀念与难忘之情。一般而言,怀旧(nostalgia)总是会以一种理想化以及不切实际的追忆,来展现对过往的怀想与渴望。从某种意义上讲,"怀旧"是人的一种"古老"的精神状态和心理情绪,它似乎与生俱来,并且挥之不去。

美国社会学家弗雷德·戴维斯(Fred Davis)在《渴望昨天:对怀旧的社会学分析》一书中,将"怀旧"分为三个不断深入的层面:第一层为"单纯的怀旧"(Simple Nostalgia),主体以一种积极的姿态对待过去,过去总是美好的,而现在却是不如意的;第二层为"内省的怀旧"(Reflexive Nostalgia),主体感伤过去而责备现在;第三层为"阐释的怀旧"(Interpreted Nostalgia),主体会对怀旧的现象、过程和效果进行阐释和反思。①

弗雷德·戴维斯对"怀旧"的分析,重在从社会学的角度,对怀旧的形态、特征、目的和本质进行理论探讨。对于具体的作家而言,如何在作品中书写"怀旧",则更多的与作家在"怀旧"背后寄寓着的情感、姿态和诉求有关——正是作家对"怀旧"独具特色的感知,决定了他们作品中的"怀旧"形态和"怀旧"特征。

---

① Fred Davis, *Yearning for Yesterday: A Sociology of Nostalgia*, The Free Press, 1979, pp.17-26.

众所周知，世界著名华人作家白先勇是个对"怀旧"话题念兹在兹的作家，在他的作品中，"怀旧"甚至可以说是个"母题"，贯穿了他整个创作的过程。白先勇的小说创作中有两个著名的系列："台北人"系列和"纽约客"系列——这也是白先勇《台北人》和《纽约客》两个小说集的名字。《台北人》含小说 14 篇（《永远的尹雪艳》、《一把青》、《岁除》、《金大班的最后一夜》、《那片血一般红的杜鹃花》、《思旧赋》、《梁父吟》、《孤恋花》、《花桥荣记》、《秋思》、《满天里亮晶晶的星星》、《游园惊梦》、《冬夜》、《国葬》），《纽约客》含小说 7 篇（包括已收入《纽约客》集子的《谪仙记》、《谪仙怨》、《夜曲》、《骨灰》、《Danny Boy》、《Tea for Two》和 2015 年刚刚发表的《Silent Night》）。在这两个系列的 21 篇小说中，白先勇通过对不同人物形象的展示以及对他们人生轨迹的描摹，呈现出一种浓烈的"怀旧"心绪——而这种"怀旧"心绪，又与他笔下斑斓的都市色彩和复杂的身份建构密切关联。

在小说《台北人》中，白先勇对"怀旧"的表现，更多地聚焦为一种作品人物的心理形态：寻求安全感、寄托归宿感、放大美好、记忆青春——这导致了《台北人》中的众多人物，在时空错位的情形下，形成了身份确认上的非此非彼亦此亦彼。

从总体上看，《台北人》中的"怀旧"，基本上属于"单纯的怀旧"（Simple Nostalgia）——作品中的人物都是通过对过去某一（些）方面的肯定来反衬现时的不如意。"台北人"顾名思义，本来应该是"台北的市民"，可是在白先勇的小说中，"台北人"是一帮生活在台北，却心系上海、南京、北京、桂林的上海人、南京人、北京人和桂林人，"台北人"之称本来就含有一种反讽的意味，因为他们其实是"被台北人"了，时空的错位和感情的偏重，导致了"怀旧"的产生——所谓的"今昔之比"①，其实是对过去上海、南京、北京、桂林的不能忘怀，以"昔"之标准来衡量、比照"今"之现实。从某种意义上讲，"昔"之光华记忆，已经完

---

① 参见欧阳子：《王谢堂前的燕子——白先勇〈台北人〉的研析与索隐》，尔雅出版社 1976 年版，第 8—11 页。

全控制、覆盖了"今"之生活，并因此而产生"台北人"身份的错乱。这些名为"台北人"的上海人、南京人、北京人、桂林人在过去的记忆中寻找荣耀和安慰，在过去的时光中寄托精神和心灵，在错置的时空中寻求支撑的力量，从对现实的拒绝和对过去的拥抱（怀旧）中获得安全感——其实是一种躲避和自我保护。

《台北人》首篇《永远的尹雪艳》中的尹雪艳，不但她本人"怀旧"（她在台北的新公馆"一向维持它的气派"，"从来不肯把它降低于上海霞飞路的排场"，"客厅的家具是一色桃花心红木桌椅，几张老式大靠背的沙发，塞满了黑丝面子鸳鸯戏水的湘绣靠枕"），而且她还成了别人"怀旧"的对象（老朋友来到台北的尹公馆，"谈谈老话，大家都有一腔怀古的幽情，想一会儿当年，在尹雪艳面前发发牢骚，好像尹雪艳便是上海百乐门时代永恒的象征，京沪繁华的佐证一般"）。一班曾经在上海滩风头无两如今处境落魄的上海人身在台北，集聚在尹公馆这个小型公共空间，面对着尹雪艳这个"总也不老"的上海百乐门舞厅头牌，仿佛又回到了当年繁华的上海时代。《一把青》中的朱青，虽然有南京时期和台北时期两个阶段的经历，但她的台北时期如同行尸走肉——因为她所有的精神寄托和情感世界，已经永远停留在了南京时代，对南京时代人与事的难以忘怀，使她的台北人生已经完全"空洞化"。《岁除》中的赖鸣升人生辉煌也是在大陆时期，那时的赖鸣升是个精壮军人，能喝酒，敢碰硬，割营长"靴子"、参加台儿庄大战，人生是何等威风壮烈，可是到了台北，不但年岁大了，女人跑了，连酒量也不行了，唯一能够自傲的就是过去在大陆的经历。此外，《金大班的最后一夜》中的金兆丽、《那片血一般红的杜鹃花》中的王雄、《思旧赋》中的罗伯娘和顺恩嫂、《梁父吟》中的朴公、《孤恋花》中的"总司令"、《花桥荣记》中的卢先生和"我"、《秋思》中的华夫人、《满天里亮晶晶的星星》中的教主、《游园惊梦》中的钱夫人和窦夫人、《冬夜》中的余嵚磊和吴柱国以及《国葬》中的秦义方，几乎《台北人》中的所有主人公，都在今昔对比的结构中带有回眸的姿态和"怀旧"的意味。

从某种意义上讲，《台北人》中的众多人物，一律沉湎于旧人、旧事、旧物、旧地（上海、南京、北京、桂林）；对新人、新事、新物、新地（台北）普遍感到不适应，在这种拥抱"旧"而陌生"新"的价值取向中，不难发现作者白先勇在人物身上赋予的都市观和身份认同，那就是：时间上追忆过去、空间上"再造"旧地、认同上努力适应当地。在小说中，上海、南京是繁华的现代都市，北京是"五四"发源地，桂林是难忘的故乡，而台北则是一个全新的城市。原本是"当下"的台北，在小说描述中却往往成了衬托的"背景"，而原本是"过往"的上海、南京、北京和桂林，在小说中倒成了叙述的关注对象（"前景"）。当小说在展示和描绘"台北人"身份的时候，对于尹雪艳、朱青、赖鸣升、金兆丽、王雄、罗伯娘、顺恩嫂、朴公、"总司令"、云芳、老六、教主、卢先生、钱夫人、窦夫人、余嵚磊、秦义方等人而言，它们其实既是"台北人"（肉身所在）又不是"台北人"（精神、心理和情感均寄身其他城市），这样的"台北人"，事实上是对"台北人"这一称谓/身份的有力反讽！

《台北人》中既是又非"台北人"的人物群落，构成了《台北人》"单纯的怀旧"的基本特征，无论是尹雪艳还是金兆丽，也无论是钱夫人还是华夫人；无论是赖鸣升还是秦义方，也无论是教主还是"总司令"，他们都在一种单向度的"怀旧"维度上展开自己的都市认同和身份建构——肯定、认同"以往"的上海、南京、北京和桂林，而对"当下"的台北不无忽略乃至无奈；对自己以往的上海时代、南京人生、北京历史和桂林故事津津乐道，而对自己"目前"生活的台北世界则多少有些无感乃至轻视。应当说，在骨子里，他们还是把自己视为上海人、南京人、北京人和桂林人，虽然他们"此时"在理论上都属于"台北人"。

"怀旧"原本是为了宣泄由变动（时间、空间）而造成的身份认同混乱而进行的自我调适，因此，在"怀旧"中，"时间"、"空间"与"认同"是构成其核心内容的三个维度。如果说在《台北人》中，"台北人"的"怀旧"在"时间"、"空间"与"认同"三个维度上，均采取了怀恋"过去"而无奈"当下"的姿态，那么在《纽约客》中，"怀旧"的形态已有所不同。《纽约客》里各篇小说的人物，已经不像"台北人"那样,虽然"被台北人",但毕竟还是半个"主人",可是到了纽约,这些人都只能是"客人"了——他们中的很多人从上海、南京移居到台湾,又从台湾移居到更加遥远的纽约,按理说,远离故土或许会使他们"怀旧"的心绪更加浓烈,而异国都市(纽约)给他们带来的文化冲击(Culture Shock),也可能会对他们新的身份建构构成更大的困扰。

然而事实并非如此。《纽约客》里的人物,与《台北人》中的典型的"单纯的怀旧"有着较大的差异性:虽然他们也对"过去"充满感情(或正或逆),但对于西方都市纽约,却有着某种一致性:热烈拥抱。在《谪仙怨》中,黄凤仪是这样描述她对纽约的感情的:

> 在纽约住了这几年,我深深地爱上了这个城市,我一向是喜爱大城市的,哪个大城市有纽约这样多的人,这样多的高楼大厦呢? ……淹没在这个成千万人的大城市中,我觉得得到了真正的自由:一种独来独往,无人理会的自由。……在纽约最大的好处,便是渐渐忘却了自己的身份。真的我已经觉得自己是个十足的纽约客了……现在全世界无论什么地方,除了纽约,我都未必能住得惯了。

而在《Tea for Two》中的"我",则"是在纽约,我找到了新生"。《纽约客》里的小说主人公,许多都是"边缘人",如《Danny Boy》中的云哥,《Tea for Two》中的"我",都是同性恋者,甚至是患有艾滋病的同性恋者,他们对纽约的爱恨交织,使得他们的"怀旧"显得颇为复杂:一方面,他们都来自保守的台北,如今生活在自由的纽约,比起台北的保守和拘谨,纽约庞大、宽松的生活环境为他们的安身立命(黄凤仪、吴振铎、鼎立表伯)和同性恋身份(云哥、"我")提供了掩护和自由。《Danny Boy》中的"我""是在仓皇中逃离那个城市的"("那个城市"指台北),《Tea for Two》中的"我"则"远走美国就是要逃离台北,逃离台北那个家,逃离他们替我安排的一切……是在纽约,我找到了新生,因为在

Tea for Two 里，"我遇见了安弟"；另一方面，纽约在给这些"纽约客"带来生的宽容和死的安稳、爱的自由和性的多元的同时，也给他们带来了艾滋病、抢劫和车祸。而更为复杂的是，这些"纽约客"虽然身在纽约，但对台北乃至更远的上海还是难以忘怀——《谪仙怨》中黄凤仪对花园别墅的记忆、《夜曲》中吴振铎对父亲和去了上海的吕芳的牵挂、《骨灰》中"我"对父亲的念兹在兹、《Danny Boy》中云哥对丹尼的照顾（其实是他对在台北时的学生 K 的"怀旧"）、《Tea for Two》中的大伟和东尼回上海"寻根"（那是他们生命开始的源头，回来后双双自杀）等，都显示出他们对上海、台北的难以忘怀。

不过，《纽约客》中人物对上海、台北的"怀旧"，毕竟已与《台北人》中人物对上海、南京、北京、桂林的"怀旧"有所不同。乍一看，白先勇似乎在《纽约客》中所表现的"怀旧"与《台北人》中的"怀旧"相似，好像也可归入"单纯的怀旧"（Simple Nostalgia）范畴，实则不然。如果说《台北人》中的"怀旧"，是希望在台北"复制"一个上海或南京，并在这个"复制"的世界里沉湎陶醉；那么《纽约客》中的"怀旧"，则是在"怀旧"中希冀能找到一个"新"的纽约——一个属于他们这些"边缘人"自己的纽约（如《谪仙怨》中的黄凤仪；《Danny Boy》中的云哥；《Tea for Two》中的"我"等）。置身这个包罗万象有着"大苹果"之称的纽约，这些"新""纽约客"虽然免不了要"怀旧"（难以忘记过去），但这时的"怀旧"，已不像《台北人》那样只是一味地缅怀和追忆、再造和复制，深陷/身陷"过去"而难以/不想自拔，而是成为一种既要"逃离"却又无法摆脱、既想获得新生却又无法完全走出"过去"的纠葛。即便是《谪仙怨》中深爱纽约的黄凤仪，她对上海的记忆，还是那么刻骨铭心：

> 妈妈，你还记得我们上海霞飞路那幢法国房子，花园里不也有一个葡萄藤的花棚吗？小时候我最爱爬到那个棚架上去摘葡萄了。……你看，妈妈，连我对从前的日子，尚且会迷恋，又何况你呢？

也就是说，黄凤仪既对上海难以忘怀，也对纽约深深热爱，而她对上海的"怀旧"，却并没有占据、吞噬、覆盖和遮蔽她对纽约的热爱。在《谪仙记》中，分别"代表"中美英俄"四强"的李彤、黄慧芬、雷芷苓和张嘉行虽然对上海充满怀恋和感情，但这种"怀旧"并没有妨碍她们适应并爱上了纽约。《夜曲》中的吴振铎、《骨灰》中的大伯和鼎立表伯，无论上海给他们留下了何种记忆，他们对纽约的感情和认同，已不是那个"过去"的上海所能替代——这使得他们既接纳甚至拥抱纽约，又无法摆脱上海的"笼罩"，而对上海的"怀旧"，已然成为他们纽约生活的重要部分。在《Danny Boy》中，台北固然对云哥造成了惨痛的心灵创伤，但他在纽约的生活，也正是因为有了对台北的"怀旧"而更加凸显其价值和意义——此时云哥（纽约客）对台北的"怀旧"，并非对纽约生活的排斥，而只是对自己"来历"的追思。

这种虽然纠葛于对过去上海、台北的难以忘怀（怀旧），却难以阻挡对纽约认同拥抱的复杂情感，就构成了《纽约客》中"怀旧"形态、都市认知和身份认同/身份建构的重要特质。也就是说，《纽约客》中的"纽约客"在"怀旧"的过程（呈现形态）中，在"时间"上固然时有回望，但更多注目当下；在"空间"上当然会对上海、台北刻骨铭心，但已对纽约热情拥抱；在"认同"上则对自己的"纽约人"身份完全肯定。

于是我们看到，在《Tea for Two》中，上海已不再是伤心地，而成了追忆过往的心灵寄托。小说中的大伟和东尼，他们在上海同一家医院出生，上海是他们"生命的源头"，因此他们不但在纽约保留着大量的上海家具和上海记忆，而且在他们决心一同离开这个世界的时候，最大的心愿，就是回到幼时生活过的有着美好童年记忆的上海，去重温人生的最初温暖和爱心——只要这个心愿能够满足，他们觉得死而无憾，果然，当大伟带着中风的东尼一起回了一趟上海完成了"寻根之旅"之后，他们平静地选择一同赴死。在大伟留下的遗书中，他们这样写道：

　　我和你们胖爹爹这次到上海的寻根之旅。……我们是去寻找我们两人生命开始的源头。我们真的找到了！我们两人出生的那家法国天主教医院还在那里，现在变成了一所公家医院。……

　　……

　　上海又挤，又脏，连中国饭还不如纽约的好吃，可是我们偏爱这个城市，因为这是我们两人的出生地，我们对它有一份原始的感情。我终于找到我父亲从前开的那家餐厅"卡夫卡斯"了，现在变成了一家拥挤肮脏的公共食堂。

　　……

　　你们胖爹爹对上海的记忆比我更深了，他到了上海一直在奋亢的状态中，我还担心他过度兴奋，身体吃不消，谁知他精神格外好，不肯休息。他找到了从前的老家，从前念的小学，他连去过的戏院都记得，一家一家赶着要去看。

　　从大伟和东尼对上海的"怀旧"中，我们看到了他们对上海的"偏好"和迷恋的感情，可是这种"偏好"和迷恋却没有让他们沉湎，相反，上海虽好，可是他们还是更爱纽约，因为上海"又挤"，"又脏"，"上海的公厕脏得惊人哪！我与胖爹爹两人都给臭昏了，差点晕倒在厕所里，不过，感谢上帝，我们总算活着回到了纽约"。

　　在白先勇新近发表的小说《Silent Night》中，"怀旧"也不再是对台北乃至更远的上海的回眸，而是对纽约本地过去岁月的反刍。小说中的余凡因为保罗神父的救助才得以新生，16岁以前的不堪人生，最终都在保罗神父的呵护和引导下得以释然，因此，保罗神父不但在肉身上拯救了余凡（余凡冰天雪地中高烧四十度，是保罗神父将其救护到"圣芳济收容院"），而且还在精神上使余凡得以新生，"保罗神父那温柔吟唱般的诵经声音，感动了他的心灵，让他有一种皈依的冲动。对余凡来说，四十二街那间简陋的仓库收容院，是他第一个真正的家,是他精神依托的所在"。从此,有了保罗神父的纽约不再险恶,原先余凡世界中凶神恶煞的白人警察继父的暴力,被"稚气"、"慈祥"、"温柔"、"暖意"的保罗神父消解和取代了。这时白先勇笔下的"怀旧",已经从对纽约以外地方的回忆,转为对纽约本地"过去"的牵扯,而余凡出生在纽约的事实,则更表明纽约已成为余凡(们)的家,他们本身就是"纽约人"或已成为"纽约人"。

　　与《台北人》中众多人物身在台北却心在上海、南京、桂林或北京不同,尽管《纽约客》中的人物有的是出于无奈而选择了纽约,但他们都接受/认同了纽约,并在纽约获得了"新生"。从某种意义上讲,他们在纽约对上海、台北乃至"过去"的纽约的"怀旧",不过是为他们的"新生"增添了曲折性、丰富性和复杂性,就此而言,《纽约客》中的"怀旧",可以说是一种不同于前三种层面"怀旧"的新类型:"动能的怀旧"(Dynamic Nostalgia)。所谓"动能的怀旧",是指赋予"怀旧"一种在对比基础上的促进和动力功能,在这种"怀旧"中,无论是作品中的主人公,还是作者白先勇,他们所呈现的姿态都不再是《台北人》中单纯的"今不如昔"的对比,而是以"怀旧"为契机,对"新生"进行烘托和点染(《谪仙怨》、《夜曲》、《骨灰》),甚至将"怀旧"作为"新生"的动力(《Danny Boy》、《Tea for Two》和《Silent Night》)。在这种"怀旧"中,"时间"、"空间"和"认同",都不再是为了希冀"过去"再现,而是为了促进"现在"新生。就此而言,当我们说《台北人》中的"台北人"其实是"台北客","台北人"的名称具有反讽性时,这些名为"纽约客"的上海人、台北人乃至真正的纽约人,其实已从"纽约客"变成了真正的"纽约人"——此时小说的名称《纽约客》同样具有反讽性,因为从某种意义上讲,《纽约客》中的"纽约客",或许比《台北人》中的"台北人"更具有成为"主人"的可能性——事实上他们中的许多人已经由"客"变"主",因为这些"纽约客"在"怀旧"的三个维度(时间、空间和认同)上,都已经接纳并拥抱了"当下"(时间)、"纽约"(空间)并以"纽约人"(认同)自居。①

---

　　① 参见刘俊:《从国族立场到世界主义》,白先勇《纽约客》,尔雅出版社 2007 年版,第 2—12 页。

从《台北人》到《纽约客》，我们发现白先勇通过对时间和空间的错置，借助对不同都市（上海、南京、北京、桂林、台北、纽约）的形塑，以对人的身份建构为旨归，实现了从表现"单纯的怀旧"（Simple Nostalgia）到创造"动能的怀旧"（Dynamic Nostalgia）这一转变和突破。"动能的怀旧"在白先勇小说中的出现，从根本上改变了白先勇笔下"怀旧"的特质和"怀旧"形态，意味着白先勇在他的小说创作中对"怀旧"的处理，已经从早期《台北人》中"今不如昔"式的"单纯的怀旧"，发展到中后期《纽约客》中"拥抱当下"式的"动能的怀旧"——在这个变化过程中，白先勇小说中的都市景观和作品中人物的身份认同/身份建构，也发生了相应的变化。从某种意义上讲，白先勇笔下这种怀旧、都市和身份建构的同步变化，无疑对白先勇小说创作的发展走向和总体风貌，产生了重大影响！

文本细读　整体观照

——论白先勇的《红楼梦》解读式

一、以"文本"为本位阅读/解读《红楼梦》

白先勇阅读《红楼梦》可谓年深日久,"小学五年级便开始看《红楼梦》,以至于今,床头摆的仍是这部小说"①。纵观白先勇的文学生涯,《红楼梦》可以说始终伴随着他的文学人生,并对他的创作产生过重大影响。白先勇自己承认:"影响我的文字的是我还在中学时,看了很多中国旧诗词……然后我爱看旧小说,尤其《红楼梦》,我由小时候开始看,十一岁就看红楼梦,中学又看,一直也看,这本书对我文字的影响很大……"②他不但阅读《红楼梦》,也评说《红楼梦》;不但教授《红楼梦》,也宣传《红楼梦》。在美国加州大学任教期间,白先勇长期开设《红楼梦》研究课程,2014 年开始,他又受邀在台湾大学开设《红楼梦导读》课程;2016 年和 2017 年,经他力荐的程乙本《红楼梦》在海峡两岸相继出版,而他在台湾大学开设《红楼梦导读》的课程结晶——《白先勇细说红楼梦》,也于 2016 年和 2017 年在海峡两岸分别出版。伴随着白先勇对《红楼梦》的一再言说,一股"《红楼梦》热"在海峡两岸顿然兴起。

---

① 白先勇:《蓦然回首》,《蓦然回首》,尔雅出版社 1978 年版,第 68 页。
② 同上书,第 142 页。

白先勇对《红楼梦》的解读，很早就开始了。1972 年，在《谈小说批评的标准——读唐吉松〈欧阳子的《秋叶》有感〉》一文中，他就将《红楼梦》和曹雪芹作为例子之一，引入论述。《红楼梦》精湛的对话技巧，无所不包的广袤，"伟大"、"慈悲为怀"的超越性和对传统（儒家道德）的反叛，都成为白先勇评判小说水准高低的重要标准。① 1976 年 8 月 21 日，他在香港接受胡菊人的访谈时，曾多次谈及《红楼梦》。在这篇名为《与白先勇论小说艺术》②的访谈中，白先勇基本上是以《红楼梦》为例，来谈小说艺术的主要特点，其中对《红楼梦》的涉及，集中体现在这样几个方面。

（一）主题

1. 曹雪芹伟大，很多人都讲佛道思想、时间感，影响整个中国的儒家形象，但是为什么他可以表现这些伟大的主题……贾母可以说有儒家思想的"象征"在里面。

2.《红楼梦》的主题非常大，把我们的基本哲学，儒家、佛家、道家统统表现出来……

3.《红楼梦》是"表现永恒的人生问题"。

（二）人物

1. 曹雪芹之所以伟大，他看人不是单面的，不是一度空间的……《红楼梦》里面没有十全十美的人，也没有一个十恶不赦的人。

2. 像《红楼梦》，凤姐这个人，到底是怎么样一个人，你三言两语很难讲，但曹雪芹就厉害了，他设了很多线，每条线都表现了凤姐的一面……他从来不讲

---

① 白先勇：《谈小说批评的标准——读唐吉松〈欧阳子的《秋叶》〉有感》，《蓦然回首》，尔雅出版社 1978 年版，第 35—52 页。

② 胡菊人：《与白先勇论小说艺术——胡菊人、白先勇谈话录》，白先勇《蓦然回首》，尔雅出版社 1978 年版，第 119—163 页。

凤姐是怎么样的一个人,他是从各方面表现出来,这才是戏剧化。

（三）场景

1. 像凤姐出场,多了不起……人未见,声音先来,声势凌人。

2. 整个来说,《红楼梦》里,每个人出场的先后,每个场景安排的先后,都很好的。……中秋夜宴那一场写得非常好。……他们在凸碧山庄赏月……忽然贾母感伤了,大概是觉得人生无常,月亮不能永远团圆,人不能永远团圆。……这一场很重要,因为表示了由盛而衰……我想贾母感觉到这一点。只是写贾母感觉,还不够力量,曹雪芹非常好,马上接上黛玉和湘云联诗,最后一句是"冷月葬诗魂",这样一方面讲到贾府的衰亡,第二方面暗示了黛玉的死亡……这个 mood 是非常凄凉的……人生无常,上面贾母感觉到,下面黛玉感觉到。这两场景相互辉映。若没有黛玉一场,直接写贾母的话,是不够的。若黛玉一场晚一点的话,也不对,紧接了两个,太好了。把《红楼梦》的主题也丰富了一层。所以说在小说里场景的前后安排是很重要的。

（四）"观点"（point of view）

1. 如何表现贾家的荣华富贵,那种气势凌人？从作者的观点无从表现……但是从一个乡下老太婆的观点来看就可以了。这就是观点的运用,自从刘姥姥进了大观园,便用她的观点来看大观园……我想观点的运用是小说里面最重要的特质之一。

2. （曹雪芹）他观点的改变,不露痕迹,这个了不起。……宝玉在场时,大部分用宝玉的观点,在别的场时,他觉得应该以什么人米当这一场的主角,他就转到那个人的观点去,转得非常自然。每一次转动都有它的意义在,从观点的运用看,这部书很了不起。因为这么复杂的一部书,不可能用单一观点,不能以第一人称叙述（first person narrator）,一定要用全知观点来表现,全知观点里面又有由各种人物的观点出发,而且运用了现代小说的技巧,用第三者的对话来批评某一个人物，不直接地讲。像兴儿在尤二姐家讲起凤姐、贾宝玉、林黛玉，是对他们的批评。

（五）技巧

1.《红楼梦》的技巧之所以伟大，有一点，是对话了不起，曹雪芹很少旁白，解释人物的个性、人物的意念……总是让人物自己来表现自己，用对话的方式。

2. 中秋夜宴，海棠花开，宝玉失玉，这些都是 Warning（警告），曹雪芹用了很多 Warning。……《红楼梦》写得好，绝不只因为内容丰富，而且是表达技巧非常非常高超。

3. 这部书伟大，一方面在它的象征意义非常深刻，一方面写实能力达到了高峰。

（六）文字

1. 中国文字不长于抽象的分析、阐述，却长于实际象征性的运用，应用于 symbol，应用于实际的对话，像《红楼梦》，用象征讨论佛道问题，用宝玉的通灵宝玉，用宝钗的金锁，很 concrete、很实在的文字……这是我们中国文字的优点，我们要了解。

2. 对话一定要生动，一定像生活里的人所说的……黛玉与宝玉谈禅谈玄，都是开玩笑讲出来的，全是日常生活的语言，这是它伟大的地方，那么平凡的日常生活的方式，却有那么深奥的东西。

如果说这次访谈，是白先勇借助《红楼梦》来谈小说艺术，《红楼梦》还不是他的正面话题的话，那么发表在 1986 年 1 月《联合文学》上的《贾宝玉的俗缘：蒋玉菡与花袭人——兼论〈红楼梦〉的结局意义》，则是白先勇专门论述《红楼梦》的一篇学术论文，在这篇论文中，白先勇提出了这样几个观点：

（一）虽然贾宝玉有句名言"女儿是水做的骨肉，男人是泥做的骨肉"，但

《红楼梦》中有几位男性不在此列，他们是：北静王、秦钟、柳湘莲、蒋玉菡。这"四位男性于貌则俊美秀丽，于性则脱俗不羁，而其中以蒋玉菡与贾宝玉之间的关系最是微妙复杂，其涵义可能影响到《红楼梦》结局的诠释"。

（二）在第五回《贾宝玉神游太虚境　警幻仙曲演红楼梦》中"金陵十二钗又副册"寓示袭人命运的诗句"枉自温柔和顺，空云似桂如兰。堪羡优伶有福，谁知公子无缘"中，"优伶"即指蒋玉菡，"可见第一百二十回最后蒋玉菡迎娶花袭人代贾宝玉受世俗之福的结局，作者早已埋下伏笔，而且在全书发展中，这条重要线索，作者时时在意，引申敷陈"。

（三）第二十八回《蒋玉菡情赠茜香罗　薛宝钗羞笼红麝串》中，蒋玉菡行酒令时，吟出"花气袭人知昼暖"之句，冥冥之中与花袭人结缘。此时虽然贾宝玉与蒋玉菡初次见面，却十分投缘，"两人彼此倾慕，互赠汗巾，以为表记。宝玉赠给蒋玉菡的那条松花汗巾原属袭人所有，而蒋玉菡赠的那条'血点似的大红汗巾子'，夜间宝玉却悄悄系到了袭人的身上"。"宝玉此举，在象征意义上，等于替袭人接受聘礼，将袭人终身托付给蒋玉菡"。在第一百二十回结尾时，通过两条汗巾二度相合，蒋玉菡和花袭人方彼此相知对方的身份，两人终于"成就一段好姻缘"。

（四）袭人在宝玉的生命中极具分量，且与宝玉有肌肤之亲；而蒋玉菡与宝玉的关系也非同一般——不仅两人名字中都有个"玉"字（《红楼梦》中凡名字中有"玉"者，都具重要意义），而且两人还有一段同性俗缘，宝玉为此还大受笞挞。后来宝玉出家，"佛身"升天，但"俗身"附在了蒋玉菡身上，由蒋玉菡"最后替他完成俗愿，迎娶袭人"——"蒋玉菡当为宝玉'千百亿化身'之一"。

（五）《红楼梦》中常用"戏中戏"的手法来点题，九十三回蒋玉菡扮演《占花魁》中的秦小官，秦小官原名秦钟（与"情种"谐音），而秦小官对花魁（美娘）的怜香惜玉，又寓示了蒋玉菡将来对花袭人的一种柔情——这也是宝玉希冀的心愿。《红楼梦》中除了宝玉—黛玉—宝钗的三角关系之外，还有宝玉—蒋玉菡—袭人的另一种三角关系。前一个三角关系中，宝黛是"仙缘"，宝钗是责任，均无真正的世俗之爱，而在后一种三角关系中，宝玉与蒋玉菡、袭人，均有过世俗肉身之爱，因此，宝玉与这两人俗缘最深。当宝玉出家，尘缘已了之际，他以功名报答父母，以儿子完成家族使命，却以蒋玉菡替代自己娶袭人，完成自己的俗缘。

（六）《红楼梦》第一百二十回结尾，不但以甄士隐和贾雨村这两个寓言式人物首尾呼应，而且"宝玉出家，佛身升天，蒋玉菡、花袭人结为连理，宝玉俗缘最后了结——此二者在《红楼梦》的结局占同样的重要地位，二者相辅相成，可能更近乎中国人的人生哲学，佛家与儒家，出世与入世并存不悖。……如果仅看到宝玉削发出家，则只看到《红楼梦》的一半……作者借着蒋玉菡与花袭人完满结合，完成画龙点睛的一笔，这属于世俗的一半，是会永远存在的"。在宝玉自己出家这一半，符合佛家小乘佛法；而他成就蒋玉菡和花袭人的姻缘，则与大乘佛法的人间性相一致。

通过以上对白先勇接受访谈时的言说以及他自己论文中观点的大量引述，我们不难发现：（1）白先勇对《红楼梦》的熟悉程度并不亚于专门研究《红楼梦》的红学家，只不过他对《红楼梦》的关注，不以《红楼梦》的版本考证为志业，也不以曹雪芹的身世索隐为追求，而是将《红楼梦》视为一个文学文本，从文学作品的角度，对作品进行"文学"阐释；（2）《红楼梦》（曹雪芹）在白先勇的心目中，代表了文学的最高成就，是评判文学水准高下的标杆和尺码；（3）在对《红楼梦》的"文学"细读中，白先勇带领我们充分认识到了曹雪芹的博大精深，感受到了《红楼梦》的深刻细腻，挖掘出了《红楼梦》的高妙精致，展示出了《红楼梦》的理路意趣——白先勇对《红楼梦》的理解，紧扣《红楼梦》的文学/文本世界，文学/文本世界之外的《红楼梦》版本沿革和作者曹雪芹的身世经历，虽然是白先勇理解《红楼梦》的重要参考，但没有成为白先勇研析《红楼梦》的主要方向和重点；（4）白先勇在对《红楼梦》研析的过程中，会遇到哪个版本最符合文学情境和美学风格的问题，此时白先勇也会对《红楼梦》的版本有所言说，但那是他在长期细读《红楼梦》的基础上，凭着自己深厚的文学修养所形成的文学敏感，以及自己创作实践的切身体会，在版本比较的基础上所做出的"文学"判断。

在白先勇第一次接触到《红楼梦》近七十年之后，在白先勇香港接受访谈四十年之后，在白先勇美国加州大学讲授《红楼梦》四十年之后，在白先勇发表《红楼梦》研究论文三十年之后，在白先勇台湾大学讲授《红楼梦》两年之后，他将在台湾大学开设《红楼梦》课程的讲义整理成《白先勇细说红楼梦》一书公开出版。《白先勇细说红楼梦》看上去是《〈红楼梦〉导读》这门课程的讲义结集，但实际上，它是白先勇几十年熟读、精研《红楼梦》之后，运用新批评理论，结合自己的创作实践，对之加以精心研析的成果结晶，并完整、全面地体现了白先勇对《红楼梦》的认知形态和解读理路。

四十年前，白先勇在接受胡菊人访谈时，尽管他在言谈中对《红楼梦》的相关评说，已经可以大致看出后来的《白先勇细说红楼梦》的雏形，但毕竟在当时"还没有一本专书，讨论红楼梦的技巧……还没有一本专书说为什么红楼梦写得那么好，譬如从观点、象征、文字、对比这一类的文学技巧来研究红楼梦"[1]，对此白先勇在言语之中颇感遗憾；四十年后，白先勇将自己"文学"研读《红楼梦》的毕生体会，以系统性、"集大成"的方式结晶为《白先勇细说红楼梦》一书，用实际行动消除了当年的这一缺憾。

二、化用"新批评"理论展开文本细读

白先勇虽然在大学念的是外文系，出国留学后又在美国学习创意写作，但他对中国古典文学的热爱从未间断，即便是在台湾大学外文系念书期间，他也常去旁听中文系的古典文学课程。[2] 既专业学习外国文学又不忘怀中国古典

---

① 《与白先勇论小说艺术——胡菊人、白先勇谈话录》，《蓦然回首》，尔雅出版社1978年版，第149页。

② 参见白先勇：《蓦然回首》，《蓦然回首》，尔雅出版社1978年版，65—78页。

文学,这种兼容古今中外的文学理念自觉和文学教育追求,使得白先勇既有着深厚的中国古典文学素养和根基,又兼具西方文学观念及理论的知识和视野——两者的结合使白先勇能用西方的文学观念和理论,来观照和分析中国古典文学。在白先勇对西方理论的接受中,"新批评"无疑是对他产生重大影响的一种文学理论,这不仅因为对他影响至巨的大学老师夏济安(及其弟弟夏志清)非常熟悉"新批评"理论,而且还与他在美国爱荷华大学留学期间,修过与"新批评"理论相关的课程①有关。事实上在白先勇的一些评论文章和他自己的创作谈中,不难发现"新批评"理论对他的深刻影响。在白先勇对《红楼梦》的解读/细读中,"新批评"理论的分析特点也十分明显。

"新批评"(New Criticism)是对二十世纪二三十年代一批英美文学理论家/评论家所形成的文学理论/批评特征的概括和总称,这些文学理论家/评论家以英国的艾略特(T. S. Eliot)、理查兹(I. A. Richards)、燕卜荪(William Empson)、利维斯(F. R. Leavis)和美国的兰色姆(J. C. Ransom)、泰特(Allen Tate)、布鲁克斯(Cleanth Brooks)、沃伦(Robert Penn Warren)、维姆萨特(W. K. Wimsatt)、韦勒克(René Wellek)等为代表,虽然这些被看作"新批评"代表人物的文学理论家/评论家最终并没有形成一个统一的理论流派,但在他们的文学理论追求和文学批评实践中,注重对文学文本主体/本体的形式强调,认为文学的本体即作品等方面,是颇为一致的。

"新批评"的名称源自兰色姆的一部文学理论著作《新批评》。所谓"新批评",是相对于在此之前文学批评中的社会批评、历史批评、伦理道德批评以及作家传记研究——这种文学批评/研究方法致力于探讨文学与社会、历史、伦理道德等"外部"关联及作家与作品的关系,而对文学作品/文本自身重视不够。"'新批评'视文学作品为独立的客体,注重作品的内部研究"②,将文学批

---

① 刘俊:《情与美——白先勇传》,花城出版社2009年版,第26页。
② 王腊宝、张哲:"译序",[美]约翰·克罗·兰色姆《新批评》,王腊宝、张哲译,凤凰出版传媒集团江苏教育出版社2006年版,第3页。

评/文学研究从着重文学的"外部"关联转为对作品/文本的"内部"聚焦,倡导一种"文本阐释"(explication of the text)的文学批评/文学研究风气。其"最大贡献就是提供了一种'文本细读'(close reading)的方法"①。对文学作品/文本自身"内部"的重视,决定了"新批评"理论家/评论家们把文学作品/文本自身视为文学活动的本质与目的,强调文学作品/文本自身应成为文学研究的核心。在他们看来,"文学研究的合情合理的出发点是解释和分析作品本身"②,而在突出文学作品/文本自身的本体性同时,他们还特别看重文学作品/文本自身的整体性和统一性。"布鲁克斯明言'新批评'的信条之一是:'文学批评主要关注的是整体,即文学作品是否成功地形成了一个和谐的整体,组成这个整体的各个部分又具有怎样的相互关系。'"③

"新批评"除了在认识论上强调文学作品/文本自身的本体性、整体性和统一性,在方法论上注重"文本阐释"和"文本细读",还在认识文学作品/文本自身"内部"的具体操作上,提出了许多独特新颖的概念和见解,如"文学语言"与"科学语言"的区别(理查兹)、"张力"的发现(泰特)、"反讽"的强调(布鲁克斯)等,这些概念/见解,对深入"细读"/分析文学作品/文本自身,具有非常强的实用性和可操作性。

从以上对"新批评"理论的简略介绍中,不难发现白先勇在他几十年的《红楼梦》阅读/研读道路上,"新批评"对他的影响痕迹十分明显:首先,他对《红楼梦》世界的进入,不在《红楼梦》的"外部"世界(版本考据、作者索隐)盘旋,而是明心见性,直指《红楼梦》的文学世界"内部",将《红楼梦》作为一部文学作品/文本对之进行"文学"认识和美学考察;其次,他对《红楼梦》的理解和感悟,是通过文本细读/文本阐释,将其作为一个有机整体进行全面把握;第三,他在具

---

　　① 李欧梵:"总序(一)",[美]约翰·克罗·兰色姆《新批评》,王腊宝、张哲译,凤凰出版传媒集团江苏教育出版社 2006 年版,第 5 页。
　　② [美]韦勒克、沃伦:《文学理论》,生活·读书·新知三联书店 1984 年版,第 145 页。
　　③ 王腊宝、张哲:"译序",[美]约翰·克罗·兰色姆《新批评》,王腊宝、张哲译,凤凰出版传媒集团江苏教育出版社 2006 年版,第 13 页。

体精研细读《红楼梦》的过程中，依凭"新批评"的理论视野，并结合自身的创作经验，从语言层（文学语言的语调、语气、语态），修辞层（明喻、暗喻、借喻、象征），元素层（张力、反讽），结构层（整体性、统一性）等不同方面，对《红楼梦》展开"细说"。

需要特别指出的是，在《白先勇细说红楼梦》中白先勇虽然以"新批评"为主要理论指导展开对《红楼梦》的细读，但他对"新批评"理论的运用并不是刻板的、僵化的、教条主义式的，而是对"新批评"进行了"化用"——并没有像"新批评"那样一味关注文学的"内部"，而是在注重文学"内部"的同时也不忽略与文学相关的"外部"世界（社会、历史、道德、伦理、作家生平等）。此外，白先勇在细读《红楼梦》时，其理论资源也不只限于"新批评"一家，卢伯克（Percy Lubbock）的叙事"观点"（point of view）理论、"绘画手法"和"戏剧手法"理论，福斯特（E.M.Forster）的"扁平人物"和"圆形人物"理论等，都是白先勇精研细读《红楼梦》的重要理论来源。因此，准确地说，白先勇在"细读"《红楼梦》的时候，他对"新批评"理论的运用，是在"新批评"理论基础上，融合了社会批评、历史批评、伦理道德批评、心理分析批评、作家传记研究以及卢伯克、福斯特等人的文学理论之后的一种"化用"。

由于《白先勇细说红楼梦》是对《红楼梦》原著条分缕析的逐章细读，创见纷呈，亮点毕现，因此在本文中，对于《白先勇细说红楼梦》的精彩之处，难以一一指陈，无法面面俱到，而只能举其要者，加以叙说，由管窥豹，略见真章。

从总体上看，《白先勇细说红楼梦》对于《红楼梦》研究的最大贡献，主要体现在如下几个方面。

（一）"文本化"、"文学化"和"艺术性"的看取角度和研究立场

这一点前面已经提及，从白先勇"读《红楼梦》"、"讲《红楼梦》"、"研究《红楼梦》"的历史来看，他自始至终都是聚焦《红楼梦》的作品/文本，深入《红楼梦》的"内部"，以对《红楼梦》的文本解读为旨归。在有关《红楼梦》的众多研究

成果中,将《红楼梦》当作"天下第一书",化用"新批评"理论对《红楼梦》进行艺术维度的细读和阐释,《白先勇细说红楼梦》堪称首创。白先勇的阅读视野横跨中外,贯穿古今,人类创造的文学经典,白先勇所阅多矣! 以丰厚的经典阅读为前提,而将《红楼梦》视为"天下第一书",可见《红楼梦》在白先勇心目中的地位是何等"显赫",而这一"显赫"地位的获得,并不是因为《红楼梦》版本的多样和作者身世的复杂,而是因为《红楼梦》文学成就的巨大和艺术水准的精湛。因此,白先勇看取《红楼梦》的角度和研究《红楼梦》的立场,是"文本化"的,"文学化"的,"艺术性"的。白先勇自己坦言"我在台大开设《红楼梦》导读课程"的目的,就是要"正本清源,把这部文学经典完全当做小说来导读,侧重解析《红楼梦》的小说艺术:神话架构、人物塑造、文字风格、叙事手法、观点运用、对话技巧、象征隐喻、平行对比、千里伏笔,检视《红楼梦》的作者曹雪芹如何将各种构成小说的元素发挥到极致"①。在白先勇看来,"曹雪芹是不世出的天才",他虽然成长在十八世纪的乾隆时代,但他在"继承了中国文学诗词歌赋、小说戏剧的大传统"的同时,能"推陈出新"②,以至于十九、二十世纪西方现代小说技巧的各种新形式(如叙事观点的运用,写实与神话/象征的叠合,扁平人物和圆形人物的设计,场景作用的自觉等),"在《红楼梦》中其实大都具体而微"③——曹雪芹以他的文学天赋,在《红楼梦》创作中所体现出的各种手法,已经不自觉地暗合了后来的西方现代小说技巧,使得"《红楼梦》在小说艺术的成就上,远远超过它的时代,而且是永恒的"④。

由于白先勇几十年一贯地从"文学"角度深入《红楼梦》的艺术世界,因此对于《红楼梦》在文学表现和艺术创新上"内在"地具有的超凡性、超前性和永恒性,白先勇能够深刻体察、鞭辟入里并全面开掘、完整阐释,能够将《红楼梦》

① 白先勇:《白先勇细说红楼梦》(上),广西师范大学出版社2017年版,第6页。
② 同上。
③ 同上书,第7页。
④ 同上。

在艺术上的独特性、丰富性和创造性予以充分展现和彻底释放，从而从文学艺术的角度，帮助人们更加深刻、全面、完整、细致地认识到《红楼梦》的"第一"性、超前性、伟大性和永恒性。

（二）"形而上"与"形而下"相结合的分析理路

在《白先勇细说红楼梦》中，白先勇对《红楼梦》的分析理路具有"形而上"与"形而下"相结合的特点。所谓"形而上"，是指白先勇对于《红楼梦》中的哲学意涵、神话结构和象征手法，有着独到的认识和深刻的理解；所谓"形而下"，则是指白先勇对于《红楼梦》中的生活细节、人物心理和写实手法，有着细腻的发现和精准的剖析，而他将这两个方面有机结合起来分析《红楼梦》的深湛和高妙，就成了《白先勇细说红楼梦》中的一大特点。在对《红楼梦》第一回的分析中，白先勇开宗明义地指出曹雪芹首先"架构了一个神话，由超现实引领，进入写实"，并认为"这本书最大的特点之一，或说它的奇妙之处，就是神话与人间、形而上与形而下，可以来来去去，来去自如……好像太虚幻境、警幻仙姑、茫茫大士、渺渺真人……真有这么回事，然后一降回到人间，贾母、王熙凤、宝玉、黛玉……也觉得是真有其人"①。《红楼梦》本身具备的"形而上"（哲学、神话、象征）和"形而下"（社会学、人间、写实）之两重性，为白先勇从这两个方面去发现《红楼梦》的神妙并对之进行细读提供了"文本"基础，而白先勇能从"形而上"与"形而下"两结合的理路去分析《红楼梦》，也说明白先勇是曹雪芹真正的知音，是《红楼梦》真正的解人。在《白先勇细说红楼梦》中，白先勇既对《红楼梦》中的"形而上"抽象进行了细致分析，也对小说中的"形而下"具象展开了深入剖析，从而在"形而上"与"形而下"的两结合中，以与《红楼梦》文本契合的对应方式，进行了独到的阐释。

如在分析第五回的时候，白先勇明确提出"第五回是全书极重要的神话架

---

① 白先勇：《白先勇细说红楼梦》（上），广西师范大学出版社 2017 年版，第 39 页。

构"①,在这一回中,"真与幻,人与仙"——"形而上"的哲学沉思与"形而下"的人生百相,借着"宝玉神游"联结了起来。在细读/解读的过程中,白先勇既指出小说中的"形而上"内容(太虚幻境中的种种场景、人物和金陵十二钗正册、副册、又副册)其实是"形而下"内容(宝玉未来的现实人生)的一种"预言"和"警示",又指出"形而下"内容(秦氏卧房及其中的华美陈设)其实是"形而上"内容(宝玉"情"的觉醒和人生感悟)的一种"诱导"和"启迪"。这样的"两结合"分析——包括指出很多人物(如宝玉、黛玉、北静王、贾雨村、甄士隐、秦钟、秦可卿等)既是象征人物,"同时也是实在的人物"②——不但与《红楼梦》作品本身相"匹配",而且也体现出白先勇在"细读"《红楼梦》时,抽象与具象、哲理与人生、象征与写实——一言以蔽之,也即"形而上"与"形而下"——合二为一的一种分析/解读特色。

(三) 从"人物"到"语言"的精准"细读"

《白先勇细说红楼梦》所体现出的对"新批评"理论的化用,除了"观念"上重视"文本"之外,最丰富、最具体的表现,就是在"细读"《红楼梦》时,在人物塑造、文字风格、叙事手法、观点运用、对话技巧、平行/伏笔手法等方面的细致分析和详细解读。在人物塑造方面,白先勇除了指出《红楼梦》在塑造人物时,不但"摆脱了说书的传统,在整本书里面看不见曹雪芹这个人"③,而且"写一个人,没有绝对的好或绝对的坏"④,写出的人物"一个个都非常个性化(individualized)"⑤,还特别指出《红楼梦》写人物,用各种的侧面来描写"⑥,如写凤姐第一次从林黛玉的眼中看,第二次从刘姥姥的眼中看,第三次从兴儿的

---

① 白先勇:《白先勇细说红楼梦》(上),广西师范大学出版社 2017 年版,第 73 页。
② 同上书,第 132 页。
③ 同上书,第 49 页。
④ 同上书,第 50 页。
⑤ 同上书,第 94 页。
⑥ 同上。

眼中看(嘴中说)……"就这么一个人,从各种角度写,正面写,反面写"①。此外,白先勇一再强调《红楼梦》中非常重要的一点,就是它在"设计人物、描写人物"时,"不是单面的,它有一种镜像(mirror image),就是说一个人物,他另有好几个,方方面面来补强他。一个林黛玉,有晴雯,有龄官,还有柳五儿,好几个女孩子,跟黛玉的命运相似,个性也相同,但又不完全一样……宝钗也有镜像,袭人是一个,探春也是这一类型"②。能把《红楼梦》中塑造人物的精妙之处,如此深切地探究挖掘出来,白先勇显然得益于对"新批评"理论的熟稔和对作品人物关系的理解——"新批评"的"细读"方法,帮助白先勇发现了曹雪芹在《红楼梦》中一方面以不同的角度多方面描写人物,另一方面则以一个"中心"人物为核心,围绕着这个"中心"人物以"群"(类/系列)的方式,另外塑造数个人物,以达到映衬、对比、补充、丰富这个中心人物的目的,并形成以这个"中心"人物的气质、特点为代表而又各不相同的人物群像。这样的人物塑造法,在世界小说发展史上,应当说都是一个创举。而曹雪芹在塑造人物时的这番良苦用心,也在两百多年后的一位文学同道那里,得到了"共鸣",遇到了真正的解人和"知音"。

除了在人物塑造上匠心独运,别具新意,曹雪芹在小说创作的其他所有方面,也可称得上心思缜密,精心设计。由于曹雪芹的艺术用心深藏不露,将种种深湛的艺术手法如盐入水与作品融为一体,因此一般读者在阅读《红楼梦》时往往习焉不察,白先勇在细读《红楼梦》时,对种种艺术手法条分缕析、抽丝剥茧,将这些"精妙"之处一一展现。

比如在小说语言和对话方面,白先勇就有很多精彩的分析。第十八回元妃省亲在与贾母、王夫人见面时,有"当日既送我到那不得见人的去处"之语。白先勇在分析这句话时,既指出其背后蕴藏着无尽的辛酸和凄凉——"皇妃的

---

①   白先勇:《白先勇细说红楼梦》(上),广西师范大学出版社2017年版,第94页。
②   同上书,第156页。另参见该书第78页。

生活岂是好过?"①,同时也赞赏"一句话就把她变成一个人,真的人,不仅是皇帝的妃子,也是贾家的女儿","她也非常有人性,有她自己满腹的心事,有她自己说不出的苦处"。② 曹雪芹在《红楼梦》中一句普通的家常对话,经过白先勇这么一分析,其丰富的含义和巨大的张力,一下子呈现在读者眼前。

再比如在观点/视角(point of view)运用方面,白先勇也对《红楼梦》的匠心独运深有会心。对于大观园的繁华、奢华、尊荣和尊贵,曹雪芹在《红楼梦》中通过贾政(客观)/宝玉(主观)、元妃(主、客观兼具)等不同的视角表现过,可是大观园在刘姥姥眼里,则是从完全不同的观点/视角展开的一个世界。对此,白先勇充分体悟到曹雪芹的神思妙用:"刘姥姥进了潇湘馆,进了蘅芜院,她的感受,让我们刷新(refresh)一次认识,重新对大观园有一番新的印象。这就是曹雪芹厉害的地方,他前面很久没有讲到大观园了,已经知道的他不讲了,新发生的,等刘姥姥来的时候,又给它一个近镜头(close up),夸大地来看大观园。"③"由于刘姥姥进来,用不同的眼光再扫一遍以后……我们等于跟在刘姥姥后面进去看大观园。"对于"曹雪芹三番四次用各种角度描写"大观园,白先勇认为"这很重要的。如果换一个作家,可能他忍不住,抢先把那么不得了的一个园子,主观地写了一大堆,那样的写法,也许反而让我们脑子里糊涂一片,也失去身历其境的乐趣"④。

至于白先勇对《红楼梦》中平行/伏笔手法的剖析,早年《贾宝玉的俗缘:蒋玉菡与花袭人——兼论〈红楼梦〉的结局意义》一文,就已是这方面的精辟之作,到了《白先勇细说红楼梦》中,白先勇对曹雪芹运用"草蛇灰线,伏脉千里"手法的分析,更加全面、充分、细致。由于前文已举白先勇的文章为例,这里就不再赘述了。

----

① 白先勇:《白先勇细说红楼梦》(上),广西师范大学出版社2017年版,第146页。
② 同上。
③ 同上书,第303页。
④ 同上书,第304页。

三、版本互校与整体观照

（一）"程乙本"与"庚辰本"相比照的版本互校

"版本学"是《红楼梦》研究中非常重要的一个方面，作者、版本、文本是支撑"红学"的三大主干，从蔡元培、王国维、胡适、俞平伯，到林语堂、周汝昌、冯其庸、张爱玲，无论是"旧红学"还是"新红学"，对于《红楼梦》的研究，基本上都是围绕这三大主干展开。前面说过，白先勇虽然不以"《红楼梦》研究专家"名世，但他对《红楼梦》的熟悉程度，并不亚于许多红学家，因此，他以《红楼梦》的文本为对象，以一个著名作家的阅读感受和创作体验为支撑，以化用后的"新批评"理论为指导，展开对《红楼梦》的讲解、细读和研究，同时也在《红楼梦》的版本认知上，形成了他的独特判断。

在《白先勇细说红楼梦》中，白先勇结合教学的需要，对在当代读者中最具广泛影响力的两个《红楼梦》版本——"程乙本"和"庚辰本"——进行了比照，通过版本互校，白先勇发现"庚辰本"在许多地方存在着人物语言与身份不符、人物性格前后矛盾，甚至人物行为的因果关系产生了颠倒等问题，而"程乙本"则基本上不存在这些问题。因此白先勇对待这两个版本的基本态度是："庚辰本做为研究本，至为珍贵，但做为普及本则有不少大大小小的问题"①，而"《红楼梦》是中国最伟大的小说，当然应当由一个最佳版本印行广为流传。曾经流传九十年，影响好几代读者的程乙本，实在不应该任由其被边缘化"②——在白先勇看来，"庚辰本"自有其研究价值，而"程乙本"作为大众阅读的文学文本，则更符合文学经典的特征和要求，更应作为文学经典文本得到普及和流传。

---

① 白先勇：《抢救尤三姐的贞操——〈红楼梦〉程乙本与庚辰本之比较》，连载于台湾《联合报》的《联合副刊》2018 年 1 月 2 号、3 号和 4 号。
② 同上。

　　为何同样一部《红楼梦》,却在"庚辰本"和"程乙本"中出现这样的分野?在《白先勇细说红楼梦》中,白先勇有这样的介绍:

　　　　《红楼梦》的版本问题极其复杂,是门大学问。要之,在众多版本中,可分两大类:即带有脂砚斋、畸笏叟等人评语的手抄本,止于前八十回,简称脂本;另一大类,一百二十回全本,最先由程伟元与高鹗整理出来印刻成书,世称程高本,第一版成于乾隆五十六年(一七九一),即程甲本,翌年(一七九二)又改版重印程乙本。程甲本一问世,几十年间广为流传,直至一九二七年,胡适用新式标点标注、由上海亚东图书馆印行的程乙本出版,才取代程甲本,获得《红楼梦》"标准版"的地位。①

　　然而,起步于上世纪七十年代、完成于1982年的新版"庚辰本"(这一新版"庚辰本"与传统八十回版的"庚辰本"不同,它也是一百二十回本,前八十回以"庚辰本"为底本,后四十回则截取自程高本),却挟体制之力,以"横扫千军"之势,取代了此前"程乙本"的"标准版"地位,并使"程乙本"逐渐有消弭于无形的危机。如果这个新版(1982年版)"庚辰本"确实优于"程乙本",那么以优汰劣,理所应当! 问题在于,白先勇经过对两个版本的仔细比照互校,发现这个新版"庚辰本""隐藏了不少问题,有几处还相当严重"②,因此他从"小说艺术、美学观点"的角度,在《白先勇细说红楼梦》中"比较两个版本的得失"③,一一指出"庚辰本"的缺失和不足,为事实上已经基本消失的"程乙本""正名","平反","鼓与呼"。

　　白先勇通过比照互校,发现了1982年版"庚辰本"中的不当/错误之处有190处之多,这里举几个最为突出、典型的例子:

---

①　白先勇:《白先勇细说红楼梦》(上),广西师范大学出版社2017年版,第9—10页。
②　同上书,第10页。
③　同上。

　　1. "庚辰本"第六十五回《贾二舍偷娶尤二姨　尤三姐思嫁柳二郎》中的尤三姐形象前后矛盾，不合逻辑。这一回按照"庚辰本"的描写，尤三姐前面是这样的："贾珍便和三姐挨肩擦脸，百般轻薄起来。小丫头子们看不过，也都躲了出去，凭他两个自在取乐，不知作些什么勾当"，"这尤三姐……本是一双秋水眼，再吃了酒，又添了饧涩淫浪，不独将他二姊压倒，据珍琏评去，所见过的上下贵贱若干女子，皆未有此绰约风流者。……他那淫态风情，反将二人禁住。……竟真是他嫖了男人，并非男人淫了他"，"谁知这尤三姐天生脾气不堪，仗着自己风流标致，偏要打扮得出色，另式作出许多万人不及的淫情浪态来"。这样一个不知自重、放浪形骸的尤三姐，到了后面却以自尽的方式来维护自己的清白和尊严："那尤三姐在房明明听见（柳湘莲有退婚之意，来向贾琏索要定礼'鸳鸯剑'——引者注）。好不容易等了他来，今忽见反悔，便知他在贾府中听了甚么话来，把自己当作淫奔无耻之流，不屑为妻"，于是她走出来一面对柳湘莲说"还你的定礼"，"一面泪如雨下，左手将剑并鞘送给湘莲，右手回肘，只往颈上一横"。

　　对于尤三姐的这种前后变化，白先勇认为前面的描写"庚辰本犯了一个很糟糕的错误……把尤三姐写得那么低俗……把尤三姐完全破坏掉了。第一，尤三姐绝对不可能跟贾珍先有染，有染以后，她后来怎么硬得起来，她怎么敢臭骂贾珍、贾琏他们两个人？自己已经先失足了，有什么立场再骂？"因此"如果它是这样写，下面根本写不下去了"[1]，而且按照"庚辰本"的描写，如果尤三姐真的是"淫情浪态"在先，那么后面柳湘莲的判断就没有错，尤三姐也就没什么好冤屈的，她刚烈地自刎也就显得非常矛盾和突兀，在人物性格的逻辑上也明显不合。比较起来，"程乙本"对尤三姐形象、性格的描写与刻画就合情合理得多，也更加符合尤三姐这个人物自身的性格发展逻辑。限于篇幅，这里就不引用白先勇对"程乙本"的分析、举例了。[2]

---

①　白先勇：《白先勇细说红楼梦》（下），广西师范大学出版社 2017 年版，第 526 页。
②　参见白先勇：《白先勇细说红楼梦》（下），广西师范大学出版社 2017 年版，第 525—536 页。

2.“庚辰本”第七十四回《惑奸谗抄检大观园 矢孤介杜绝宁国府》（“程乙本”回目为《惑奸谗抄检大观园 避嫌隙杜绝宁国府》）在绣春囊事件上，“出了离谱的错”①。这回在迎春的大丫头司棋那里，抄检出一双男子的锦袜并一双缎鞋，一个同心如意并一个字帖儿，“庚辰本”中的（潘又安）字帖儿上这般写道：“再所赐香袋二个，今已查收外，特寄香珠一串，略表我心”——白先勇指出“这错得离谱，完全倒过来了”②，也就是说，“绣春囊本是潘又安赠给司棋的定情物，庚辰本的字帖写反了，写成是司棋赠给潘又安的，而且变成两个”③。而在“程乙本”中，则写成“再所赐香珠二串，今已查收。外特寄香袋一个，略表我心”。两相比较，很显然“程乙本”是正确的。

3. 在人物的语言与身份关系上，“庚辰本”也有诸多人物语言与其身份、情境不相符合之处，而同一处的“程乙本”表达，则显得要贴切、高明许多。此类例子甚多，难以一一列举，试举两例：“庚辰本”第三回《贾雨村夤缘复旧职 林黛玉抛父进京都》（“程乙本”回目为《托内兄如海荐西宾 接外孙贾母惜孤女》）贾母在向林黛玉介绍王熙凤的时候，写作“你不认得他，他是我们这里有名的一个泼皮破落户儿，南省俗谓作‘辣子’”，而“程乙本”则写成“你不认得他，他是我们这里有名的泼辣货，南京所谓‘辣子’”——两相比较，白先勇认为“庚辰本‘泼皮破落户’我觉得不妥”；而“‘南省’何所指？ 查不出来”，“程乙本把‘南省’作‘南京’，南京有道理，贾府在南京”④；再如“庚辰本”第六十八回《苦尤娘赚入大观园 酸凤姐大闹宁国府》中，凤姐见到尤二姐，讲了很多话，并称尤二姐为“姐姐”而自称“奴家”——白先勇指出“凤姐不可能称尤二姐为‘姐姐’，她只能叫她‘妹妹’，而且她对尤二姐绝对不会自称‘奴家’，以王凤姐的地位，王凤姐的威，怎么可能用这种自谦自卑的语气，而且是在情敌面前”⑤——而在

---

① 白先勇：《白先勇细说红楼梦》（下），广西师范大学出版社 2017 年版，第 636 页。
② 同上书，第 638 页。
③ 白先勇：《白先勇细说红楼梦》（上），广西师范大学出版社 2017 年版，第 15 页。
④ 同上书，第 64 页。
⑤ 白先勇：《白先勇细说红楼梦》（下），广西师范大学出版社 2017 年版，第 559 页。

"程乙本"中王熙凤则称尤二姐为"妹妹"，也没有"奴家"的自称。"庚辰本"里这种人物言语、身份不搭调的现象，在"程乙本"的同样地方则完全消失，而代之以合理、妥帖且熨帖的表达。对此《白先勇细说红楼梦》中举例甚多，这里就不再引证了。

通过对"庚辰本"和"程乙本"的版本比照和互校，白先勇以一个个具体的例证，证明了"程乙本"作为文学文本，比"庚辰本"更加成熟也更具经典意味！

（二）从"文本"自身的呈现形态和逻辑发展实现整体观照

由于《红楼梦》的版本有八十回本的"脂本"系统（共有十二种）和一百二十回本的"程高本"（有"程甲本"和"程乙本"两种）系统，而八十回本出现得早，一百二十回本出现得晚，因此后四十回的作者问题，以及后四十回与前八十回之间是一种什么样的关系问题，也就成为红学研究中的又一重大"论题"和焦点，也是导致红学界/不同红学家之间产生分歧的重要原因。

"程高本"系统的"生产者"程伟元在《程甲本·序》以及和高鹗共同署名的《程乙本·引言》中，对《红楼梦》后四十回的由来进行了说明："自藏书家甚至故纸堆中，无不留心，数年以来，仅积有廿余卷。一日偶于鼓担上得十余卷，遂重价购之，欣然翻阅，见其前后起伏，尚属接榫，然漶漫不可收拾。乃同友人细加厘剔，截长补短，抄成全部，复为镌板，以公同好。《石头记》全书始至是告成矣"[①]；"书中后四十回，系就历年所得，集腋成裘，更无他本可考。惟按其前后关照者，略为修辑，使其有应接而无矛盾。至其原文，未敢臆改，俟再得善本，更为厘定。且不欲尽掩其本来面目也"[②]。

从程伟元和高鹗的自述中，《红楼梦》后四十回的"来历"，已交代清楚：为历年搜集所得。只因张问陶的一个"诗注"[《赠高兰墅（鹗）同年》注："《红楼梦》八十回以后，俱兰墅所补"]，胡适认定《红楼梦》后四十回为高鹗所续补，且

---

① 曹雪芹：《红楼梦》（程乙本校注本，上），广西师范大学出版社 2017 年版，第 19 页。
② 同上书，第 23 页。

艺术成就大不如前四十回——胡适的这一观点对后续的红学家/《红楼梦》研究者如俞平伯、周汝昌、张爱玲等,都产生了重要影响。然而,早在二十世纪二三十年代,就有容庚、宋孔显等人提出不同的看法,认为:"百二十回本是曹氏的原本,后四十回不是高鹗补作的"①、"《红楼梦》一百二十回均曹雪芹作"②。红学后来者周策纵、高阳、王佩璋、舒芜、吴组缃、冯其庸、胡文彬、蔡义江、赵冈、吴新雷、宁宗一、郑铁生等人,也都对高鹗续补之说有所质疑,其中一些学者还不同程度地倾向于认为后四十回很可能就是曹雪芹的原作——只是没有铁证罢了。

　　白先勇明确主张《红楼梦》后四十回来自曹雪芹的原稿,整个《红楼梦》一百二十回是个有机整体。只不过他的论证方式与其他红学家有所不同:他主要是从一个作家的创作感受/体验,以及通过对《红楼梦》的文本分析/细读,两者融合后得出这一结论。在白先勇看来,"世界上的经典小说似乎还找不出一部是由两位或两位以上的作者合著的。因为如果两位作家才华一样高,一定两个人各有自己的风格,彼此不服,无法融洽,如果两人的才华一高一低,才低的那一位亦无法模仿才高那位的风格,还是无法融成一体";而且,"《红楼梦》前八十回已经撒下天罗地网,千头万绪,换一个作者,如何把那些长长短短的线索一一接榫,前后贯彻,人物语调一致,就是一个难上加难不易克服的问题。《红楼梦》第五回,把书中主要人物的命运结局,以及贾府的兴衰早已用诗谜判词点明了,后四十回大致也遵从这些预言的发展"。对于"有些批评认为前八十回与后四十回的文字风格有差异",白先勇认为这很正常,"因前八十回写贾府之盛,文字应当华丽,后四十回写贾府之衰,文字自然比较萧疏,这是情节发

---

　　① 容庚:《红楼梦的本子问题质胡适之俞平伯先生》,《红楼梦研究稀见资料汇编》上册,人民文学出版社 2002 年版,第 168 页。
　　② 宋孔显:《红楼梦一百二十回均曹雪芹作》,《红楼梦研究稀见资料汇编》上册,人民文学出版社 2002 年版,第 568 页。

展所需"①。也就是说，白先勇以一个作家的经验和立场，认为《红楼梦》前八十回与后四十回"是前后渐进过渡衔接得上的"②，应当为一人（曹雪芹）所作。③

当然，除了这种源自创作经验和写作逻辑的推论之外，白先勇断定《红楼梦》后四十回也是出自曹雪芹之手的更有力论据，是来自他对《红楼梦》的阅读感受和美学体会。在白先勇看来，《红楼梦》的两大主线：贾府兴衰、宝玉悟"道"（从"情"走向"佛"），在整个一百二十回中是一以贯之、始终如一的，而且很多"草蛇灰线，伏脉千里"的线索，在后四十回与前八十回的对应也堪称完美。在白先勇的阅读/细读经验里，《红楼梦》作为一个整体，后四十回与前八十回不但没有任何违和感，而且还体现出一种和谐的内在统一性和有机整体性。前面提到的《贾宝玉的俗缘：蒋玉菡与花袭人——兼论〈红楼梦〉的结局意义》一文，已经充分证明了《红楼梦》后四十回与前八十回之间的前后呼应是那么得自然、优美、天衣无缝——从第五回"金陵十二钗又副册"寓示袭人命运的诗句"堪羡优伶有福，谁知公子无缘"；到第二十八回蒋玉菡行酒令时吟出"花气袭人知昼暖"之句，以及贾宝玉与蒋玉菡彼此倾慕，互赠汗巾，而互赠的汗巾又都与袭人有关；再到第一百二十回末尾，由两条汗巾，蒋玉菡和花袭人方知原来姻缘前定，宝玉早已为他们"牵线"，为他们两人"成就一段好姻缘"，而他们的结合，也完成/实现了宝玉的"俗缘"。白先勇的这篇文章，可视为从一条特定的线索/一个特定的维度，阐明/证明《红楼梦》后四十回与前八十回之间，是有着密切的内在关联性和协调的有机整体性的！

类似的例子当然不止一处，比如《红楼梦》后四十回中的黛玉之死、贾府抄

---

① 白先勇：《贾宝玉的大红斗篷与林黛玉的染泪手帕——〈红楼梦〉后四十回的悲剧力量》，发表于香港《明报月刊》2018 年二月号，2018 年 1 月 30 日出版。

② 同上。

③ 在另一处，白先勇也有过类似的表达："我的看法是曹雪芹写完了，高鹗删润的。"白先勇：《白先勇细说红楼梦》（上），广西师范大学出版社 2017 年版，第 34 页。

家等场景,白先勇认为都"写得非常好"①,而宝玉出家,则是"整本书的高峰"②。在白先勇看来,《红楼梦》后四十回里的这些"好"和"高峰"之所以能够形成,端赖前面的铺垫和能量的积聚,只不过是到了后四十回后爆发、释放出来了——这也证明了后四十回与前八十回之间的一体性。第一百二十回"宝玉出家"这一幕,白先勇认为"是红楼梦整部书最高的一个峰,也可能是中国文学里面最有力量(powerful)的一个场景。前面的铺叙都是要把这个场景推出来","如果宝玉出家这一场写得不好,写得不够力,这本书就会垮掉(collapse)⋯⋯"③白先勇一再强调《红楼梦》有个神话架构,而宝玉出家则是"神话架构里最高潮的一段"④——最后一回中的宝玉出家,不但与第一回首尾呼应,使全书在"神话架构"上接榫,而且也完成了《红楼梦》中宝玉以"情"之维度呈现补天顽石人间历劫的全过程,使全书无论主题、故事,还是人物、结构等各个方面,都浑然一体,达至圆满。

　　对于宝玉出家这一场景在《红楼梦》中的作用和意义,白先勇特别撰文专门论述:

　　　　《红楼梦》作为佛家的一则寓言则是顽石历劫,堕入红尘,最后归真的故事。宝玉出家当然是最重要的一条主线,作者费尽心思在前面大大小小的场景里埋下种种伏笔,就等着这一刻的大结局(Grand Finale)是否能释放出所有累积爆炸性的能量,震撼人心。宝玉出家并不好写,作者须以大手笔,精心擘划,才能达到目的。《红楼梦》是一本大书,架构恢宏,内容丰富,当然应该以大格局的手法收尾。⑤

---

① 白先勇:《白先勇细说红楼梦》(上),广西师范大学出版社2017年版,第34页。
② 同上。
③ 白先勇:《白先勇细说红楼梦》(下),广西师范大学出版社2017年版,第994页。
④ 同上。
⑤ 白先勇:《贾宝玉的大红斗篷与林黛玉的染泪手帕——〈红楼梦〉后四十回的悲剧力量》,发表于香港《明报月刊》2018年二月号,2018年1月30日出版。

　　白先勇认为曹雪芹通过宝玉完成尘世"俗缘"（给父母一个功名，给宝钗一个儿子，给袭人一个丈夫）的"人间情"，和出家"佛缘"（归彼大荒，"落得个白茫茫大地真干净"）的"超越情"，从写实/社会和神话/宗教两个层面，为《红楼梦》画上了完美的句点，而这一句点最"画龙点睛"之笔，就是最后的"宝玉出家"——"情僧贾宝玉，以大悲之心，替世人担负了一切'情殇'而去，一片白茫茫大地上只剩下宝玉身上大斗篷的一点红。然而贾宝玉身上那袭大红猩猩毡的斗篷又是何其沉重，宛如基督替世人背负的十字架，情僧贾宝玉也为世上所有为情所伤的人扛起了'情'的十字架"，"最后情僧贾宝玉披着大红猩猩毡的斗篷担负起世上所有的'情殇'，在一片禅唱声中飘然而去，回归到青埂峰下，情根所在处。《红楼梦》收尾这一幕，宇宙苍茫，超越悲喜，达到一种宗教式的庄严肃穆"。① 从某种意义上讲，"宝玉出家"也是《红楼梦》作者一体化（就是曹雪芹一人）、作品具有高度完整性的最充分证明和最集中体现。

　　纵观白先勇的《红楼梦》解读式，不难发现，其历史颇为悠久，其特征可谓鲜明，其成就堪称显著，其影响相当广泛。白先勇从《红楼梦》的文本入手，化用"新批评"理论，不但对《红楼梦》的主题、人物、场景、结构、语言等方方面面进行了"细说"，而且还在这种"文本化"分析中，从创作/文本维度和作品的整体性角度，对《红楼梦》的版本优劣、后四十回的作者认定及其文学成就，提出了自己的判断，从而在创作体验/感受代入、"新批评"理论化用和文本细读/美学评判相结合这一《红楼梦》解读式中，形成了自己特有的思路、视角、方法和风格，为文学认识和美学理解《红楼梦》，做出了独特的贡献。

---

① 白先勇：《贾宝玉的大红斗篷与林黛玉的染泪手帕——〈红楼梦〉后四十回的悲剧力量》，发表于香港《明报月刊》2018 年二月号，2018 年 1 月 30 日出版。

白先勇：一个人的"文艺复兴"

"文艺复兴"是发生在十四至十六世纪欧洲众多国家的一场重大而又深刻的思想、文化变革运动。这场运动之所以叫"文艺复兴"，是因为其突出的特点在于自觉地以希腊、罗马古典时代的文艺为引领，力图以古典为师，走出中世纪封建神权的思想束缚，开创一个新的文艺时代。"文艺复兴"尽管以复古为号召，但其目的并不是要真的回到古典，而是在复古的旗帜下，展开反封建的新文化创造。

发生在西方十四至十六世纪的"文艺复兴"运动，到了二十世纪的中国则成为"五四"新文化运动依凭的重要思想来源。从西方的"文艺复兴"，到中国的"五四运动"，尽管时空背景不同、文化诉求各异，但两者之间的内在相似性还是非常明显的，那就是这两个"运动"的精神实质都体现为：1. 反抗"旧"思想的束缚；2. 着手"新"文化的创造。

"文艺复兴"运动和"五四"新文化运动在精神实质上的这种相似性，导致了"五四"新文化运动被西方人理解为"中国的文艺复兴"（The Chinese Renaissance）①。然而，仔细比对中国的"五四"新文化运动与西方的"文艺复兴"运动，就会发现，虽然它们两者之间在反叛的精神气质和"破旧立新"的追

---

① 周策纵在《五四运动史》（*The May Fourth Movement: Intellectual Revolution in Modern China*）中，就提到"五四"新文化运动由于胡适等人的英文著述，令西方人以为是"中国的文艺复兴"。参见周策纵：《五四运动史》，岳麓书社 1999 年版，第 4 页。

求上不约而同，但它们采取的具体方式/行走路径各有所宗：当"文艺复兴"运动在古典文化中寻找自己的复兴之路时，"五四"新文化运动却表现出对"西化"的向往①，和"对传统重新估价以创造一种新文化"②。也就是说，西方的"文艺复兴"运动是在对古典文化的复兴中融入新时代的创造；而中国的"五四"新文化运动则是在对传统文化的破坏中开创新文化。这样的一种"同途殊归"，就使得中国的"五四"新文化运动与西方的"文艺复兴"运动，其实是神合而貌离。

对于"文艺复兴"（西方）和"中国的文艺复兴"（"五四"）两者之间的这种差异性，白先勇早就察觉到了。在如何看待"五四"（新文化运动）这一问题上，白先勇一向持一种清醒的辩证态度：他充分肯定"五四"（新文化运动）具有批判性的精神特质，却对"五四"（新文化运动）否定传统的许多极端思想/观念/态度/做法不以为然——作为一个当代作家，白先勇对"五四"（新文化运动）的继承，更多的是其批判性的精神特质，而不是"五四"（新文化运动）中许多具体的倡议和做法。并且，由于继承了"五四"（新文化运动）的批判精神，白先勇对"五四"（新文化运动）本身也抱有一种批判的态度。对于"五四"（新文化运动）激烈地否定传统文化、主张"全盘西化"的做法，白先勇就很不以为然——这使得白先勇与一般"五四"（新文化运动）的继承者（大多认同在对传统文化的破坏中开创新文化）有所不同，而更像一个真正奉行"文艺复兴"精神（在对古典文化的复兴中融入新时代的创造）的东方实践者。

白先勇在《〈现代文学〉创立的时代背景及其精神风貌》一文中，非常明确地表达了他对"五四"（新文化运动）的理解和态度：

---

①　冯友兰：《中国现代民族运动之总动向》，《社会学界》1936年卷九。转引自周策纵：《五四运动史》，岳麓书社1999年版，第5页。

②　周策纵：《认知·评估·再充——香港再版自序》，周策纵《五四运动史》，岳麓书社1999年版，第12页。

　　那时我们都是台湾大学外文系的学生，虽然傅斯年校长已经不在了，可是傅校长却把从前北京大学的自由风气带到了台大。我们都知道傅校长是五四运动的学生领袖，他办过当时鼎鼎有名的《新潮》杂志。我们也知道文学院里我们的几位老师台静农先生、黎烈文先生跟五四时代的一些名作家关系密切。当胡适之先生第一次返台，公开演讲时，人山人海的盛况，我深深记在脑里。"五四"运动对我们来说，仍旧有其莫大的吸引力。"五四"打破传统禁忌的怀疑精神，创新求变的改革锐气，对我们一直是一种鼓励，而我们的逻辑教授殷海光先生本人就是这种"五四"精神的具体表现。

　　……

　　"五四"运动给予我们创新求变的激励……我们跟"五四"那一代有截然不同之处，我们没有"五四"打倒传统的狂热，因为中国传统文化的阻力到了我们那个时代早已荡然。……我们对待中国传统文化毕竟要比"五四"时代冷静理性得多，将传统溶入现代，以现代检视传统……[1]

　　很显然，白先勇对"五四"打破传统禁忌的怀疑精神、创新求变的改革锐气是完全赞同充分肯定的，而他对"'五四'打倒传统的狂热"，却表明了"截然不同"的态度，他要追求的，是冷静理性地"将传统溶入现代，以现代检视传统"——这样的追求，与"文艺复兴"运动从古典传统中获得新时代的创造之诉求，正一脉相承。

　　秉持这样的"文艺复兴"观，白先勇在几十年的文学/文化创作生涯中，以自己的实际行动和个人影响力，在中国乃至全世界的华人社会，展开、践行他自己一个人的"文艺复兴"！

　　白先勇一个人的"文艺复兴"，具体形态主要表现为：

_____

　　[1]　白先勇：《〈现代文学〉创立的时代背景及其精神风貌》，白先勇《第六只手指》，华汉文化事业公司 1988 年版，第 105—108 页。

1. 通过文学创作和创办文学刊物，躬行自己的"文艺复兴"理念

在许多文学史中，白先勇都被定位为一个"现代派"/现代主义作家，然而，如果细究白先勇的文学创作，则不难发现在白先勇小说"现代派"形貌的背后，内蕴着的其实是中国古典文学传统的内核。就以白先勇最具代表性的小说《游园惊梦》为例，这篇作品因其深刻的存在主义思想、突出的意识流手法运用，被视为二十世纪中国（台湾）"现代派"小说的杰出典范，然而，在这篇小说给人留下深刻的"现代派"印象的同时，支撑起这篇小说的内在"结构"，却是中国古典文学传统：从作品题目的借用，到《牡丹亭》文辞和角色的代入；从"人生如梦"哲理的呈现，到《红楼梦》"以戏点题"手法的引进；从人物命名极富象征意味，到古典场景的现代"还原"……《游园惊梦》的"外貌"虽然具有"现代派"的特征，可它内里灵动着的却是中国古典文学传统的精魂——白先勇固然是在进行着"现代派"小说的创作，可他却在"现代派"小说的创作中，让中国古典文学传统得以"现代派式"的"复活"。

创作如此，办刊亦然。众所周知，白先勇与他的同班同学在二十世纪六十年代创办了《现代文学》杂志，这份杂志以"现代"命名，当然具有鲜明的"现代派"（现代主义）色彩，然而，如果望文生义，以为这份杂志只囿于"现代"（现代派/现代主义）一端，那就看走眼了。事实上《现代文学》杂志除在介绍西方"现代派"（现代主义）文学、鼓励和培植具有"现代风"的青年作家、迻译并倡扬以"新批评"等现代文学理论评析作品等方面表现突出之外，还对中国古典文学给予了格外的关注，在前 51 期的刊物中，共发表了 82 篇中国古典文学的研究论文，论述范围上自先秦，下至明清，涉及诗、词、曲、赋、小说、散文等各种文类，这种兼容中西、涵盖古今的办刊风格，并非一种不自觉的摸索，而是一种有意识的追求：在《现代文学》的办刊宗旨中，原就包含了"尽力接受欧美的现代主义"和"重新估量中国的古代艺术"这两个目标，从《现代文学》的发展历史看，这两个目标都得到了较好的实现。① 《现代文学》在长期的出刊过程中，虽

---

① 参见刘俊：《悲悯情怀——白先勇评传》（花城出版社 2000 年版）、《复合互渗的世界华文文学》（花城出版社 2014 年版）。

然数度变换主编,但发行人一直是白先勇,因此《现代文学》这种"在古典的发现中追求现代的创新"的办刊宗旨,无疑体现着白先勇的"文艺复兴"理念。

2. 通过倡导教育改革和呼吁文化反思,阐述自己的"文艺复兴"主张

对于二十世纪中国人对自己的文化/艺术常常采取鄙视和弃绝的做法,白先勇很不以为然。他虽然出身外文系,但对中国古典文学/文化的沉迷,并不亚于对西洋语言和外国文学的关注。早在中学时代,白先勇就在课外另找老师专门补习中国古典文学;考入台湾大学外文系后,他也常去中文系旁听课程——对中国传统文学/文化的热爱和推崇,白先勇几十年如一日,自幼至今,从未改变。因着对中国传统文学/文化的深刻了解和衷心热爱,白先勇对二十世纪中国(含台湾)教育的"西化"倾向非常担忧和痛心。他曾多次在文章中对这种丢弃自己文化传统而尽心倾力"西化"的教育体制表达不满。1976年白先勇在与胡菊人的对谈中,就对中国的中学、大学所教艺术课程甚少涉及中国传统艺术知识感到难以理解:"为什么先画西洋画,奇怪! 五四到现在,为什么一开始就学西方,为什么不画我们的山水呢! 这是我们最优良的传统,全世界的山水画是我们的最好……中学里,都唱西洋歌,为什么不去学古琴、古筝、琵琶,为什么不唱京戏,我们自己的东西为什么不要,而要学人家的东西?""恢复我们自己的嘛……从戏剧、音乐、国画,对中国文化认同。……培养很完全的中国人,成就个中国人嘛!"因此白先勇强烈呼吁"文化复兴,第一改革课程!"①

除了通过对课程改革的倡导传达自己的"文艺复兴"主张之外,白先勇还对二十世纪自"五四"以来中国社会的诸多文化行为进行了反思。在《世纪末的文化观察》一文中,白先勇认为"从1919年'五四'运动到'文化大革命',差不多半个世纪以来,中国人对自己文化的破坏那么彻底,世界上好像没有哪个民族对自己的传统文化那么痛恨,好像必要去之而后快",对于这种"文化断根"的做法,他深感痛心。与法国、日本等国对待自己传统文化小心保护、万分

---

① 胡菊人:《与白先勇论小说艺术——胡菊人、白先勇谈话录》,白先勇《蓦然回首》,尔雅出版社1978年版,第160—162页。

珍惜的做法相比，白先勇指出"中国人对文化的保存，非常轻率、忽略"，对此，白先勇提出"我们要重新发掘、重新亲近我们的文化传统……我们要重新发现自己文化的源头，然后把它衔接上世界性的文化……我们必须慢慢整理自己的文化传统……把现代文化引进来，融合进传统文化中"①。在《眉眼盈盈处——二十一世纪上海、香港、台北承担融合中西文化的重要任务》一文中，白先勇以上海博物馆为例，认为将古文化经过现代包装，可以体现另外一种美——一种以中国古文化为底子的现代美。在这个意义上，白先勇认为上海、香港和台北这三座城市，应该在二十一世纪中国文化复兴的过程中起到重要作用。② 由此可见，重新发现/亲近传统，慢慢整理传统，以传统为基底将现代文化引进传统，进而重建/再建传统，是白先勇立足传统进行"文艺复兴"的基本思路和实现路径。

3. 通过发扬和推广昆曲艺术，落实自己的"文艺复兴"理想

白先勇对中国"文艺复兴"的思考原则和行动方向，不但确立早，而且持续久。早年的文学创作、主导办刊，后来的倡导教育改革、呼吁文化反思，都曾是白先勇"文艺复兴"思考和行动的着力点，随着白先勇对"文艺复兴"思考和实践的深入，他逐渐发现了一个更具历史蕴含和现实意味，也更能实现他"文艺复兴"理想的着力点：中国传统文化/艺术中的瑰宝——昆曲。

白先勇少年时代即与昆曲"结缘"③，从看、听、惊艳于昆曲，到在作品中引入昆曲，再到制作、推广昆曲，白先勇与昆曲的"缘"越结越深，而他与昆曲的深厚情缘，正与他对中国"文艺复兴"的思考原则与行动方向相一致。1982年，白先勇首次将昆曲片段搬上了舞台——这次镶嵌在舞台剧（话剧）《游园惊梦》

---

① 白先勇：《世纪末的文化观察》，该文发表于1999年，后收入《树犹如此》，联合文学出版社有限公司2002年版，第175—181页。

② 参见白先勇：《眉眼盈盈处——二十一世纪上海、香港、台北承担融合中西文化的重要任务》，《树犹如此》，联合文学出版社有限公司2002年版，第272—274页。

③ 参见白先勇：《我的昆曲之旅——兼忆一九八七年在南京观赏张继青"三梦"》，白先勇《树犹如此》，联合文学出版社有限公司2002年版，第64页。

（根据白先勇同名小说改编）中的昆曲制作，开启了后来白先勇昆曲制作的漫长过程：1983 年，白先勇在台湾制作了一台两折的昆曲《牡丹亭》；1992 年，他在台湾第二次制作昆曲《牡丹亭》；2002 年，白先勇开始制作青春版《牡丹亭》，2004 年正式首演。经由这次昆曲制作，白先勇希冀在五个方面达成他的"文艺复兴"预期：（1）让昆曲这个中国文化后花园中"精品中的精品"在当代绚丽绽放；（2）让昆曲这个传统的"百戏之祖"获得现代生命；（3）让昆曲在当代后继有人，昆曲艺术得以薪火相传；（4）让昆曲走入当代青年人的情感和审美世界，并从中获得文化自信；（5）让昆曲走向世界，展示中国文化惊人的艺术魅力。

应当说，白先勇经由昆曲实现"文艺复兴"理想的期待基本达成：青春版昆曲《牡丹亭》（还不包括后来的《玉簪记》、《白罗衫》等）至今已演出三百多场，海内外观众达几十万人次，在华人社会形成"昆曲热"，在美国、英国、希腊、新加坡等多个国家引起轰动；在此过程中，昆曲的"美"得到系统挖掘、全面展示和广泛传播，在严格遵循昆曲表演格式传统规范的基础上，进行舞美、灯光、服装、音乐、音效等方面的现代创新，以符合时代的发展，并在昆曲抽象、写意、抒情、诗化基本原则的基础上，形成一种昆曲新美学，那就是："尊重古典但并不步步因循古典，'利用现代'但不'滥用现代'"、"古典为体，现代为用"、将"现代元素以不露痕迹的方式融入古典的大架构中"，使昆曲"既有古典美又有现代感"。[①]

除了在昆曲"本体"上进行"文艺复兴"的倡导和实践之外，白先勇还在昆曲的"延长线"上放大他的"文艺复兴"举措。他通过努力促成传统"拜师"仪式，让老艺术家们身上的昆曲"绝活"，能传承给年轻艺人使之得以延续乃至光大；为了"培养"青年一代昆曲观众，他不但让昆曲"进校园"，在海内外几十所高校巡演，而且还主导昆曲"进课堂"，在北京大学、台湾大学、香港中文大学、

---

① 白先勇：《昆曲的美学价值》，白先勇总策划《云心水心玉簪记——琴曲书画昆曲新美学》，人民文学出版社 2011 年版，第 147 页。

苏州大学实施昆曲传承计划——昆曲"进校园"和"进课堂"，可以说真正实现了昆曲进青年人"心"，入青年人"脑"，动青年人"情"；而昆曲面向世界"走出去"并在国际上产生文化轰动效应，则与昆曲在青年人那里入心、入脑、动情一道，在中国人心目中重建起久已欠缺的文化自信——而这一切，都是源于白先勇式的"文艺复兴"理想：以中国传统文化为根，延续传统并在传统文化的基础上，引进新思想、新观念对之加以改进，以再造传统文化！

4. 通过规范并确立文学经典文本，细化自己的"文艺复兴"观念

中国古典小说名著《红楼梦》在中国可谓家喻户晓，可是对于《红楼梦》的作者、版本（连带牵涉到如何看待后四十回）等问题，学术界/红学界至今还在争论不休，莫衷一是。对于《红楼梦》的版本问题，白先勇在《白先勇细说红楼梦》中这样写道：

> 《红楼梦》的版本问题极其复杂，是门大学问。要之，在众多版本中，可分两大类：即带有脂砚斋、畸笏叟等人评语的手抄本，止于前八十回，简称脂本；另一大类，一百二十回全本，最先由程伟元与高鹗整理出来印刻成书，世称程高本，第一版成于乾隆五十六年（一七九一），即程甲本，翌年（一七九二）又改版重印程乙本。程甲本一问世，几十年间广为流传，直至一九二七年，胡适用新式标点标注、由上海亚东图书馆印行的程乙本出版，才取代程甲本，获得《红楼梦》"标准版"的地位。①

然而，"程乙本"的"标准版"地位在二十世纪八十年代遭到了挑战。一九八二年新出现的"庚辰本"（这一新版"庚辰本"与传统八十回版的"庚辰本"不同，它也是一百二十回本，前八十回以"庚辰本"为底本，后四十回则截取自程高本），却挟体制之力，以"横扫千军"之势，取代了"程乙本"的"标准版"地位，

---

① 白先勇：《白先勇细说红楼梦》，时报文化出版企业股份有限公司 2016 年版，第 10—11 页。

并使"程乙本"有逐渐消弭于无形的危机。如果这个新版(1982年版)"庚辰本"确实优于"程乙本"，那么以优汰劣，理所应当，问题在于，白先勇经过对两个版本的仔细比照互校，发现这个新版"庚辰本""隐藏了不少问题，有几处还相当严重"①，因此他从"小说艺术、美学观点"的角度来"比较两个版本的得失"②，在《白先勇细说红楼梦》一书中，一一指出"庚辰本"的缺失和不足，为事实上已经基本消失的"程乙本"正名、平反。

白先勇通过比照互校，发现了1982年版"庚辰本"中的不当/错误之处有190处之多，最为突出、典型的例子有：

(1)"庚辰本"第六十五回《贾二舍偷娶尤二姨 尤三姐思嫁柳二郎》中的尤三姐形象前后矛盾，不合逻辑；而"程乙本"对尤三姐形象、性格的描写、刻画则合情合理得多，也更加符合尤三姐这个人物自身的性格发展逻辑。③

(2)"庚辰本"第七十四回《惑奸谗抄检大观园 矢孤介杜绝宁国府》("程乙本"回目为《惑奸谗抄检大观园 避嫌隙杜绝宁国府》)在绣春囊事件上，"出了离谱的错"，将潘又安赠给司棋的定情物"香袋"(绣春囊)弄成了是司棋给潘又安的了，"完全倒过来了"，而且"香袋"还变成了两个，而"程乙本"则是正确的。④

(3)"庚辰本"中出现诸多人物语言与其身份、情境不相符合之处，而同一处的"程乙本"表达，则显得要贴切、高明许多。

经过仔细比对校勘，并代入自己的创作经验进行写作逻辑推断，特别是通过对《红楼梦》后四十回中的黛玉之死、贾府抄家、宝玉出家等场景的细致文本分析，白先勇充分肯定了"程乙本"作为经典性文学文本的艺术性、整体性和有机性，从而"正本清源"。在"程乙本"《红楼梦》已经渐渐走入历史深处、消失在广大读者视野之际，白先勇以他对《红楼梦》的深刻理解，以及他对"程乙本"

---

① 白先勇：《白先勇细说红楼梦》，时报文化出版企业股份有限公司2016年版，第11页。

② 同上。

③ 参见白先勇：《白先勇细说红楼梦》，时报文化出版企业股份有限公司2016年版，第533—547页。

④ 白先勇：《白先勇细说红楼梦》，时报文化出版企业股份有限公司2016年版，第650页。

《红楼梦》文学性的深刻把握，将"程乙本"《红楼梦》再次推送到广大读者面前，为他们提供了一个艺术性最为突出的可信赖文本，并以自己的"细读"，为他们引路导航。在白先勇看来，《红楼梦》不但代表了中国古典小说的最高峰，而且也是中国传统文化的突出代表，当白先勇致力于中国文化的"文艺复兴"之际，他当然不能容忍一个艺术性并不是最突出的《红楼梦》文本广为流布——就此而言，白先勇对"程乙本"《红楼梦》的大力弘扬，其实也是在贯彻、实施带有他鲜明个人色彩的"文艺复兴"，那就是：先回到真正的古典传统，然后再进行现代的"接续"和"创造"。具体到《红楼梦》，则是先"正本清源"，确立最具文学经典性的文本，然而再加以具有现代意识的解读/细读。

白先勇从青年时代就怀有强烈的"文艺复兴"意识/情怀，并具有自己明确的"文艺复兴"观——他的这种更接近西方的"文艺复兴"追求，不同于"五四"时期的"文艺复兴"号召的"文艺复兴"观，使他能几十年如一日，自觉地坚持在各个方面（文学创作、办刊思想、教育理念、艺术制作）贯彻和实践他的"文艺复兴"理想。我们现在说白先勇一个人的文艺复兴，并不是说只有白先勇一个人有"文艺复兴"的理想和追求，而是说白先勇的"文艺复兴"，具有他强烈的个人色彩，这种个人色彩首先体现为他的"文艺复兴"观从本质上讲更符合西方"文艺复兴"的实际/真正含义，在中国语境下则显得与（大）众不同；其次白先勇的"文艺复兴"追求具有强烈的执行力，白先勇不但坐而论道，利用一切机会和场合为中国的"文艺复兴"大声鼓呼，并且起而行动，将自己的"文艺复兴"理念付诸实施，并在社会上造成广泛而又巨大的影响。不论是致力文学创作，还是创办文学刊物；也不论是制作昆曲大戏，还是为文学经典"正本清源"，白先勇的每一个"文艺复兴"行动，都会以其巨大的震撼力而在社会上引发强烈的"热播"效应！

"文艺复兴"的意大利文为 Rinascimento，法文为 La Renaissance，英文为 Renaissance，当年初入国门时，曾有人将其直译为"再生"或"再生运动"。1998 年白先勇在接受丁果的访问时，认为虽然中西文化的交融使世界上已经没有所谓的"纯文化"，但"中国毕竟有自己的一条文化系统，这就是文化的根，比如唐诗宋词。中国人如果没有这个根基，就不可能很好地吸收西方文化，吸收了也无法融会贯通"，因此，白先勇希望在"2019年即'五四'运动一百周年前，有一个中国文化的复兴。这个文艺复兴必须是重新发掘中国几千年文化传统的精髓，然后接续上现代世界的新文化，在此基础上完成中国文化重建或重构的工作"，也就是说，中国"需要一场新的五四运动"，但这个"新的五四运动"与历史上的"五四运动"不同，它"并不是反传统，而是探讨如何去正确地反省传统"，在"重新审视传统文化"的基础上，"寻找一条让辉煌的古文化在当今急剧变化的世界潮流中再现辉煌的恰当路径"。① 很显然，这样的"新五四运动"，才是白先勇理想中的"文艺复兴"运动：它是中国传统文化融入新时代之后的"再生"运动，是中国传统文化在得到外来文化刺激之后的"起死回生"运动！

　　白先勇曾经说过："我所有的准备，都是为了中国的文艺复兴！"②如果从"文艺复兴"这个维度去看白先勇的文学/艺术人生，就会发现，从青年时代直至现在，白先勇所有的文学/艺术活动，确实都内隐着、贯穿着一条力图使中国传统文化/文艺"复兴"（再生）的线索——回顾既往，无论是白先勇的文学创作，还是他的文学/文化实践（办文学刊物、推广昆曲、宣传《红楼梦》），冥冥之中，仿佛都是（带有）白先勇一个人（色彩的）"文艺复兴"观念/理想的具体呈现！

────────────────

　　① 丁果：《中国需要一次新的五四运动——与小说家白先勇谈中国文化的危机与出路》，白先勇《树犹如此》，联合文学出版社有限公司2002年版，第226—228页。
　　② 参见刘俊、白先勇：《我所有的准备，都是为了中国的文艺复兴——白先勇访谈录》，《香港文学》2017年第11期。

第三辑
华文文学共同体

论杨绛的《洗澡》

　　杨绛在 1987 年写《洗澡》的时候,已经是个"老作家"了——这里的"老"主要不是指年龄而是指资格。早在二十世纪四十年代,杨绛就是个颇有名气的剧作家,她的剧作《称心如意》(1943 年上演,1944 年出版)、《弄真成假》(1944年上演,1945 年出版)、《游戏人间》(1945 年上演)和《风絮》(1947 年出版),在当时的上海文化界别具一格,着实引人注目过一阵子。抗战胜利后杨绛转入教育界和学术界,文学创作少了,翻译和学术成果多了,作为翻译家和学者的杨绛,名声大过了作家杨绛。到了二十世纪八十年代,作家杨绛重新复活,不但在香港出版了短篇小说集《倒影集》(1981 年出版),而且相继出版了散文集《干校六记》(1981 年香港出版)、《将饮茶》(1987 年出版)、《杂忆与杂写》(1992年出版)、《从丙午到流亡》(2000 年出版)、《我们仨》(2003 年出版)以及长篇小说《洗澡》(1988 年出版)及其续集《洗澡之后》(2014 年出版)。

　　作为一名作家,杨绛创作的大宗是散文,小说数量不多。不过,在她的文学作品中,我觉得《洗澡》是一个值得重视的文本,在这部长篇小说中,杨绛以一种特殊的方式,为我们描画了一个颇为奇特的世界。

　　在《洗澡》的前言中,杨绛这样写道:

　　　　这部小说写解放后知识分子第一次经受的思想改造——当时泛称"三反",又称"脱裤子,割尾巴"。这些知识分子耳朵娇嫩,听不惯"脱裤子"的说法，因此改称"洗澡"，相当于西洋人所谓"洗脑筋"。

　　写知识分子改造，就得写出他们改造以前的面貌，否则从何改起呢？凭什么要改呢？改了没有呢？

　　……假如尾巴只生在知识上或思想上，经过漂洗，该是能够清除的。假如生在人身尾部，那就连着背脊和皮肉呢。洗澡即使用酽酽的碱水，能把尾巴洗掉吗？当众洗澡当然得当众脱衣，尾巴却未必有目共睹。洗掉与否，究竟谁有谁无，都不得而知。

　　小说里的机构和地名纯属虚构，人物和情节却据实捏塑。我掇拾了惯见的嘴脸、皮毛、爪牙、须发，以至尾巴，但绝不擅用"只此一家，严防顶替"的货色。特此郑重声明。①

　　杨绛的这个小说"前言"，可以被视为解读《洗澡》的一把钥匙。既然小说名为《洗澡》，那对于1949年以后发生在中国大陆的这个"洗澡"运动，就有必要先做个介绍。虽然杨绛在"前言"中对"洗澡"已做了简单的说明，但太过简略，不了解那段历史的人看了她的这个说明，可能还是不甚了然。

　　"三反"运动是1951年12月至1952年4月由中共中央发起的一个斗争运动，"三反"是"反贪污"、"反浪费"、"反官僚主义"，与之相伴的还有一个"五反运动"（"反对行贿"、"反对偷税漏税"、"反对盗窃国家资财"、"反对偷工减料"、"反对盗窃国家经济情报"），两者合起来，并称"'三反'、'五反'运动"。"三反"主要针对党政机关工作人员，"五反"则主要针对当时的私营工商业者。《洗澡》中的"文学研究社"可以算是"党政机关"的外围，所以与"三反"似乎能搭上一点边。然而，在这样一个并非权力中枢的学术机构，大张旗鼓地开展"三反"运动，还是让人觉得有点匪夷所思——这也难怪小说中的朱千里感觉这个运动跟他完全没有关系："这和我全不相干。我不是官，哪来官僚主义？

---

　　①　本文选用的《洗澡》版本为生活·读书·新知三联书店1988年版。文中所引小说中的内容，均出自该版。

我月月领工资,除了工资,公家的钱一个子儿也不沾边,贪污什么? 我连自己的薪水都没法浪费呢! ……还叫我怎么节约!"

其实当年与"三反"、"五反"运动几乎同时进行的,还有一个专门针对知识分子的"知识分子思想改造运动",这个运动从 1951 年秋天开始,到 1952 年秋天结束,主要针对的是当时 200 多万从"旧社会"过来的知识分子——按照当时的判断和定位,这些知识分子虽然爱国热情很高,学有所成,但他们大多出身于剥削阶级家庭,长期受封建主义、资本主义的影响,在思想上难免会留下许多"旧社会"的烙印,特别是"亲美、崇美、恐美"现象突出。为了使他们在"新社会""重新做人",中共中央发起了对知识分子的思想改造运动。1951 年 9 月29 日,周恩来受中共中央委托,向来自北京、天津各高等学校的教师代表作了题为《关于知识分子的改造问题》的报告,同年 11 月 30 日,中共中央发出《关于在学校中进行思想改造和组织清理的指示》,要求在学校教职员和高中以上学生中普遍开展学习运动,号召他们认真学习马列主义、毛泽东思想,联系实际,开展批评和自我批评,进行自我教育和自我改造,以期达到组织清理和思想改造的目的。这项运动后来由教育界逐步扩展到文艺界和整个知识界,到1952 年 10 月基本结束。

了解了"'三反'、'五反'运动"与"知识分子思想改造运动"几乎同时进行的这样一个背景,我们就可以知道《洗澡》虽然表面上写的是"三反"运动,实际上是在写"知识分子思想改造运动",因为正是在这个"运动"中,才对知识分子提出了"脱裤子"、"割尾巴"的要求——要求知识分子深挖自己思想深处见不得人之处(旧思想),将之暴露在光天化日之下(是之谓"脱裤子"),并对之进行斗争和批判,斩断自己与"旧思想"的联系(是之谓"割尾巴"),以求脱胎换骨,重新做人。所谓"洗澡",就是要求知识分子们洗去满是"污垢"的"旧思想","干干净净"地做个新社会的"新人"。因此"洗澡",其实也就是西方人所说的"洗脑"(brainwash)——用杨绛的话来说,就是"相当于西洋人所谓'洗脑筋'"。

当我们理解了"洗澡"的真实含义后，再来看小说《洗澡》，我们就有了必要的"知识背景"——"洗澡"的真实含义就如同一个意味深长的"典故"，成为理解《洗澡》的关键之一（考虑到小说创作和发表时的社会环境，杨绛在小说的"前言"中只能含蓄而又含混地将"思想改造运动"和"三反"运动搅在一起，使用了一个"障眼法"，让不明就里的读者误以为作品中的"洗澡"就是"三反"运动）。如果不厘清/还原"洗澡"这个"典故"，可能就无法真正读懂《洗澡》。

《洗澡》除了"前言"和"尾声"之外，其主体共有三部，每一部的名称都引用得很有来头，当然也隐含深意——我们可以把这种"引用"视为《洗澡》中的另一（几）个"典故"。小说前两部的名称出自《诗经》：第一部"采葑采菲"引自《诗经·邶风·谷风》，用来比喻不因其短而舍用其长；第二部"如匪浣衣"引自《诗经·邶风·柏舟》，用来比喻忍辱含垢，生活过得不顺遂（用张爱玲的话来说就是"雾数"）；第三部"沧浪之水清兮"出自屈原的《楚辞·渔父》，比喻清水有清水的用途——可以用来洗头上的东西（当然浊水也自有浊水的用途——可以用来洗脚）。一部现代小说以传统典籍中的"名言"作为标题，这种呈现方式本身就意味深长——它既因使用了"典故"而使其"所指"复杂深邃，也因其表达含蓄而令人难以一眼看透，同时，这种呈现方式还具有隐性表达作品主题的功能。

在了解了《洗澡》名称的当代政治含义与小说中每一部分名称的古典"所指"之后，我们再来看小说的具体内容，就能对作品的"内在"蕴意有更多的感悟。

小说名为《洗澡》，但"洗澡"（"知识分子思想改造运动"）直到第三部才开始，前面两部写的都是"洗澡之前"（"前洗澡"时期）的事。小说从比较"花"余楠一次不成功的"婚变"开始，首先写这个善于"投机"（包括在感情上的"投机"）的"旧时代"知识分子如何在与胡小姐的婚外情失败后，投身"北平国学专修社"，来到北京。随着北京进入"新时代"，北平国学专修社成了"文学研究社"。在文学研究社这个小社会里，有留学英美归来的许彦成和杜丽琳夫妇，有在法国居住多年的法国文学专家朱千里,有俄罗斯文学专家傅今及其夫人女作家江滔滔,以及江滔滔的密友、从苏联回来的施妮娜,施妮娜的丈夫汪勃,还有留用的北平国学专修社时期的丁宝桂,马任之和夫人王正,已故北平国学专修社社长姚謇的女儿姚宓,以及刚分配来的大学生姜敏,姚宓的大学同学姚家远亲罗厚,青年人陈善保、方芳、肖虎等,这些人在文学研究社这个小社会里,相处时彼此关系十分微妙,往来时每人姿态各不相同,充分体现了"新""旧"交替时期各色人等的鱼龙混杂和人性本身的复杂面向。

在小说第一部中,杨绛首先对文学研究社里的成员进行了"介绍"。余楠"是'花'的——不过他拳头捏得紧,真要有啥呢,也不会",他的特点是会钻营,擅投机;许彦成和杜丽琳虽为夫妻,却没有爱情,许彦成为人正直,书生气十足,他与美丽而又颇富心机的杜丽琳相处并不愉快,时用英语吵架;朱千里为人虽有些猥琐,但其实是个书呆子;丁宝桂在1949年之前算是个"反共老手"(反动政客的笔杆子),不过政治立场并不妨碍他还算是个颇具同情心的读书人;江滔滔以领导夫人和作家的双重身份跻身学界,她的好友施妮娜虽有苏联生活经历却缺乏专业文学知识,经常犯些《红与黑》是巴尔扎克作品、《恶之花》是小说而《人间喜剧》是戏剧之类的"常识错误";姚宓则不但美丽,而且冰雪聪明,富有同情心和正义感;姜敏急着找男朋友且把目标锁定为陈善保,而陈善保则先想追求姚宓,发现没有希望就转而和余楠的女儿余照谈起了恋爱;罗厚对姚宓虽有爱意但似乎只限于精神恋爱……然而,在展示文学研究社各式人等和复杂关系的过程中,爱情(在作品中杨绛称之为"纯洁的友情")已然悄悄地在许彦成和姚宓之间发生了。

虽然这个爱情的发生在小说中似乎有点突兀,但它实实在在地"闪耀"出来了。几乎从见面的一开始,许彦成和姚宓就有一种"心有灵犀一点通"的感应,据丁宝桂的观察,姚宓"在做记录,正凝神听讲。忽然她眼睛一亮,好像和谁打了一个无线电,立即低头继续写她的笔记"。"谁呢?"即便是丁宝桂当时也无法侦破这个"无线电""感应"的秘密,而这个爱情秘密,就成了《洗澡》中的一条重要"线索"并牵扯出许多重要内容：它不但对许彦成和杜丽琳的婚姻关系带来冲击，而且也对许彦成和姚宓的社会关系带来了震荡，更为重要的是，这份爱情在二人的内心世界既造成了前所未有的矛盾冲突、情感纠结，同时也给他们带来了全新的兴奋体验和心灵再生。

　　当《洗澡》在向人们呈现许彦成和姚宓的爱情的时候，另外一条重要"线索"——围绕在许彦成和杜丽琳身边的文学研究社其他人的人性表现——也在同时展开。作为许彦成的妻子，杜丽琳自然对许彦成的情感动态十分敏感并严加提防，可是她用尽心思、竭尽全力，却还是没能阻止许彦成与姚宓的情感发展。对于美丽聪慧的姚宓，文学研究社里对她怀有种种想法的当然不乏其人，从朱千里到丁宝桂，从陈善保到罗厚，都对姚宓格外"关心"——朱千里的想占便宜，丁宝桂的过度关注，陈善保的一厢情愿，罗厚的精神恋爱，这些"关心"乍看都是男人的想入非非，细想却体现了人性的种种样态。此外，在文学研究社"前洗澡"时期发生的分组、捐书、借稿、偷情以及发表批判文章等"事件"，也充分表明在一个以研究文学为主业的人群里，"打架"（准确地说是"冲突"和"斗争"）之类的事也是经常发生的——罗厚说得好："做研究工作也得打架，而且得挖空心思打！"

　　《洗澡》中许彦成和姚宓的"爱情故事"与呈现文学研究社"众生相"这两条线索交叉展开，在每条线上杨绛又设计了一些"故事"和"事件"，用以介绍人物关系、展示人物性格、昭示人性特点——这构成了《洗澡》的基本结构形态。在第一部"采葑采菲"中，杨绛向人们展示了文学研究社中各人的"来历"和"特点"，展现了这些"学者"虽然不无缺点但都是有血有肉、活生生的现实中的人——不必因其短而舍用其长。到了第二部"如匪浣衣"中，许彦成和姚宓的爱情不断深入却也陷入更深的痛苦和矛盾，文学研究社里的人际关系不但产生多边纠葛而且情形也更为复杂，生活有如不干不净却无处不在、挥之不去的阴冷潮湿的雾霾（"雾数"？），总是让人无法开朗欢欣痛快起来——"忍辱含垢，生活过得不顺遂"恰如其指。张爱玲说"生命是一袭华美的袍，爬满了虱子"，大概指的就是这种情形吧。

如果说《洗澡》中的第一部和第二部还属于"前洗澡"时期,那么到了第三部"沧浪之水清兮","洗澡"则正式开始,在前两部中交叉展开的两条线"爱情"和"众生相"——至此也拧在了一起,并作一股,聚焦于"洗澡"过程中各人的表现(就连许彦成因和姚宓发生爱情导致的家庭矛盾,此时也"压缩"到了"洗澡"的话题/过程之中)。在"洗澡"的高压下,人性的脆弱、卑微(朱千里、丁宝桂、余楠、杜丽琳),高傲和尊严(许彦成)都得到了充分的展示。面对"洗澡"要求(小说中的领导范凡是这样定义"洗澡"的:"旧思想、旧意识,根深蒂固,并不像身上背一个包袱,放下就能扔掉,而是皮肤上陈年累积的泥垢,不用水着实擦洗,不会脱掉;或者竟是肉上的烂疮,或者是暗藏着尾巴,如果不动手术,烂疮挖不掉,尾巴也脱不下来。我们第一得不怕丑,把肮脏的、见不得人的部分暴露出来;第二得不怕痛,把这些部分擦洗干净,或挖掉以至割掉"),朱千里、丁宝桂、余楠和杜丽琳都以贬损自己为前提,以放弃自己"人的尊严"为代价——在这个过程中他们忍受了极大的精神痛苦(朱千里甚至还为此自杀——虽然并未成功),以求自己能顺利通过"洗澡"这一关,"洗心革面,重新做人"。而许彦成虽然也在时代的裹挟下难以全身而退,但他在"洗澡"过程中能维持住自己"为人的尊严",不但对朱千里、丁宝桂等人的丑态"几乎失笑",而且他既没有交代属于自己个人隐私的与姚宓的情感经历,也"没说自己是洋奴",甚至当别人"帮助"他们时意有所指地说"听说有的夫妻,吵架都用英语"时,他几乎是本能地"瞪着眼问:'谁说的'?"——这种带有反抗姿态的举动,导致了"没人回答。……到会的人都呆着脸陆续散出,连主席也走了"。以至于善于适应环境的丽琳向他埋怨:"彦成,你懂不懂? 这是启发。"

"洗澡"的压力使得朱千里、丁宝桂、余楠和杜丽琳等人被迫放弃自我,经由"洗澡"/洗脑而备受羞辱之后,最终以臣服之姿向一种无形的社会威权低头,实现了"脱胎换骨",得以"重新做人"。形格势禁,许彦成自然也难以抗拒"洗澡"背后的威权力量,然而,当"洗澡"运动铺天盖地、泰山压顶般地向他扑来之际，他尚能拒绝放弃自我，保持为人尊严，在"洗澡"时不失做人的体面，而他和姚宓的爱情，也在经受住了以"作践自己、揭发他人"为特征的"洗澡"考验之后，显得更加默契、坚固。

经过"洗澡"运动的冲击，文学研究社最终解散，"文学社"同仁风流云散，各奔东西。于是，不但许彦成和姚宓的爱情戛然而止（虽然到了《洗澡之后》他们的爱情有了大团圆结局，但已不在本文的论述范围），就是文学社的"众生"，也都走出文学社的历史，奔赴人生的下一站。当"洗澡已经完了，运动渐渐静止。一切又回复正常"时，《洗澡》也就结束了（虽然后面还有个"尾声"）。

杨绛写作《洗澡》，一方面，是要展示一个爱情（"纯洁的友情"）故事，另一方面，是要描画出知识分子的"劣根性"以及在"思想改造运动"中的"众生相"，并通过这两个方面的艺术描写，呈现她对"洗澡"（"知识分子思想改造运动"）运动的态度和判断。为此，她在《洗澡》中通过对"洗澡"含义含糊而又含混的指代，通过对知识分子自身毛病的嘲讽，通过对爱情（"纯洁的友情"）的肯定，对"洗澡"这样的"洗脑"运动，表示了自己的不以为然。

这种不以为然首先表现在对"洗澡"名称含糊而又含混的指代上。前面提到，杨绛在《洗澡》中用"三反"来指称"洗澡"运动，但事实上，她的《洗澡》写的是"知识分子思想改造运动"，用"三反"运动含糊而又含混地指代"思想改造运动"，正表明杨绛充分意识到后者的敏感性。在写作和出版《洗澡》的年代（二十世纪八十年代），即便在小说中并未正面地描写二十世纪五十年代初的"知识分子思想改造运动"，在当时的现实环境下，作者（和出版者）也是要承担一定的（政治）风险的，为了规避这种风险，杨绛巧妙地将几乎同时发生的"三反"运动作为"外壳"，"借壳上市"，以"三反"运动做掩护，明面上是写"三反"运动，实际上是在写"知识分子思想改造运动"。从这样的一个"技术"处理中，不难看出杨绛对"洗澡"（"知识分子思想改造运动"）的判断和态度——如果这是一个值得正面肯定的"运动"，杨绛不必如此颇费思量地对之进行"技术"处理吧。

杨绛在处理《洗澡》中的两条线——表现爱情（"纯洁的友情"）和展示知识

分子的"众生相"——时运用的笔调是不同的,对于许彦成和姚宓这两个人物以及发生在他们之间的爱情,杨绛的笔调是抒情的,庄严的,礼赞的,纯净的,可是一旦转到对其他知识分子"人"和"事"的描写,她的笔调就会或多或少带上一种具有"钱锺书风格"的嘲讽。小说开头余楠与胡小姐的婚外情,就有《围城》中惯用的男女彼此算计用心攻防的那种韵致,而余楠打给丁宝桂的那份电报,也明显有着《围城》中高松年对方鸿渐所称"你收到我的信没有"①(其实根本就没有这封信)的痕迹。随着小说的展开,杨绛对余楠、丁宝桂、朱千里和杜丽琳乃至姜敏、江滔滔的嘲讽越发用力,他们的种种个人毛病——余楠擅长投机、丁宝桂精于算计、朱千里迂腐而又有些猥琐、杜丽琳看似精明实则软弱——经过杨绛的描写,得到了充分的表现。虽然杨绛在用嘲讽的笔调书写他们的时候,其文字是平静的、"哀而不伤、怨而不怒"的,但嘲讽的劲道,是深刻有力的。

在《洗澡》中,杨绛对笔下人物的嘲讽随处可见,如形容施妮娜"她身材高大,也穿西装,紧紧地裹着一身灰蓝色的套服。她两指夹着一支香烟,悠然吐着烟雾。烟雾里只见她那张脸像俊俏的河马。俊,因为嘴巴比例上较河马的小,可是嘴型和鼻子眼睛都像河马,尤其眼睛,而这双眼睛又像林黛玉那样'似嗔非嗔'";通过姚宓的视角,杨绛对文学研究社的几位"老先生"进行了扫描(当然是嘲讽式的扫描):

> 那位留法多年的朱千里最讨厌,叼个烟斗,嬉皮赖脸,常爱对她卖弄几句法文,又喜欢动手动脚。丁宝桂先生倚老卖老,有时拍拍她的肩膀,或拍拍她的脑袋,她倒也罢了,"丁老伯"究竟是看着她长大的。朱千里有一次在她手背上抚摸了一下。她立刻沉下脸,抽回手在自己衣背上擦了两下。朱千里以后不敢再冒昧,可是尽管姚宓对他冷若冰霜,他的嬉皮笑

---

① 参见钱锺书:《围城》,人民文学出版社1980年版,第200页。

脸总改不掉。余楠先生看似严肃，却会眼角一扫，好像把她整个人都摄入眼底。只要看他对姜敏拉手不放的丑相，或者对"标准美人"（杜丽琳——引者注）毕恭毕敬的奴相，姚宓怀疑他是十足的假道学。

对于从苏联回来的新型知识分子/革命干部（施妮娜）和从"旧社会"过来的旧知识分子（朱千里、丁宝桂、余楠），杨绛都不假辞色地一概予以嘲讽。然而，杨绛对这些她所熟悉也深知他们缺点的知识分子的嘲讽，是一种具有道德洁癖和智力制高点的"精英"，对芸芸众生的"俗人"的嘲讽，这种嘲讽虽然犀利，但其实是基于对人性弱点的了解甚至不无同情——杨绛对她笔下的这些嘲讽对象，并没有从根本上否定他们作为"人"的资格（尽管他们是有弱点和缺陷的"人"），而只是指出这些所谓的"知识分子"其实只是普通的凡人，他们"新"也好"旧"也好，凡是"人"所具有的缺陷和弱点，他们都有——或许正因为他们身上都具有人性的弱点，他们才是真实可信的"人"，而正是这些"人"所具有的人性缺陷或者说是弱点，导致了人生和社会的"雾数"和"尴尬"——杨绛将《洗澡》的第一部和第二部分别命名为"采葑采菲"和"如匪浣衣"，深意或许就在于此。

可是到了第三部，"洗澡"运动开始，这些被杨绛在"前洗澡"时期不吝嘲讽的"人"，却在"洗澡"过程中令人产生了深深的同情——因为在"洗澡"高压的挤迫下，他们中的许多人面对"运动"的要求和背叛、告密的氛围，已经彻底丧失了"人"的尊严，相对于日常生活中人性的弱点和缺陷，这种制度性的、结构性的对"人"尊严的剥夺和对人性弱点和缺陷的利用（背叛、告密并制造彼此的不信任），其可怕性和应加嘲讽性，比前两部不知要强化多少倍——第三部的名称"沧浪之水清兮"（《渔父》中的原句为"沧浪之水清兮，可以濯吾缨"），以及整部小说的名称《洗澡》，就成为这部小说最大、最强烈的嘲讽/反讽之处。

我们现在回过头再来看杨绛的《洗澡》前言，就会发现"前言"中这段话的意味深长："假如尾巴只生在知识上或思想上，经过漂洗，该是能够清除的。假如生在人身尾部,那就连着背脊和皮肉呢。洗澡即使用酽酽的碱水,能把尾巴洗掉吗? 当众洗澡当然得当众脱衣,尾巴却未必有目共睹。洗掉与否,究竟谁有谁无,都不得而知。"

也就是说,知识上或思想上的"尾巴"是可以清除的,可是长在人身上的"尾巴"是无法洗掉的。换句话说,外在赋予人的思想、观念是可以改变的,可是人性中的本性、天性(如对美好爱情的追求、对人"生而为人"的尊严的维护等)是根本无法阻止也难以改变的,因为这"连着背脊和皮肉",是人与生俱来的本性和天性!

所以,杨绛对"洗澡"("知识分子思想改造运动")的功效其实是很怀疑的。她显然觉得,长在人身上的"尾巴"(本性、天性)"即使用酽酽的碱水"(高压的政治运动),也未必能洗得掉。就此而言,发生在二十世纪五十年代初的"知识分子思想改造运动",其实是一次失败的"洗澡"/洗脑运动。在这场运动过去三十多年后,杨绛以小说的形式,用含蓄而又嘲讽的笔调,对"洗澡"("知识分子思想改造运动")进行了颠覆和反讽。

从上海到美国

——论叶周小说的时空印记和文化心理

　　叶周(本名叶新跃,曾用笔名叶舟,1958 年生),祖籍安徽歙县,出生在上海,1983 年毕业于上海师范大学中文系,曾任《电影新作》杂志副主编,上海电影制片厂文学剧本策划,1989 年赴美留学,就读于加州大学旧金山分校,获大众传媒专业硕士学位。曾任职旧金山数家电视台编导、澳门澳亚卫星电视台总编辑和总制作人等。叶周现任北美洛杉矶华文作家协会会长,《洛城作家》主编,出版长篇小说《美国爱情》(2001,江苏文艺出版社)、《丁香公寓》(2014,上海文艺出版社),散文集《文脉传承的践行者——叶以群百年诞辰纪念文集》(2011,上海三联书店)、《地老天荒》(2013,新疆美术摄影出版社);主编《洛杉矶华文作家作品选集》(2012,作家出版社)等。此外,还有大量作品散见于《收获》、《上海文学》、《延河》、《四川文学》、中国香港《大公报》、美国《世界日报》、上海《文汇报》、《新民晚报》等文学杂志和报纸副刊。

　　叶周出生在中国(上海),成年后出国留学并留在美国生活,他的人生经历跨越了太平洋两岸,他的小说创作则涵盖了中、美两地的人生形态。按照"新移民文学"的定义——主要是指中国大陆改革开放(1978 年)以后走出国门,在海外以汉语(中文、华文)进行创作的作家以及他们的作品所形成的文学①——

---

①　刘俊:《跨区域跨文化的新移民文学》,《人民日报》(海外版)2016 年 3 月 24 日。

叶周属于典型的"新移民文学"作家,而其所具有的一些基本特点——在海外主要用汉语(中文、华文)进行写作;他们的作品所描写的世界,都与中国大陆的历史、社会和现实发生某种或直接或间接的关联;这些"新移民作家"和他们的作品深度介入中国大陆当代文学(作品主要在中国大陆发表、出版,作家常常在大陆获奖)①——也在叶周的身上有着突出的体现。在叶周的长篇小说《美国爱情》和《丁香公寓》中我们发现,叶周虽然在展示中国人的美国生活,可是中国经历和中国背景,却如影随形,挥之不去,在《丁香公寓》中,大陆经历甚至还成了小说的"主体",美国经验反倒成了一种"头尾呼应"的外在"框架"。

　　当然,我们在这里说叶周带有明显的"新移民作家"特征,他和他的作品属于典型的"新移民文学",并不意味着叶周就被"新移民文学"或"新移民作家"的特点同化而失去了"自我",事实上,"新移民文学"或"新移民作家"是两个包容性非常广的概念,属于这个概念集群中的每个作家,可以说都有着自己独特的"自我"特点。对于叶周的小说创作而言,我觉得他的"自我"特点,就是通过对新时期中国人从"文革"中走出,又从中国(上海)走向美国的人生轨迹的描画,展示中国人在走出"文革"、走向世界的过程中,所带有的时空印记和文化心理,并在这个展示过程中,融入自己独特的思考。

　　叶周出生在上海,对于上海,叶周有着许多既温馨又不堪的记忆。由于父亲是文化界干部,叶周在八岁之前,生活可以说无忧无虑——尽管那时的政治环境已经"山雨欲来风满楼",然而对于一个孩子而言,日常生活后面的暗流他是不可能意识到的。生活中的巨大变故来自1966年开始的"文革",这场要"触及每个人的灵魂"的"文化大革命",甫一发动就将叶周的父亲逼上了绝路。从此,叶家的生活发生了根本性的变化,这场惨痛的家庭变故以及背后的社会风暴,想必在叶周幼小的心灵中,留下了难以磨灭的不堪印记——这些印记

---

　　①　刘俊:《跨区域跨文化的新移民文学》,《人民日报》(海外版)2016年3月24日。
　　文中所引作品内容,均出自《美国爱情》(江苏文艺出版社2001年版)和《丁香公寓》(上海文艺出版社2014年版)。

（回忆），后来都在他的小说中——以艺术化的方式重现。

　　叶周的上海记忆，无论是温馨还是不堪，都铭刻在他的心灵深处，并最终成为他文学创作的起点和源头。《丁香公寓》虽然出版在《美国爱情》之后，可从某种程度上讲，这恐怕是叶周更早酝酿的一部小说，毕竟，三十岁以前的上海生活和上海记忆，相对叶周的美国生活而言，可能更加惊心动魄、刻骨铭心——那是一种经历了磨难、生死和浴火重生的成长过程，在这个过程中，叶周目睹了人间的各种温馨和悲凉，也深切体会到了人性的温暖和黑暗。如果说在《美国爱情》中，叶周向人们展示了中国人的美国人生和情感遭遇，并从中展示西方文化对走出国门的中国人的冲击，那么《丁香公寓》则是叶周对中国人在政治动荡中的种种表现，予以深刻揭示和人性的反思。从《美国爱情》和《丁香公寓》这两部长篇小说的写作顺序上看，叶周是先写美国后写上海，可是要从小说所展示的时空印记上看，叶周小说的"运行轨迹"，其实是从上海到美国——在长篇小说中呈现二十世纪中国人的中国生活和美国遭遇，是叶周小说的基本主题和主要关切；在长篇小说中昭示对二十世纪中国人文化心理的思考，是叶周小说创作的根本动机和自觉追求，而这一切，均负载在从上海到美国的"运行轨迹"之中。

　　《丁香公寓》共分三部，第一部"非常年代"，第二部"乍暖还寒"，第三部"电影梦幻"。小说以主人公郭子从童年到青年的成长经历，展示了郭子以及他的同时代人所经历的那段惨痛的"文革"经历。在小说中，郭子与他的同学唐小璇、周大建和林献彪都住在丁香公寓里——这是一幢"住进了许多高级干部、高级知识分子和爱国资本家"的高级公寓。这个高级公寓不但宛如社会的一个缩影，而且还极具代表性：因为在这个公寓中，不但居住着"高级干部、高级知识分子和爱国资本家"，也居住着"劳动人民"；公寓里不但有老金，郭子父母、外婆这样的善良民众，也有如林献彪父亲、邻居女人这样的小人出入。在政治大动荡的时代洪流面前，每个人都要经历严峻的考验，并在这种考验中呈现出自己人性的光辉或丑恶。《丁香公寓》中的郭子、唐小璇、周大建和林献彪,被"文革"的政治波涛裹挟着漂向无法把握的未来,当 1965 年国庆烟花美丽的光影熄灭之后,残酷的黑暗/现实就扑面而来,让郭子们猝不及防！政治的动荡,彻底改变了这些孩子的人生,他们从公寓中走出,在社会中成长,在目睹、经历了"文革"的种种怪现状之后,又回到公寓,然而物是人非,一切美好的过去都已消失,青春的成长不但付出了身体受损的代价(郭子的脸被小秃子扔过来的石头砸破,留下疤痕;周大建被造反派打弯了背),更严重的是孩子们稚嫩的心灵受到了摧残。小说中的郭子在经历了丧父、失恋等一系列挫折、打击之后,他的眼里已不再有国庆璀璨的烟花,他的内心开始集聚仇恨和反抗——他不但在楼里对破坏他生日的猫进行了充满快意的惩罚,释放了自己的仇恨,而且还决定离开令人伤心的上海(丁香公寓),去远方以摆脱上海(丁香公寓)的痛苦纠缠——"我希望自己像男子汉一样慷慨远行"。

　　郭子的远行一方面是他对现实的反抗,另一方面,也是他成长的"时空印记"——在《丁香公寓》中,唐小璇、小秃子、李毛毛的爸爸,都有着这样的"出走"经历。虽然他们的"出走",有的是形势所迫(郭子、唐小璇),有的是自主选择(林献彪、小秃子),但体现的其实是一种在"出走"中抗拒或躲避巨大政治压力的集体(共同)心理,而这种心理的产生,正是"文革"那个时代在他们那一代人内心打上的共同烙印。

　　"文革"时代赋予郭子们的烙印不光是对他们身体的损伤、心灵的摧残、"出走"的推动,更重要的,是在这个过程中,他们的人性受到了拷问。令人欣慰的是,郭子虽然目睹并遭遇过人性的黑暗,但他没有让自己成为这种黑暗的一部分,相反,他在残酷的政治氛围下,依然感受到了人性的温暖——母亲、外婆、周大建、老金、陈伯伯等人在高压政治下的善良正直、爱心表现,使郭子在严酷的现实环境下,不但保有了人性的光辉,并且还将这种温暖、积极的人性光辉推向了世界——他对李毛毛的关爱、他与袁京菁的爱情、他对林献彪的宽容、他对唐小璇的谅解,都证明了残酷环境并没有泯灭郭子内心深处美好的人性,相反,经过"文革"的淬炼,他的人性美反而更加坚固强大。事实上在《丁香公寓》中，历经人生磨难却保有人性光辉的远不止郭子一人，唐小璇、袁京菁、周大建各受到不同的磨难，但在他们的内心深处，正直善良、乐于助人、满怀希望、追求上进的基本品质得以保留，人之为人的道德底线尚未扭曲。叶周在《丁香公寓》中看上去是在写一个公寓，但他实际上写的是公寓（社会的缩影）中形形色色的人，写的是一群在特殊境况（"文革"）下虽遭磨难，却依然维护了人性的美好、做人的尊严的青年人！

如果说叶周在《丁香公寓》中重在对郭子们的"文革"人生进行描摹，对他们的内心世界进行揭示，对他们的人性形态进行挖掘，呈现了中国人是如何经历"文革"并走出"文革"的话，那么在《美国爱情》中，叶周则主要写中国人到了美国之后的情感世界。在叶周的小说中，有一个非常突出的现象，就是写人的"出走"——在《丁香公寓》中，他写了郭子的出走、唐小璇的出走、小秃子的出走、唐小璇爸爸的出走、李毛毛爸爸的出走，甚至袁京菁在男友去世后沿着黄河行走其实也是一种"出走"，郭子和唐小璇后来还远走美国——这些"出走"不无被动，但更多的是个人的自我选择。"出走"对于他们来说，似乎是一种逃避，实际上是一种反抗，一种解放，也是一种对"新生"的渴望。

在《美国爱情》中，"出走"似乎成了一种宿命：陶歌、李波、方小佳、恬恬（包括大老王、小丁、小何）都是从中国大陆"出走"到美国的新移民，在中国改革开放之后，这些最早具有开放意识的青年人怀着"美国梦"来到北美大陆，开始他们新的人生。《美国爱情》除了"引子"也分三个部分："再见李波"、"邂逅方小佳"、"遭遇恬恬"。在这部小说中，叶周选择爱情这个角度，来表现这些"新移民"的美国人生，可以说抓住了一个最能表现中国人走向世界时文化心理发生剧烈震荡的关键视角。其实对于爱情的书写，在叶周的小说中可以说一以贯之，在前面论及的《丁香公寓》中，我们已经发现郭子和唐小璇、袁京菁的爱情故事是《丁香公寓》中非常重要的一条线索，这个从童年一直延续到青年的爱情故事，是叶周表现"文革"残酷的一个重要维度，对于小说中的郭子等青少年来说，爱情是他们认识和感受社会最重要的触媒，"文革"时代一切的人生悲剧,都在爱情中得到了最充分、最深刻的体现。

一方面写"出走",一方面写"爱情",是"爱情"导致了"出走",还是"出走"成全(毁灭)了爱情,这在叶周小说中,已成为一个人生之问——由是,"爱情"描写与"出走"形态,也就构成了《美国爱情》和《丁香公寓》两部小说的重要两翼和基本特点。

《美国爱情》中的陶歌原是上海一所高校的美术老师,在"出国潮席卷上海"、妻子李波的"动员"以及无法解决"房子问题"的逼迫下,他"终于同意出国",自费去美国留学。在留学期间,为了谋生,他曾在街头(渔人码头)给游客画肖像为生。在生活稍稍安定之后,他将妻子李波从上海接到了美国,可是在一个完全陌生的异文化时空下,陶歌和李波在观念上发生了严重的分歧:陶歌努力学习英语,力图在学业上更上层楼,以实现自己的艺术追求;而李波则将"美国梦"理解成"大把大把地挣钱"。不同的人生观导致了陶歌和李波的婚姻,在不可调和的观念冲突下走向覆灭,李波不辞而别,独自"出走"——爱情悲剧和"出走"形态在《美国爱情》中不仅意味着陶歌等人从中国(上海)"出走"美国,更意味着李波(包括后来的恬恬)从美国环境下的婚姻关系中"出走"。如果说从中国(上海)"出走"美国是一代中国人希冀摆脱贫困、寻找梦想的话,那么到了美国后从婚姻关系中"出走",则说明在美国这个异文化空间里,梦想期待的不同和文化心理的差异,对这些"出走"到美国的中国人而言,会造成多么巨大的震荡! 在这种震荡面前,原有的感情基础和婚姻关系,都将面临巨大的考验。

中国人到美国开始新的人生,遭遇挑战可以说是必然的。早在二十世纪六七十年代,来自中国台湾的留学生们,就在美国遭受过巨大的文化冲击和心灵震撼,无论是在聂华苓的《桑青与桃红》里,还是在於梨华的《考验》中,我们都可以发现中国人在"出走"到美国之后所面临的种种文化心理磨难,而这种文化心理磨难最典型的也最具冲击力的部分,常常体现在感情婚姻层面。相对于聂华苓、於梨华较为侧重表现中国人到美国之后与西方世界的"外在"碰

撞，叶周笔下的中国人在到美国之后，更多的是中国人自己"内部"的文化心理
冲突（西方文化通过对中国人的思想观念作用，内化为中国人的某种认识，然
后在中国人内部形成观念冲突和文化心理的差异）。在《美国爱情》中，陶歌与
李波这对"上海夫妻"到了美国之后，最终因思想观念的不同导致了文化心理
的分野，陶歌虽然人到了美国，可是他的内心（文化观念）还是一颗"中国
心"——李波一再说他傲慢、清高，正表明陶歌身在美国却没有丧失自己身上
的那种"中国文化气质/特质"——轻物质享受，重精神追求，这与李波对"美国
文化"的"物欲化金钱化"理解，自然会发生不可调和的文化"碰撞"，产生剧烈
的冲突和矛盾，而正是这种"碰撞"、冲突和矛盾，最终导致了他们的"上海婚
姻"在"美国"的破裂。

　　二十世纪六七十年代聂华苓、於梨华在表现中国人面对美国文化所造成
的震撼时，力图表明的是中国人在美国文化面前的不适应感和受压迫感，到了
二十一世纪，叶周在他的小说中所表现的中国人在美国的现实（文化）处境，则
希冀人们明白，中国人在美国如果一味追求金钱和物质，最终会落得身败名
裂、家破子离的下场。西方文化对中国人所造成的"外在"压迫和中国人在西
方文化面前的不适应感，并没有成为叶周要表现的主要内容，叶周在书写中国
人的"美国爱情"的时候，更多的是呈现中国人在异文化时空下自己"内部"的
文化心理样态。《美国爱情》中的陶歌，虽然在与李波爱情破灭、婚姻解体后，
又与方小佳、恬恬有了爱情，但无论与方小佳还是与恬恬，其实都是陶歌与李
波爱情婚姻关系的延伸，在与方小佳和恬恬的爱情故事中，李波都如同一个巨
大的阴影，参与其间，如影随形，因此《美国爱情》虽然有三个"爱情故事"，但说
到底其实是陶歌与李波"爱情故事"的扩张、衍生和变形，方小佳和恬恬，从某
种程度上讲，可以视为李波的反衬、对应和镜子。由是，《爱情故事》中陶歌的
三段"爱情"，也就成了陶歌与李波的"上海爱情"发展成为"美国爱情"的"行走
轨迹"——只不过，这种发展随着时空转换，带来了婚姻破裂（陶歌和李波）和
爱情的多向度（陶歌从李波走向方小佳，又从方小佳走向恬恬），而陶歌和李波

则从文化心理相近(都爱艺术)的一对爱人,变成了文化心理相异(精神追求与物质追求的分叉、冲突、裂变)的路人。

叶周在北美"新移民作家"中不算很高产的作家,但就他的两部长篇小说而言,他的作品已将二十世纪中国人的时空印记和文化心理,进行了颇具典型性和代表性的揭示。《丁香公寓》中的郭子们,以一代人的青春成长,刻印出"文革"时代的政治残酷和人性面向,郭子们的"行走"路线(外在的地理"行走"和内在的精神"行走"),显示了那个时代的时空特征和人性面貌;《美国爱情》中的陶歌们,则以中国人的美国经验,昭示出中国人"出走"到异文化时空环境下所面对的观念冲击和内部分化,中国人(陶歌们)的"美国爱情"(其实也是美国人生)产生了巨大的震荡,而在这种震荡中所体现出的文化心理对撞,是多么触目惊心,令人震撼!

叶周的《丁香公寓》和《美国爱情》,就空间而言,从上海到美国;就时间而言,从二十世纪六十年代到二十一世纪初,可以说中国人在二十世纪后半期的时空印记和文化心理,都在他的作品中得到了深具特色的表现。从某种意义上讲,叶周以他的小说创作,为我们描画了一条中国人在二十世纪后半期时空"行走"和内心/心理"变化"的历史轨迹。

从"想象"到"现实"：美国梦中的教育梦

——论黄宗之、朱雪梅的"教育小说"

黄宗之、朱雪梅伉俪是二十世纪九十年代才出国的新移民科学家,目前在美国从事生物医学工程的研究工作,他们在自己的专业领域无疑是成功者,因为他们赴美后仅用三年时间,就凭借着自己出色的专业表现,不但在人生和事业方面迅速实现了中、美之间的"转轨",而且还成功地在美国立足、扎根、融入美国社会,成为美国新移民华人中的科技精英。

作为一对具有理工教育背景的科学家夫妇,黄宗之和朱雪梅并没有因为从事科技工作就忽略乃至放弃人文思考,事实上,从他们的小说中不难看出,对新移民华人海外(美国)生活的关注和描绘,对中美文化差异的探究和分析,对人生价值、生存意义的追问和思考,构成了他们小说世界的主要内容和不同层面。应当说,无论是他们的文学表现,还是他们的思想表达,都实现了他们的创作预期,他们的创作实践,已在美国华文文学中形成了自己的特色。

黄宗之和朱雪梅都是湖南人,都是医学专业出身,都曾在美国的南加州大学工作过,目前都在基立福(Grifols)生物制药公司任职。他们的"形影不离"不仅表现在人生经历上,也体现在创作过程中。从 2001 年他们发表第一部长篇小说《阳光西海岸》(百花文艺出版社)起,至今已合作创作了五部长篇小说及二十余篇中短篇小说和散文,合作的长篇小说除了《阳光西海岸》之外,还有《未遂的疯狂》(百花文艺出版社 2004 年版)、《破茧》(人民文学出版社 2009 年版)、《平静生活》(百花文艺出版社 2012 年版)和《藤校逐梦》(2017 年《小说月报》原创版发表,作家出版社 2018 年版)。仅就他们创作的这五部长篇小说而言,置诸美国当代华文文学创作的总体成就中,已是颇为亮眼的创作实绩。

在《〈破茧〉后记:我们在海外的华文文学创作之路》一文中,他们描述了他们是如何走上文学创作道路的:

> 那时中国很穷,我们这些空着手到海外来的学子,唯一的梦想就是有一辆自己的车子、一幢自己的房子、一张绿卡和一份薪金还不错的工作。为了这个梦想,我们会为老板的一个不满的脸色而拼命地加班加点,周末和晚上也耗在实验室里超负荷地干活,更会为老板因实验结果不满意对我们吼叫而失眠难受,第二天继续埋头拼命工作。苦了几年后,我们的美国梦慢慢实现了,物质上该有的都有了,突然感到我们自己真正要寻找的东西并没有找到。过去这些在国内已有功名,甚至成了学科脊梁的研究人员,在这块土地上,却没有当主人翁的尊严和地位,连学术上的成就也都是老板的,在老板眼里我们其实只是一台实验仪器,甚至还没有他的仪器重要。
>
> 那时候,我们的感觉都特别不好,觉得在这块土地上找不到自己的归属。我们在寻找除了物质之外的精神生活,生活在迷茫、反思、寻觅和不知所措之中。最初在美国那几年的艰难人生体验让我们深深感到:我们这些在大学里做研究的技术人员与一百五十年前在美国西部修筑铁路的华工没有本质差别,他们修筑的是一条美国西部的经济大动脉,而我们这些成千上万从中国来的研究人员无非是在为美国修筑一条高科技的高速公路。而如此巨大的一群科技人员流到海外是中国历史上前无古人的特定历史现象,应该有人把它记录下来,因为这是一段沉重和沉痛的历史,也是一段中国走向世界、走向未来的历史转折,有一天人们会去探讨它的意义,历史也会铭记这段时间。

　　于是,把在美国的经历和感受写成小说的欲望在我们心里蠢动了起来。可是过去连一篇小散文都没有发表过的人想写一部长篇小说有点天方夜谭。朋友们觉得不可思议,我们自己也觉得好像是在做梦一般。巧的是那时正巧读到华文报纸上的一篇采访文章,一位在好莱坞写剧本和小说的华人作家讲述自己开始写作的经历,导演对她说,把你想讲的故事说给别人听,如果故事能够吸引住别人,把讲的东西写出来就好了。就是这样,这位作者开始并完成了她的第一部长篇小说。这个故事对我们的启发很大,我们也就学着把自己想写的小说先写一点点出来,每天在吃晚饭的时候由一个人读给另外两个人听。第一二天读了头几页,大家没有动静。过了几天,听故事的人的眼泪流了出来。我们写的故事能感动人!这给我们带来了希望、动力和勇气,于是我们开始走上创作长篇小说的第一步。我们夫妻俩一起讨论故事情节、人物塑造,一起来写我们的小说。

　　经过认真的考虑,我们确定自己的目标为:以自己的亲身生活体验和周围的海外学子的经历为故事基本构架,把出国后对人生价值的重新认识和对生命意义的探寻为主题,以中华情结对美国梦的强烈干预为冲突,以个人命运、家庭沉浮与这个特定历史时代以及国家命运为纽带来展述故事。考虑到读这部小说的主要是三十岁以上的人,我们就尽其所能把现实生活发生的事情和虚构紧密结合,把作品写得真切动情。我们花了两年时间完成了三十五万字的长篇小说。二○○一年九月我们的第一部长篇小说《阳光西海岸》问世了……①

　　在黄宗之和朱雪梅的这篇创作自述中,有几点值得注意:(1)华人新移民在美国的真实处境;(2)华人新移民的心路历程;(3)创作道路的艰辛;(4)如何寻找自己的创作方向。作为第一代华人新移民,大概在美国的最初生活都

---

① 黄宗之、朱雪梅:《〈破茧〉后记:我们在海外的华文文学创作之路》,《破茧》,人民文学出版社2009年版,第377—379页。

是不容易的，其中的酸辛，或许只有亲尝者方知滋味。黄宗之和朱雪梅在自述中把新一代美国华人新移民知识分子比作一百五十年前在美国西部修筑铁路的华工，这样的感受既深切也令人震撼，而尤为可贵的是，他们不回避也不隐瞒这一"残酷现实"，"正视"它并且把它大声地说（坦然地写）出来，我觉得当他们在写出自己的这一真实感受时，其实已经走出了"残酷现实"的阴影，在精神上和心理上拥有了真正的自信——正是这种自信，使他们不但敢于"正视"当年的"残酷现实"，而且还要用文字（文学的形式）将它记录下来。或许在美国华人新移民中，有类似经历、感受的人不在少数，有创作冲动的人也所在多有，可是真正动手将之付诸写作实践的行动家，却是一个小概率。我们高兴地看到，黄宗之和朱雪梅，就是这个"小概率"中的成功者。

　　有了创作打算并准备将之予以实现的时候，黄宗之和朱雪梅发现他们缺乏创作的经验，没有文学基础，"在国内连一篇小文章都没有发表过；不懂写作技巧"，不过这难不倒这对以生物工程为专业的"新"作家，他们运用"科学"的精神和"实验"的方法，先找来一部作品《白雪红尘》，仔细阅读、分析，找它的优势与不足"，并"查看对这部小说的书评，了解不同评论家的看法"，通过这样的"样本"分析，他们基本上摸索出了自己的创作发展方向，那就是"不走别人的路，找准自己作品的定位"。①

　　凭着强烈的历史责任感（"这是一段沉重和沉痛的历史，也是一段中国走向世界、走向未来的历史转折"，"应该有人把它记录下来"）和对文学的热爱，黄宗之和朱雪梅开始了他们的文学创作之旅。对于创作，他们的目的十分明确，就是要"以自己的亲身生活体验和周围的海外学子的经历作为故事的基本素材和构架，以个人命运、家庭沉浮与这个特定历史时代为纽带来展述故事，表现出国后对人生价值的重新认识和对生命意义的探寻"②。基于这样的认识，他们在第一部长篇小说《阳光西海岸》中，通过刘志翔和宁静（有黄宗之和

---

① 黄宗之：《我的文学创作历程与海外留学的浅见》，作者提供给论者的电子版 PPT。
② 同上。

朱雪梅的影子)这对夫妇的"美国奋斗史"，展示了华人新移民在美国的真实人生——这种人生难免会遭遇邪恶，但也会收获善良；时有挫折，也不乏欢欣；不时要面对屈辱，却在屈辱中感受到尊严的可贵和为之抗争的勇气。这部小说2001年由百花文艺出版社出版后，即引起强烈反响，"前后重印三次，国内外有两百多家媒体报道和刊登评论文章"①。著名评论家雷达认为"在这个几乎完全没有职业作家姿态和文学技巧藻饰的极其朴素的文本里，有一些新鲜的东西被发现出来，有一种更加逼近生存的强烈的真实感和与之相伴的意义被展示开来"②，"这部书有奇特的激励效应，它能唤起读者的对比意识和自省意识，从而激发热情和勇气，以积极的态度投入人生和创造"③；顾凡则认为这部小说"以真实不拔高的创作态度，超越了一般的'留学生文学作品'对家园故国的眷念之情和海外打工上学的伤心历程，直接追问留学异国的人生价值和生命意义"④；评论家李炳银强调这部作品："不只是表现域外生活的作品，只在信息和视野方面给读者扩展，更重要的是它用作品人物的欣慰、欢乐、痛苦等复杂人生历程，在深层的感受和精神上给人以强烈的冲击和震撼。"⑤

《阳光西海岸》的成功，给黄宗之和朱雪梅以巨大的鼓舞，使他们对自己的小说创作更具信心。2003年，他们开始着手第二部长篇小说的创作，"希望能有所突破，希望有一些新的探索和革新，力求写出读者喜闻乐见的作品"⑥。由于美国社会科幻作品(尤其是影视作品)深受读者(观众)喜爱，加上2003年克隆(clone)成为社会热点，而黄宗之和朱雪梅正好又从事生物工程基因方面的研究，因此他们将美国社会的阅读(观赏)爱好、当时的社会热点以及自己的专

---

① 黄宗之、朱雪梅:《〈破茧〉后记:我们在海外的华文文学创作之路》,《破茧》,人民文学出版社2009年版,第379页。

② 转引自黄宗之、朱雪梅:《〈破茧〉后记:我们在海外的华文文学创作之路》,《破茧》,人民文学出版社2009年版,第379页。

③ 同上。

④ 同上。

⑤ 同上。

⑥ 同上。

业优势结合起来,创作了"一本与克隆人有关的科幻小说,通过一位华裔科学家被卷入一起克隆人事件,最后被杀害的故事,使用了大量的侦探与推理,故事情节曲折,有血腥场面、伦理道德的争论、情仇爱恨的纠缠"①。然而,这部带有迎合市场意味的长篇小说《未遂的疯狂》,却遭遇了滑铁卢,在2004年1月由百花文艺出版社出版后,石沉大海,无声无息。

《未遂的疯狂》的遭际给了黄宗之和朱雪梅一个巨大的警示,使他们认识到文学创作不能从"迎合"读者和市场的角度来确定创作主题,而是要写自己熟悉的并真正有感受的题材和主题,鉴于此,他们"重回到《阳光西海岸》的道路,写我们自己最感同身受的事情"②。这回,他们在自己感受最深的子女教育问题上,找到了创作的突破口,并从中寻找到自己创作的"独特性"——这就是:以教育为聚焦点,将美国华人把自己的教育梦融入美国梦的过程展现出来,在这个过程中,昭示不同文化观念、不同代与代之间的矛盾和冲突,以促使华人从传统的教育观念中清醒过来,将对美国教育的"想象"化为需要面对的"现实",从而最终真正通过教育梦,实现美国梦。

这样的创作"战略"定位,使得黄宗之和朱雪梅在后来的小说创作中,带有较为自觉的"教育小说"意识,作品也带有较为浓厚的"教育小说"色彩。这里所谓的"教育小说"意识和"教育小说"色彩,是指作者在作品中以"教育选择"为枢纽,以此连接起美国华人的"教育观念"、"教育态度"和"教育形态",并通过"教育"这面多棱镜,折射出美国社会环境、美国华人生活、中美文化差异的方方面面。

黄宗之和朱雪梅创作的这类"教育小说"到目前为止主要有《破茧》和《藤校逐梦》两个长篇。他们创作《破茧》这部"教育小说"最初的想法,是要向国内读者介绍美国的教育——在培养自己孩子的过程中,他们对美国教育有了一

---

① 转引自黄宗之、朱雪梅:《〈破茧〉后记:我们在海外的华文文学创作之路》,《破茧》,人民文学出版社2009年版,第379页。

② 同上书,第380页。

定的了解，他们大概觉得，在中华大地普遍对美国教育充满憧憬和向往的时代背景下，创作这样的作品应该会有一定的市场和成功的几率。然而，由于在现实生活中，他们的教育观念/教育期待/教育想象常常与美国的教育现实和子女的教育感受/教育追求发生颇为剧烈的冲突，因此当他们开始创作的时候，他们决定放弃以"猎奇"为主要"卖点"的原先计划，而改以在"教育问题"上，父母与子女两代人都面临"破茧"的痛苦成长过程。小说名为《破茧》，是借用了一则"寓言"：小幼蝶在破茧而出的时候，需要经历痛苦，奋力挣扎，才能从茧口冲身而出，展翅飞翔；如果有人帮它扩大洞口，让它轻易从茧壳中脱身出来，它反而（因翅膀供血不足而）无力飞升。因为"小幼蝶咬破茧子，使臃肿的身体经过狭小的洞口，拼命挣扎爬出来的时候，蓄积在体内的血液会被挤压，流进幼蝶细小干瘪的翅膀里。小幼蝶的翅膀被滋养自己生命的血液灌注充填，猛然伸展开来，变得丰满而美丽，从此成为了一只真正的蝴蝶，拥有了一双能够展翅飞向蓝天的翅膀"[①]。

带着这样的认识，结合自己的亲身体会和深度观察，黄宗之和朱雪梅在《破茧》中塑造了两个主要家庭，来表达他们对美国教育的认识，并通过教育的窥孔，来表现美国华人新移民面临的中美文化/代际文化冲突。小说通过张巍立（父母远鸿、蓝紫）和安塔妮（父母欣宇、白梅）两个青少年的"教育故事"，为读者描画了美国的教育制度既给予青年人更为合理也更为广阔的自由成长空间（如张巍立、安塔妮），也改变着华人的文化/教育观念（如欣宇、白梅）。张巍立原本并不是很爱读书，相比之下，他更热衷于参与童子军、橄榄球队、学生会等活动。他的父母虽然也曾要求他努力学习，但在实行无望后，也只好任其发展。张巍立独立、坚强的个性在中国的文化土壤和教育制度中，未必能够自由生长，可是在美国社会和美国的教育观念、教育制度下，他获得了极大的发展空间，在社会交往与社会实践中，他逐步成熟。而美国的教育体制（鼓励全面

---

① 《破茧·题引》。

发展、强调个性突出、绝非"一考定终身"）也给青年人提供了各种随时提升教育水平的准入机制和条件，因此张巍立当初参加的社会活动，不但没有妨碍他的"教育"进步，反而成为他提升"教育"水准的垫脚石。由于有了丰富的社会实践经验，综合素质大为提高，加以自己上进努力，张巍立终于进入哈佛大学深造。安塔妮家境优裕，父母均为华人精英，对她的教育要求期许甚高，而安塔妮也天资聪颖——她的优秀甚至超出了她的洋人老师丹尼的想象，以至于把她写的作文视为"抄袭"，因为丹尼认为"这篇作文绝对不可能出自一位六年级学生的手，作者的写作水平至少是大学一年级水平"，这样的评语虽然粗暴，却也反映出安塔妮的作文水平之高。然而，就是这样一位优秀的好学生，由于青春期叛逆心理躁动和自我意识的高涨，逐渐对父亲的学习期许和教育安排产生不满并产生反抗，这种反抗从腹诽（她心里想着："爸，你把我管成什么样了，这也不能做，那也不能搞，每天就是想着考试、分数。你什么时候才能让我做一些我喜欢的事情呢？"）到行动（从买缝纫机做衣服，到买数码相机捕捉人物和风景，到整天泡网，再到逃课与男友约会，最终导致学习成绩一落千丈）。然而，安塔妮对父亲的抗争，也在她的内心引起巨大的张力和冲突，她一方面想要摆脱父亲强加给她的"教育"枷锁，一方面也对父亲满怀深情："每一次我得到高分数才能使你高兴。可是我害怕得到高分数，因为你会对我要求更高。而只要我的分数比以前低，你就会难过。爸，你知道我有多难受嘛？真的，我不想再要高的分数了。"在父亲的期许/管教和自己的兴趣/追求之间，安塔妮的内心遭受着痛苦的折磨。同样的痛苦也在折磨着她的父母，父亲欣宇为了女儿的教育，不惜一切代价，恨不得将所有能够开发孩子智力、有助于孩子教育的手段都运用在自己的女儿身上，他比照自己当年所受教育的"习惯"（传统），将自己的意志和认为正确的做法施之于女儿，然而，中、美之间文化环境和教育制度的差异，导致了欣宇和女儿安塔妮在教育问题上的认知错位，并因此引发父（母）女冲突，产生两代人形态相似、内容不同的内心痛苦。

安塔妮和父亲欣宇的和解，源自欣宇从一本英文书《松开你的手》中受到的启迪，这本书让欣宇打开了新的思想大门，并由此转变了自己的教育理念，小说《破茧》中作为"题引"那则"寓言"，就出自这本书。这本书对欣宇造成的震撼是巨大的，他发现自己和女儿之间的最大问题——体现在教育问题上的文化/代际冲突，其症结就在于自己"松不开自己的手"，总是将自己的教育理念强加到女儿身上，而毫不顾及女儿自己的想法。而一旦他松开了自己的手，尊重了安塔妮的自我选择，则不但安塔妮在心理上和学业上都"理顺"了关系，得以自由成长，"展翅飞翔"，最终进入加大洛杉矶分校学习，而且欣宇也在观念上"破壳"而出（再加上艾贝尔校长的一番言说），开始服膺美国的教育观念和教育思想。而他一旦在文化/教育观念上走出惯性思维，克服固有模式，他也就从一种无形的"枷锁"中解放出来，与女儿一同步调，走向了和谐的自由王国。

通过"教育"维度，展现华人新移民在美国面临的文化冲突和代际分歧，是黄宗之和朱雪梅在《破茧》中着力要表现的内容。在这部小说中，华人新移民在美国的生存处境、发展/成长历程、思想震荡、心理纠结、观念冲突，可以说都聚焦在"教育"问题上，而"教育"问题，也就成了小说呈现和展示华人新移民在美国生活方方面面的一个载体和平台，美国社会的丰富性、复杂性、创新性和异质性（相对于第一代华人移民而言），都在华人新移民（第一代和第二代）与之相接触、相冲突、相融合的过程中尽显无遗。

华人对子女教育的重视程度，世界上大概只有犹太人能够比肩。尊师重教，是中华文化的核心内容之一，"万般皆下品，惟有读书高"、"书中自有黄金屋，书中自有颜如玉"，已成为中华民族各个阶层普遍接受的认知观念和现实原则，这样的文化氛围和人生观念，使得教育在华人社会中几乎成为人生一切追求的手段乃至目的，几千年的文化观念沉积和文化心理惯性，已令重视教育成为华人的集体无意识。对于像远鸿、蓝紫、欣宇、白梅这样的美国新移民第一代华人，他们虽然人到了美国，可是思想观念和教育理念，却还停留在中国的文化场域中，直到他们在美国要面对子女的教育问题时，才在孩子的成长过程中,在与孩子的"教育"冲突中,惊觉到自己固有的传统(中国)教育观,在美国社会已产生强烈的不适应感、严重的受挫感和剧烈的冲突感。

认识并克服这一过程自然是痛苦的,因为在涉及延续自己文化习性的重大问题——教育问题上,他们遭遇到了前所未有的挑战。教育既然在中华文化中占据如此重要的地位,那么从某种意义上讲,自己的教育理念和教育方式在自己的孩子身上予以实现,就具有一种文化传承(对前人)和文化延续(对后人)的意味。然而,远鸿、蓝紫、欣宇、白梅们在子女教育问题上承受的挫败感,正说明他们在美国社会的文化融入还远远不够,他们的固有观念与美国文化的冲突,以一种"教育"的形态和代际矛盾的方式——在这里文化冲突不但具体化为教育冲突,而且还转化为父(母)子(女)冲突——不期然地呈现在他们面前,一时令他们有手足无措。因为,多年积累的文化经验——具体而言就是教育观念和教育方法,突然之间发现在自己的孩子身上不管用了,也就是说,过去熟悉并习惯的教育思维,在美国社会不灵光了。

转变自己的文化观念,调整自己的文化理念,既是一个痛苦的过程,也是一个必要的阶段——要适应美国生活,融入美国社会,就要让自己经历一次"破茧",以脱胎换骨、化蛹为蝶,这个过程,对于第一代华人新移民而言,一点不比他们的子女"破茧"的过程轻松!当然,当父母(远鸿、蓝紫、欣宇、白梅)和子女(张巍立、安塔妮)都经历了艰难的"破茧"过程——如同幼蝶经过"洞口"的(痛苦)挤压,翅膀得以血液充盈,获得力量——之后,他们终于能够走出"迷途",不但从美国教育中收获惊人的成果,而且也在这个过程中更加深刻地认识了美国社会,并在融入美国社会的进程中迈了一大步,上了一个新台阶,两代人最终一起振翅高翔,彼此关系也在经历冲突后的螺旋式上升中达到一种新的和谐。

《破茧》的出版和获得的肯定,使黄宗之和朱雪梅从中看到了"教育小说"的大有可为,于是,2017 年,他们又发表了一部"教育小说"《藤校逐梦》。这部小说在承续了《破茧》"教育"主题的同时,也融入了一些新的内容。小说的主线还是围绕华人新移民家庭的教育问题/矛盾展开，其中一条线是刘韬、辛洁夫妇为了孩子（尤其是女儿琳达）的教育，不辞辛劳，费尽心思，可是如同《破茧》中的安塔妮一样，琳达也是一个叛逆、有主见的青春少女，对于自己感兴趣的学习领域，她坚持己见，百折不挠，为了不违忤母亲的意愿，她读了哥伦比亚大学的经济管理专业，可是这并不是她感兴趣的专业领域，毕业后，她宁愿自己贷款，也要再读一个自己喜爱的电影专业，在这个选择专业的过程中，母亲辛洁和女儿琳达作为两种教育观念（也可以说是中、美两种文化）的代表者和体现者，一直在进行着冲突、对抗、折衷和妥协。小说中的另一条线，则是辛洁大学闺蜜惠萍（与丈夫潘晨）的独生子文森因在哥伦比亚大学难以跟上学习进度，在巨大压力下自暴自弃，陷入吸毒泥淖，最终被哥伦比亚大学开除。文森原本在学业上准备放弃要求极高、难以适应的医学专业，改换其他相对比较适合自己程度的专业，可是父母因顽固的（中国）传统观念而形成的毫无伸缩空间的高压，最终导致文森嗜毒并被开除，以至于他想一死了之（自杀）。这两条线交叉并行，同时穿插了辛洁上司周丽雅和她妹妹苏珊的一条辅线——这条辅线的主要功能，是要表现苏珊这个历经中美名校教育却有人格缺陷的"好"学生，最终以悲剧方式（自杀）结束了自己外表光鲜辉煌实则脆弱自闭的短暂一生。

仔细看《藤校逐梦》与《破茧》两部作品，不难发现它们之间有着某种相似性：题材都是"教育小说"；主题都是通过"教育"维度来表现中美文化/教育理念的差异，以及这种差异导致的父女、母女冲突；结构都是以两个孩子（一男一女）的成长历程/教育路径以及他们背后的家庭（教育）矛盾为主要/基本线索，并辅以其他的线索丰富和补充；最终的结局，都是父/母向女/儿让步（欣宇/安塔妮；辛洁/琳达；惠萍/文森）——这实际意味着中国传统的教育理念在美国社会以失败告终，而儿女则因为契合美国的教育理念/教育方式，最后都大获成功，或进入父母原本期待的理想名校（如安塔妮进入加大洛杉矶分校，文森经过美国式"改造"后来又重新进入哥伦比亚大学，具有讽刺意味的是，恰恰是因为没有听从父母的教导，安塔妮和文森才获得了成功），或在专业上得到大奖（也是因为违逆了父母的意愿才有此成就，如琳达获得全美大学生奥斯卡影视大赛的"最佳原创编剧奖"），这一切实际意味着新一代华人新移民才真正符合了美国文化（小说中的具体表现则是与美国的教育理念/教育方式相契合），并因为这种"符合"而在美国社会取得成功。

尽管《藤校逐梦》与《破茧》之间有着某种内在相似性，但《藤校逐梦》相对于《破茧》，还是有一些新的突破，比如相对于《破茧》的美国"自足性"（基本上是美国内部的华人"教育"故事），《藤校逐梦》则代入了中国背景——作品的男主人公刘韬是个"海归"，他太太辛洁在美国与叛逆/自主的女儿琳达苦斗，他却在国内先任李书记（惠萍之父）秘书，后任文学院副院长，最终官至大学副校长，来往穿梭于太平洋两岸。为了在经济上帮助女儿琳达实现自己的梦想，他在学校开发招标时，经不住不法商人林余庆的诱惑，最终受贿三十万美元，透露标底——然而讽刺的是，当他将这些钱提心吊胆带到美国的时候，琳达已经成功获奖，估计已不需要他的这笔赃款帮助，而太太辛洁则对他怒吼："刘韬，为了琳达读书，你真的愿意毁掉自己清清白白的一生？""我们苦了这么多年，难道就是为了这三十万！"而刘韬这一做法更具讽刺意味的，还不是他"黑"来的钱没能帮上琳达，而是他身为一个教育工作者，最后居然把自己"教育"成了这样！

黄宗之和朱雪梅在创作自述中，阐明创作《藤校逐梦》是源自"女儿换专业给我讲了一个高她一年级同学的故事"（文森故事的来源）以及"一个熟人妹妹自杀"的故事（苏珊故事来源）。在同一篇创作自述中，他们也解释了为何把写作方向集中在教育这个问题上，"我们俩出国前后都在大学里工作，对教育这一领域相当熟悉；我们自己也非常重视家里两个孩子的教育和成长"，而"2009年出版了一部讲述两个华人孩子在美国成长接受高中教育的长篇小说《破茧》"，无疑也是他们继续创作"教育小说"的信心来源。① 通过《藤校逐梦》这部

---

① 黄宗之：《我的文学创作历程与海外留学的浅见》，作者提供给论者的电子版PPT。

小说,作者希望对国内盲目的低龄化出国留学风潮提供某种借鉴,试图使国内家长在送孩子赴美留学之前,能对美国的教育"现实"有所了解,而不是仅凭"想象"就对美国的教育充满憧憬,将自己的教育梦不切实际地投入美国梦之中。黄宗之和朱雪梅力图通过《藤校逐梦》向人们昭示:美国梦中的教育梦是有的,但必须是在真正了解它之后才能从中受益,如果只是按照传统的固有观念和惯性去面对美国梦中的教育梦(美国名校梦),那大概只能像欣宇和辛洁那样,碰得头破血流,最终以"失败/受挫/低头/改变自己/接受现实"告终。

黄宗之和朱雪梅在《藤校逐梦》中,通过苏珊这一人物,表明了中国父母传统的教育方式其实问题很大———一个历经中美名校教育的高材生(学霸),却是一个自私冷漠、经不起挫折的人格缺陷者,而这一切都是父母的"专横""造成的";同样,文森也在父母的"逼迫"下,不但学业难以为继,而且几乎在金门大桥上跳海自尽。相反,年轻一代琳达、史蒂文和文森受美国教育理念的影响,受惠于美国的教育制度和教育方法,不但实现了自己的教育理想,也在与父母的抗争中完成了自己的文化转型———从父母的文化/教育观念桎梏中"解放"出来,借助美国的教育机制,实现了自我(教育)完成! 真正"现实"地而不是"想象"地完成了美国梦中的教育梦,并最终全面、完整地实现了自己的美国梦。

周丽雅说妹妹苏珊的悲剧是父母的"专横"一手造成的;史蒂文对辛洁说"您把进名校看得太重",对刘韬说"文森的妈就与我妈一样,绝对的铜墙铁壁,他爸更是难以对付"。这种中国式的"对孩子好"的教育理念和教育方式,缺乏的恰恰是对孩子兴趣的了解和真实想法的尊重,而父母总是将自己的意志强加给孩子,于是,爱之适足以害之! 苏珊的死,文森的差点自杀,都是这种中国父母"为孩子好"式教育的直接后果。传统惯性的巨大推力,以及对美国教育的"想象"式理解,使得这些父母以为将中国教育理念和美国优质教育资源两者嫁接起来,就可以达至孩子"教育"的最佳状态和理想效果,以借助"教育梦"实现自己的"美国梦"。然而出乎他们意料的是,美国的教育"现实"并不与他们的理念匹配,而孩子(们)为了执着于自己的兴趣而对他们产生的反抗,也使他们深感受挫,在孩子与美国教育观念/教育方法/教育制度的"合力"作用下,他们最终不得不对美国的文化/教育"现实"低头——经过各种痛苦的磨砺,他们终于意识到,美国教育的最大优势也是美国教育的真正"现实",是对孩子综合素质的认可、对兴趣教育的注重以及对"因材施教"的贯彻实施,当他们意识到这一点并正视美国教育的"现实"之后,他们与孩子的关系就逐渐由别扭转为和谐,最终两代人均真正实现了"美国梦"。

黄宗之和朱雪梅在谈及创作《藤校逐梦》的目的时说:"通过这部'爬藤'作品,我们希望整个社会和关心自己孩子成长的家长们在考虑孩子的教育时,思考怎样才能让孩子真正赢在起跑线上? 当父母在为孩子计划未来时,大学生们在为自己规划未来时,我们走出国门,竞争世界范围内有限的优质教育资源的过程中,应该慎重思考:家庭和学校给孩子怎样的教育和影响才是最重要的?"①从《破茧》到《藤校逐梦》,可以说黄宗之和朱雪梅通过自己的小说创作,通过小说中人物形象的塑造、人物关系的设置和矛盾冲突的设计,基本达到了这一目的。

"科技小说"(以美国华人科技知识分子的科研生活为题材,或干脆就是科幻小说)和"教育小说",是黄宗之和朱雪梅小说创作的两大领域,相对而言,"教育小说"似乎更加成功,也更有可能成为他们的创作"品牌"——事实上他们已有意将"教育小说"作为创作重点加以"战略"经营。如何在以后的创作中,不再局限于个人经验(无论是"科技小说"还是"教育小说",都不难发现两位作者的自传色彩),摆脱"相似"的窠臼(在《藤校逐梦》和《破茧》之间),深化对人生价值、生存意义的追问和思考,突破并超越现有格局,走出不断创新的写作之路,是黄宗之和朱雪梅未来要努力的方向。

---

① 黄宗之:《我的文学创作历程与海外留学的浅见》,作者提供给论者的电子版PPT。

从心理探索到心灵观照

——论施叔青的《度越》

"度越"一词在汉语里的一般释义是"超越"、"胜过",然而在施叔青的新作《度越》中,它却具有一种宗教(准确地说是佛教)意义上的"度"与"越"之意涵,由是,小说《度越》中的"度越",就不是简单的"超越"和"胜过",而更多地体现为一种"艰难地跨越到一个新境界"之意。

《度越》这部小说有两条线索:一为现代的知识女性"我"(台湾某大学哲学系研究生)因为感情烦恼而从台北来到南京,希望通过专业的沉浸来忘却过去,不料她赴宁搜集东晋佛教资料、对在南京出土的东晋莲花纹瓦当进行田野调查之时,却引发了沉迷在佛学之中的曾谛教授对她的情感依恋;一为东晋的比丘寂生(朱济)从洛阳赴建康(南京)学法,却难忘在路上遇到的解救过的歌妓嫣红——嫣红原为贵族名门仕女,因政治斗争导致家庭变故,沦为歌妓。小说中这一古一今两条线索,交织成《度越》中的外在故事。

然而施叔青在《度越》中写爱情,不是要写爱情本身的波澜壮阔,而是要写人在情欲中的痛苦挣扎,以及人希冀对爱情的"克服"以求"度越"——从某种意义上讲,施叔青在这部小说中写爱情,其实是以爱情为试金石,来测试/反映人在"欲望"和"克服欲望"两者之间的张力到底有多大,来探究人是否能通过对"欲望"的克服,达到舍弃"欲望"进而让人生达至一种"新境界"的可能。

以爱情为壳,写人在欲海中的浮沉,以及在力图摆脱欲海时寻索解救之道,才是施叔青在《度越》中要表达的主旨。朱济就是因为"在现实中找不到一丝慰藉",才"把目光转向来生彼岸,萌生抛弃尘缘,剃度为僧以求解脱的念头"。从朱济到寂生,体现的是对"本心"的求解,对身心安宁的追求。佛门净地,似乎为寂生打开了一条认识自己和认识世界的通道,开启了他人生智慧的"法眼",从他遇到的每一位高僧大德及听讲、抄经(寂生就是一个抄经生)中,他汲取了丰富的佛学知识,了解到佛学教义,其实是帮助人清净本心、收摄妄念、除尘五蕴,达至心如明月、了知盛衰更替、勘破生归死灭,进而迈入无想无妄"净"的境界,实现"自由自在"。

虽然寂生对佛学的高僧大德顶礼膜拜,对佛学教义心悦诚服,可是知易行难,那个在井边遇到的以刀自卫的女子,令他魂不守舍——"正是他出家前,在豪门家门口桃花树下惊鸿一瞥的那女子",而在救助之中"无意间摸触到她腋下一团软绵绵鼓起的圆物",更使"寂生的心颤憟了一下"。他以为他把这个女子(嫣红)送进竹林寺后会就此忘怀,"把她放下",可是他"一直没忘记那女子","佛殿盘腿静坐"之际,"夜深人静,那女子的容颜从他心底最深处,浮现到眼前了"。寂生自觉"业障太重……无能伏住淫欲之心",于是"起了大惭愧心",他想用静坐、酒、抄经、写诗来"克服"对女子嫣红的思念,可是一切似乎均属枉然,当他最终来到竹林寺,想把嫣红带走之际,已入佛门的嫣红——此时已叫如慧——却令他在女子的"圣光"中自惭形秽。一直到从"名士们对生命本质的惊惧惘然不安"中,寂生才惊觉到"佛陀教人们舍弃对世间名利情爱欲望的执着,解除外在的黏缚,开发心灵的喜悦,往内探求生命的本质,尽去人生的葛藤才能发现内在的安稳之道"。于是"平生首次,寂生有了深刻的觉醒,离生死六根清净才是他此生唯一的愿望,他下了大决心先从广读佛典开始,解行双修度越自己"。

与寂生同时代的嫣红也从法忍的骤逝中感受到生命的无常,在爱道尼师的牵引下,她"起了惭愧心","意识到自己的渺小无助",于是遁入佛门,开始修行,"由外转向内在的探寻,舍除对外在的追求,让内心不再受迷惑与欲望的纠缠"。曾经有过的与玩夜的情欲沉迷，至此得以解脱。

仿佛与东晋时代一对离乱男女的爱欲纠葛和在佛门中求得安宁相呼应，现代社会的曾谛教授与女研究生的暧昧情愫，虽然不知来何来去何去，但也在佛教的教义感召下化为无形——曾谛教授本来在"我"为情所困时以"指点者"自居，不料却莫名其妙地陷入对"我"的强烈渴望之中，后来在随佛法师的"理喻"下，醍醐灌顶，走出迷情。而"我"则在对自己"分身"的感受中，体会到了佛教的轮回转世，于是"激情渐渐止息，我将不再痛苦与渴望"。

在这部以南京（建康）为基点，两条线索、穿越古今的爱情故事为框架的小说中，施叔青置入了大量佛学（经典/教义）和历史（东晋/近代）知识，这种理论代入和历史还原的叙述方式，在施叔青的小说中并不是第一次出现，从她的"香港三部曲"和"台湾三部曲"中，我们已经强烈感受到了她对理论知识的兴趣和对历史演变的关注。不过，在《度越》中，我们还是察觉到了不同。在这部带有浓厚宗教意味的小说中，施叔青的叙事风格是抒情的，对于佛理知识和历史言说在小说中的代入，她是相当投入甚至是有些任性的——之所以如此，是因为写爱情也好，写历史也罢，说到底，这一切其实都是施叔青要在这部小说中，通过爱情、历史，来展示她对佛理的理解，并在这种理解中，实现对人类（包括她自己）的心灵观照。

人生而有欲，因欲而有烦恼和痛苦，如何克服、战胜、解脱与生俱来的欲望折磨，是对人的一大考验。《度越》中东晋的朱济（寂生）、嫣红（如慧）和当代的"我"、曾谛教授，不约而同，都在佛教中寻找到了智慧的结果和解决的途径——施叔青显然是要告诉人们，佛理能为人们提供克服欲望的智慧，能为人们寻找到破除欲望的解脱之道。在佛理的智慧点拨下，人们能得以大圆满、大解脱。

当施叔青十七岁创作的《壁虎》发表在《现代文学》杂志的时候，她的兴趣主要是探索人的心理世界——在《壁虎》中，少女对大哥怀有乱伦迷情，因而对大哥的妻子充满敌意和仇恨。在接下来的其他早期小说中，都带有明显的现代主义色彩,从一些独特的视角展开对人的心理世界的挖掘,就成了那一时期施叔青小说的基本特点。到了她的"香港的故事"系列,施叔青转而较为注重写实,早期浓烈的"现代主义"风格至此为"现实主义"的典雅精致所取代,到了"香港三部曲"和"台湾三部曲",为香港和台湾写史立传的宏大企图,与以现代主义为底子的现实主义出神入化、交相辉映,成就了施叔青的大家风范。然而,在"把写作看得像命一样重要"的施叔青看来,已有的成功并没有给她带来心灵的安稳和妥帖,相反,她倒是有了"年轻时那种纤细敏锐的感觉会随着年岁增加离我而去,创作之泉源也随之干涸枯竭"的恐惧,为了"寻找一条途径,缘着它,使我疲惫的心灵得以复苏,我想经由禅修静坐把自己沉淀下来,以静湖般的心来继续写作"——是佛教让施叔青找到了"艰难地跨越到一个新境界"的途径,并从佛教的因缘法中,获得了内心的感悟和人生的智慧,明了人生的局限和要学会放手的道理,醒悟到人生不可太过执着和拘泥,苛求过甚、追求完美,只会使自己陷于无尽的痛苦,写作如此,人生亦然。

因此,施叔青从少女时代对人的心理探索开始,经过中间的"用力"创作,完成了对香港和台湾的历史书写,终于进入反观自我内心、追求人生的宗教解答的新阶段。小说《度越》固然写的是从古至今红尘男女在欲望中焚炼、翻滚、挣扎,并在佛理对心灵的观照下最终得到解脱的过程,但又何尝不是施叔青自己对创作和人生反躬自省、在佛理中力求并最终获得"度越"的一个自我内心观照的体现?而从心理探索到心灵观照的转变,昭示的是施叔青的小说创作"经过艰难跨越到了一个新境界"——"度越"/《度越》。

论章平的"雪"世界/诗界

比利时华文作家章平原籍浙江青田，1958年出生，幼年在温州上小学，1966年"文化大革命"开始后回到青田，在家乡完成了小学和中学教育，1975年上山下乡，到青田县北山区白岩公社廊回村插队。1979年11月移居荷兰，1981年再移居比利时，后一直在比利时经营中餐馆近三十年。

章平1975年开始在《浙江文艺》及《浙江日报》副刊上发表诗歌作品，1980年后作品主要发表在欧洲各报纸杂志上。到目前为止，他出版的作品主要有长篇小说《孑影游魂》（香港学林出版社1992年版）、《冬之雪》（中国青年出版社1997年版）、"红尘往事三部曲"（含"命运荒唐之书"《红皮影》、"命运悲凉之书"《天阴石》及"命运恍惚之书"《桃源》，澳大利亚原乡出版社2006年版）、《阿骨打与楼兰》（新世界出版社2010年版）；诗集《心的墙/树和孩子》（中国文联出版公司1993年版）、《飘雪的世界》（人民文学出版社1999年版）、《章平诗选集》（澳大利亚原乡出版社2004年版）等，另在《香港文学》、《小说界》、《四海》、《明报》月刊等刊物发表中、短篇小说多篇。

写作四十余年，章平曾多次获奖，获奖作品有诗作《飘雪》（获1994年《诗刊》社与中国人民保险公司联合举办的"人民保险杯"一等奖）、诗集《飘雪的世界》（获2009年中山华侨文学奖）、短篇小说《赶车》（获1994年世界华文微型小说"春兰杯"第一名）等。此外，1996年荷兰海牙国家图书馆曾为章平举办过诗歌朗诵会。

从创作成果中不难看出,章平在写作上是个多面手:他既能写诗,也能写小说;既能写中短篇小说,也能写长篇小说——在小说世界里,他既创作了数量可观的长篇,也因短篇小说的突出成就而得奖。这些实绩使章平在比利时华文文学界可谓成就不凡,独树一帜。

章平最初是从诗歌走向文学世界的,他的诗歌创作具有鲜明的个人色彩。在章平的诗歌书写中,他对"雪"的一再着墨引起了我的注意,我在想,章平在他的诗歌世界里反复呈现"雪"的形象/意象,这背后一定有什么内在的原因,试图找出这个(些)"原因"并予以合理的解释,就成为我写这篇文章的一大动因。

在章平的诗歌世界里,"大自然"与"动物界"是他经常书写的两大对象,从总体上看,"大自然"入诗的有日(阳光)、月、海、树、雨、星、草、山、河、雪等;"动物界"入诗的则有鱼、鸟、狗、蛇、天鹅、乌鸦、豹等。在章平的这些"大自然"与"动物界"诗歌书写中,"雪"是他最集中、最突出的书写对象,光是以"雪"或含有"雪"的字样命名的诗歌就有十三首(章平还有部长篇小说叫《冬之雪》,可见他对"雪"之情有独钟),它们是《飘雪》、《今夜雪从天空滑来》、《雪是天上的白纸?!》、《书房望窗外又雪》、《雪的游荡岁月》、《白马对眼前落满雪的道路充满怀疑》、《落雪天与雪谈心》、《初雪之夜》、《冰雪上坐一个抬头望永恒的人》、《没有见过一座消失的雪山》、《半夜起来看落雪》、《能进电梯的雪豹》、《一只乌鸦飞上了雪山顶》。

可以说,章平以他的那些写"雪"之诗,用"雪"的各种形态,构筑起一个由"雪"搭建起来的"雪"世界,在他的笔下,"雪"可以分成如下几个层面:

(1)"雪"的身姿:"雪花"、"积雪"、"飘雪"、"雪朵"、"落雪"、"飞雪";

(2)"雪"的形态:"风雪"、"冰雪"、"雪堆"、"微雪"、"白雪"、"雪窝"、"雪亮";

(3)"雪"的环境:"雪天"、"雪地"、"雪夜"、"雪山"、"雪路"、"雪泥";

(4)"雪"的衍生物:"雪莲"、"雪人"、"雪豹"、"雪松"、"雪茶"、"雪兔"、"雪鹰"。

章平不但在"雪"的外在形貌上分出"层次感",而且还在诗中赋予"雪"特殊的意味。如果说在诗中写"雪"，必须呈现"雪"之外在形态的丰富和特殊，那么对"雪"内在精神的把捉和内在意味的挖掘，才是诗人要写"雪"的真正动力和文学诉求。在章平的"雪"诗中，"雪"的意味起码有这样两大维度（每个维度又有四大特性）：

（1）安静、纯洁、空灵、神秘

在《飘雪》中，章平这样写道：

一

像个不知疲倦的书呆子，老在翻阅
天空土地村庄树林皆在白茫茫里
神秘而轻柔的声音，不知是何来
弄得这满空里都是。没有人在说

一连几天的雪花，且那么大而纯白
从我手心跌落，像花草间的蝴蝶
翅翼轻灵，谁的心都会深感爱惜
高空飘洒的语言，曾有几人悟出

错综复杂的路被覆盖，我在窗口
坑洼被铺平，宁静里只闪耀纯洁
不规范的田野被淹没，一望无际
树换了银装，洁白色彩层层叠叠

二

在此雪天，暖壶酒喝，该是多好
再编一个发生在雪天月夜的故事

像蒲松龄,该去何处请来个狐族
让篝火暖暖烧着,好看狐舞技艺

不必把恼闷事儿记着,只管喜乐
自己喜欢的曲儿,可教她们唱去
唱好的给她鼓掌,唱不好就罚酒
古筝琵琶琴笛,都不妨搬来一试

如今世上,宁静的日子已不太多
各类种子在柔和被褥下做着梦呓
稍一疏忽,积雪融后,又得忧愁
满眼尽是错综复杂千疮百孔的路

三

静静飘洒的精灵,来自虚空之诗
我的翻阅,沉醉在玄妙的缥缈意境
别在乎世人的笑话,默默倾听来自
神奇领域,激情在它宁静后回声

层层叠叠在堆积,如牵引来圣洁
给许多峥嵘棱角都装置上新风景
风很轻柔,这些女子脚步很柔和
丑陋残缺在改变,也有我的心境

正有新见解吗? 草棚里的鸡和羊
偶尔啼叫,是懂构图的和谐空灵

好，我们随意聊聊吧。飘雪轻盈
会收藏起灵思里那些珍贵的礼品

四

飘飞的雪朵，纯净而洁白的肌肤
这些异域女子，她们都来自高空
从教堂傍幽黑之墓地，轻轻走过
站立的墓碑，则象它主人生前睡醒

他或她想讲述什么？难忘的故事
狂妄嗔怒都消失了，也没有不幸
在嗦嗦声里，你明白或不明白的
都将归还给不生不灭不苦的永恒

这黄昏也纯洁，没有了血色落日
没有蝙蝠如婴儿的脸孔倒挂半空
那些女子的手指，慈祥而又平和
我心头那根智慧琴弦，或被拨动

　　在这首诗中，章平写出了"我"对"雪"的眷恋（像个不知疲倦的书呆子），写出了"雪"无言却有一种神秘的力量（神秘而轻柔，却将天空土地村庄树林都隐在"白茫茫"里）；写出了"雪"的轻灵（雪花像花草间的蝴蝶，翅翼轻灵），也写出了"雪"的纯洁（宁静里只闪耀纯洁）。在"雪"的世界里，"我"有了遐思（希望有个"雪天月夜"与狐仙相遇的故事），也希望"雪"能消愁（让种子在柔和的被褥下做着梦呓）；从"雪"中我"翻阅"出"玄妙缥缈意境"，也在"雪"圣洁的堆积中牵引出"我的心境"。"雪"的洁白，超越生死，归诸永恒，拨动了"我心头那根智慧琴弦"。从某种意义上讲,"飘雪"使"我"既发现了"雪"在安静背后的神秘力量,也使"我"感受到了"雪"在纯洁之中内蕴的空灵和超拔——而这一切,都是"我"对"雪"充满深情的根源所在。

(2)飘荡、坚硬、自守、刻印

章平幼年生活流转、少年陷入动荡、成年走出国门的人生经历,使得他如同转蓬的人生轨迹与飞扬的雪花之间,具有某种天然的相似性,而"雪"的安静、纯洁、空灵和神秘,则使章平在"雪"中获得了一种精神的比附和心灵的寄托——这应该也是章平在自己的写作中,一直对"雪"情有独钟、反复书写的动因之一,而对"雪"的一再书写,则使"雪"的特性和意味在章平的笔下不断得到丰富和深化/升华。在《今夜雪从天空滑来》中,我们不但可以从中感受到章平"雪"之书写所内蕴的身世之感(看看诗名《雪的游荡岁月》吧),而且还能从中发现"雪"蕴含的其他意味:

没有星光只有雪夜从天空靠近你的白发

遥远而微柔的
猜想它接触过你小时候樟脑丸气味

只到村头的树林边界,缺乏必要的
野性雄心
我们与老井一起被覆盖了冰的寒意

遥望一盏路灯,独自手接雪莲
许多声音,低语中被手打开,冰鲜透明

仰望某一种隐痛,十万只以上天鹅

　　　　被撕掉鹅毛

　　　　飘落人世而成美景，痛谁受之?!

　　　　雪从天空滑来，姿态优美啊!

　　　　一群又一群，注定飞不出去的白莲子汤

　　　　在石头边角悄然碰碎

　　面对漫天飘落如"十万只以上天鹅被撕掉鹅毛"的大雪，"你"（"我们"）在这样的雪夜感受到了"痛"！姿态优美的"雪"，其实是"注定飞不出去的白莲子汤"，最终的结局，是"在石头边角悄然碰碎"，然而，"雪"并不柔弱，而是从"痛"中凝结出"冰的寒意"，——由"雪"而"冰"，由"被撕掉鹅毛的天鹅"而成"碰碎"的"白莲子汤"，正是"雪"在柔弱中寓刚强的珍贵品质，而这种品质，大概也正是飘离海外、离散故国的章平所珍视敬重、希冀拥有的品质。在《雪的游荡岁月》中，章平再次写到了"雪"的"冰"之特性："雪地就想结冰"。

　　"雪"不但具有由"雪"而"冰"不惧"碰碎"的刚性，而且也是"天上的白纸"，既能书写自己的品格也能沉淀历史的痕迹。在诗中，章平这样描画"雪"是如何以洁白来书写/呈现自己的品格的：

　　　　雪是天上的白纸

　　　　被天的手撕碎抖落尘世

　　　　我一个怀疑论者行走在人世

　　　　猜不透白纸写了什么字?

　　　　人说人世有无字天书

　　　　这个落雪天我读了无字天书?!

　　　　麻雀把雪地当真白纸

　　　　小脚爪欢乐地在白纸上又划又写

寂静也是满天飞雪

它也寻不得半点墨汁字迹

那排柏树仿佛接受覆盖它们纯净的雪

雪从天空飘落

其不是天空洁白,是雪自己的

　　"雪"用自己这一"天上的白纸"书写了自己"高洁"/"纯净"的品行,复以"雪泥鸿爪"之姿记录下苏东坡的感叹(《书房望窗外又雪》),从而令"雪"又具有了一种遥远的历史纵深感,而在"雪"中发现/表现的飘荡、坚硬、自守、刻印意味,在某种程度上也可视为章平自己的品格期待和人生追求的写照。

　　除了在"雪"诗中描画"雪"的各种身姿和形态,赋予"雪"精神寄托、品格追求和人生写照的意味之外,章平还在自己的"雪"诗中,展现出自己独特的语言特色和诗歌节奏。艾略特曾说:"诗的意义存在于,而且只存在于诗的语言中。"而诗歌语言的最大特点,就是"不守规则",以对语言的"情感用法"(瑞恰慈语)来呈现文字的多义性并反映心理活动的多元。章平的"雪"诗语言,语型独特,情感浓烈,语意丰厚。以《冰雪上坐一个抬头望永恒的人》为例:

珠穆朗玛峰某陡坡朝阳

冰雪上坐一个抬头望永恒的人

此也一个冰冻的人

在这里阳光与冰雪同在

死对他并不存在

不是冰雪冻住他走动膝盖

他也让时间永驻在此

孔子也是让时间永驻《论语》的人

整首诗语言用字极简单,但语言的"组合"(情感用法)十分特别,全诗借助一个位于"冰雪上""抬头望永恒的人"(事实上因着"冰雪冻住他走动膝盖",他自身也成为永恒者)形象,展现高处(必然寒冷)"阳光与冰雪同在",也因此而"时间永驻",得以永恒——由是,能够身处"高处"的人,自然也是"望永恒"、"近永恒"因而也能"成永恒"者,而这一切,都和冰雪相关,因为"高洁"的冰雪是最具有"永恒"特质的存在,与之相关的"永恒者"(如孔子)自然也就"死对他并不存在",因为他已"让时间永驻《论语》"。从某种意义上讲,章平通过对"雪"(冰雪)这一意象的特殊语言运用,以之作为"永恒"的映照,以特殊的语言(文字)组合,形成复义的语意联想——如诗作者并没有直接表明孔子和《论语》已成为跨越时间达至永恒的文化象征和文化产品,但通过诗中"冰冻人"与高处永恒的"冰雪"同在之同构类比/暗示,表达出了"言外之意",暗喻出这样的意涵。这样的语言"组钩"方式,无疑是一种诗的语言——在非逻辑、断裂化、暗示性、同比度的共同作用下,含蓄、曲折、诗化地表达丰富的意蕴。

除了语言特色上具有自己的"创意"之外,在语言节奏上,章平也有自己的"起伏频率"和"轻重缓急"。从总体上看,章平的"雪"诗较为舒缓、沉静,具有一种"沉思"的气质。如《飘雪》全诗娓娓道来,在缓慢的节奏中,诉说外在的"雪"世界、内在的"雪"感受/遐思和由"雪"引发的精神律动,给人边想边说、边说边写之感。然而,如果因此而认定章平的诗歌节奏仅有舒缓、沉思、安宁的特点,那就错了,事实上章平的诗作在以舒缓为主的节奏中,间或会突然穿插进颇具"力量"的字眼,使全诗在平稳中现出跌宕,于舒缓中呈现爆发、在轻灵中展示劲道。如在《雪的游荡岁月》一诗中,章平就让"雪"在宁静的飘落中,借助"游荡"一词来造成无序冲击的力量;在《今夜雪从天空滑来》一诗中,又用"撕掉"、"碰碎"等充满力量的字眼,来打破"雪"灵巧滑过的平顺,造成一种刚柔并济的错落感,从而使全诗的节奏呈现出一种跌宕起伏的效果。

从章平这些写"雪"的诗中不难看出,他以"雪"的世界建立起一个小型的"雪"的诗界,在这个"雪"的世界/诗界里,他不但以诗展示了"雪"的各种风姿,而且还赋予"雪"各种意味,这些意味可以说都与章平的人生境遇、品格追求和精神向往密切相关,无论是"安静、纯洁、空灵、神秘",还是"飘荡、坚硬、自守、刻印","雪"在某种程度上不过是章平客观身世和内在"主体"的诗化反映——在我看来,这就是章平反复写"雪",以"雪"的世界构建"雪"的诗界的根本原因。而在以"雪"写世界、写人生、写自我的过程中,章平除了将"雪"的意象反复开发、不断丰富之外,还在诗歌语言和诗歌节奏上,形成了自己的特色,最终使他笔下"雪"的"物化"世界(静谧、纯洁、飘逸、宁静)实现了向"雪"的"诗化"诗界(意象繁富、语言多元、节奏沉稳、结构简约)的转化/飞跃。

"雪"的世界/诗界虽然从一个层面/维度体现了章平的创作特点,但很显然,仅仅从"雪"的世界去认识章平的诗界以及整个创作是远远不够的。我相信,通过对章平所有诗歌创作乃至整个文学创作的总体考察,一定会发现一个更加全面的章平,也一定会发现一个更加丰富的属于章平的文学世界。

图书在版编目（CIP）数据

世界华文文学：复合互渗的文学共同体 / 刘俊著.
—南京：南京大学出版社，2024.8
（教育部人文社会科学重点研究基地南京大学中国新
文学研究中心学术文库 / 丁帆主编）
ISBN 978 - 7 - 305 - 26859 - 5

Ⅰ. ①世…　Ⅱ. ①刘…　Ⅲ. ①华文文学—文学研究—
世界　Ⅳ. ①I106

中国国家版本馆 CIP 数据核字（2023）第 058500 号

出版发行　南京大学出版社
社　　址　南京市汉口路 22 号　　　　邮　编 210093
丛 书 名　教育部人文社会科学重点研究基地南京大学中国新文学研究中心学术文库
丛书主编　丁　帆
　　　　　SHIJIE HUAWEN WENXUE：FUHE HUSHEN DE WENXUE GONGTONGTI
书　　名　世界华文文学：复合互渗的文学共同体
著　　者　刘　俊
责任编辑　郭艳娟

照　　排　南京紫藤制版印务中心
印　　刷　南京爱德印刷有限公司
开　　本　718 毫米×1000 毫米　1/16　印张 17.75　字数 250 千
版　　次　2024 年 8 月第 1 版
印　　次　2024 年 8 月第 1 次印刷
ISBN　978 - 7 - 305 - 26859 - 5
定　　价　98.00 元

网　　址　http://www.njupco.com
官方微博　http://weibo.com/njupco
官方微信　njupress
销售热线　025 - 83594756